金匠小農女

2

藍爛 著

風文創 1132

風文創 1132

目錄

第二十七章

竹林裡的雪還是有些厚，簡秋栩三人邊走，邊用折下的竹枝把腳印掃掉。花了點時間，三人悄悄地回到了家裡。簡秋栩快速把彈弓拆了，並讓覃小芮把熟石灰藏好，三人匆匆趕往河邊。

剛剛抱頭亂竄的方氏一行人見到方安平，又氣勢洶洶了起來。「村長，你可得為我們做主啊！簡氏眾人無故毆打我們方氏一族，橫行霸道，村長，你要為我們做主啊！」

「放屁！明明是你們無故攔阻我們，你們先動手的！」大堂哥呸了一聲。

「村長，他們簡氏一族顛倒黑白，明明是他們無故阻攔我們，是他們先動手的。村長，這是故意殺人啊！我的眼睛，眼睛啊……村長，一定不能放過他們！」方氏一個青年捂著眼睛怒罵，其他人也跟著怒罵起來。

「你們方氏一族才是顛倒黑白的人！」簡氏眾人憤怒。

「是你們先動的手！村長，我們的眼睛好痛，肯定是中毒了，肯定是簡氏眾人撒的毒！」方氏眾人喊道。他們都知道眼睛裡進的是什麼東西，卻故意把它說成了毒。「村長，你可得為我們做主啊！」

「放屁！這些東西可不是我們撒的！」大堂哥怒道。

「這些東西只撒向方氏的人，不是你們簡氏人幹的，還能是誰？我看就是你們簡氏做的！無故打人還下毒害人，我這就稟報里正去！」方安平一臉怒意地下了決斷。

「對，村長，現在就稟報里正！」方氏眾人肆無忌憚地說，有些人還拿著長竹得意地挑釁著簡氏眾人。

聽到方安平這種誣陷的話，簡氏眾人心中越加憤怒，舉著長竹指著方安平眾人。

「方安平，你作為一村之長，應當秉持公正的態度，可不能睜眼說瞎話！」族長簡樂為匆匆趕來，嚴肅的表情中帶著怒意。

方安平不甚在意地看了他一眼。「什麼睜眼說瞎話，證據都擺在這裡。這毒只撒到我們方氏一族，沒撒到簡氏一族，肯定就是你們簡氏一族做的。」

簡樂為是簡氏的族長又如何，他可是萬祝村的村長，村裡的事他說了算。只要把事情定了調，告訴了里正，里正是站在他這邊的，簡氏的人肯定吃不了兜著走。如果真能把他們簡氏趕走再好不過，那些地就會回到他們方氏的手中了。

「這位村長，你可真搞笑，憑什麼認為東西只撒到你們方氏一族頭上，沒撒到簡家人身上就是我們做的？縣令斷案都得要人證、物證，你可比縣令大人厲害呀，無憑無證，單憑一面之詞就把事情定調了，可真是厲害呀！」簡秋栩冷眼走了過來。

她可真是見識到了方安平的偏心與不公了，這樣的人能當村長，不是里正眼瞎了，就是里正和他一丘之貉。

「什麼沒有證據，我們方氏的人眼睛都被下了毒就是證據。妳個小丫頭片子，插什麼嘴，一邊去。」方安平沒見過簡秋栩，但看她走到簡家一邊，猜到她就是簡樂親剛回來不久的孫女。

「哦，既然你有證據，那就沒必要去找里正了。涉及下毒的事，該找的人應該是縣令大人。方樟，你跑得快，趕緊到縣衙報官去。」

「二姊，我這就去。」簡小弟點頭，作勢就跑。

方安平一臉怒意地喝道：「報什麼官，小丫頭片子一邊去！這是村裡的事，村裡自己解決，用不著妳多事。」

「依大晉律法，凡涉及到謀害他人性命、錢財的事都必須經由縣衙審定。你既然說我們簡家人下毒謀害你們方氏的人，這事自然就不能讓村裡自己解決了。聽說我們縣令楊大人清正廉明，肯定能查出是誰下的毒。」簡秋栩掃了方安平一眼，心中冷笑。村裡人有事不喜歡報官，她可不是。前世作為一個秉公守法的公民，她可是很喜歡有事就找警察。來了大晉，自然也喜歡有事找縣令了。

「什麼大晉律法？這事就是村裡的事，用不著報官！」方安平怒道：「這事不用查了，就是——」

「看來村長沒有熟讀大晉律法。大晉律法四十五條便有這條規定，不僅規定謀財害命的事要經過縣衙審定，連打架鬥毆都得經過縣衙審定。楊縣令公正廉明，他定能查出是誰下的毒，以及哪一方先動手。先動手的一方肯定會受到處罰，坐牢、砍頭是逃不脫的。」
打斷方安平話的並不是簡秋栩，而是出現在簡秋栩身後的人。簡秋栩轉身看了他一眼，發現是一個十五、六歲的年輕人。他面容跟簡樂為有三分相似，不過神情沒有簡樂為那麼嚴肅，而是給人一種穩重溫潤的感覺。
「方雲，真有這條規定？」簡樂為雖為一族之長，但他識字不多，並沒有完全熟悉大晉的律法。他像這個時候大多數人一樣，認為村裡的事只要不涉及到人命，都不需要縣衙管。
「肯定有，方雲說得肯定是真的。」簡方櫸在簡秋栩說出這個律法的時候就相信了。不過知道簡秋栩聰明、懂這些的只有自己家人，簡氏的其他族人心裡半信半疑。簡方雲是讀書人，簡氏眾人會更相信他的話。
「當然！」簡方雲點頭。
「那還等什麼？咱們報官去！」
「對，報官去！縣令大人肯定會還我們公道的。」
被方安平誣陷的簡氏眾人忍不住了，既然縣令大人能判決今天的事，那他們肯定要找縣令，可不能讓方氏族人繼續欺壓他們。
這下方氏眾人急了。報官可不就要被縣令大人查出是他們先挑釁和先動的手？查出來他們就要坐牢了。
「村長，不能報官啊！」這個時代，民都是怕官的。看到簡氏一族真的要去報官，方氏個個心裡都怕起來了，這下也囂張不起來，有些人還偷偷地溜走了。

「村長，怎麼辦？千萬不能讓他們報官！」

「對啊，村長，得趕緊想辦法。」方氏那些人也不顧眼睛還難受著，一個個焦急地問著。

方安平心裡氣得要死。他們方氏一族今天竟然落了下風，大晉怎麼就有這條律法?!然而儘管心裡氣憤，他卻不得不阻止簡氏一族報官。「哎呀，都是誤會，誤會！沒事了，大家就散了吧！」

「一句誤會就能解決嗎？我們就是要報官去！」簡方櫸可不想這樣就放過方氏的人。

「對，報官！」

「都是一個村的，大家要以和為貴嘛！樂為啊，你可得說說方櫸，他這樣會影響鄰里和睦的，這種心思要不得。好了，大家都散了吧。」方安平立即扮起了老好人，剛剛的咄咄逼人彷彿不存在。

簡秋栩心中嗤笑了一聲。

族長簡樂為站在一旁沒說話。簡方雲走到他身邊，低聲說了些話，他聽了，眼珠子動了動。

「我呸！什麼以和為貴，你們方氏一族的人做過嗎？今天不能這麼就算了，我們就是要報官去！錯的不是我們，楊縣令自會還我們公道。」簡方櫸對方氏一族的人一直心存怨氣，現在有這麼好的機會替族人出一口氣，他不想放過。

「對，我們就是要報官！」

「欸，方櫸這話可就不對了，都說了是誤會，沒人有錯。這事就這麼算了，大家都散了吧。」方安平惱怒簡方櫸不識抬舉，但此刻只能忍著。「樂為，你讓大家都散了吧，咱們一個村的，可不能壞了我們村的名聲。」

「我們簡氏人雖然大方，但今天這事就是你們有錯在先，根本不是什麼誤會，不能說算就算了。」簡樂為神色嚴肅地看著方安平。「你們給我們道歉，還有賠償我們治傷的錢。」

「憑什麼道歉賠錢?!」方氏族人一聽要給這些年壓著欺負的簡氏族人道歉，心裡非常不願意。

「不道歉、不賠錢，那就報官。」簡秋栩冷聲說道：「族長，既然他們不肯道歉賠錢，那沒有什麼好說的，等報了官，楊大人自會讓他們賠錢道歉，還會讓他們坐牢。」

「好，方樟，你現在就去縣衙報官。」簡樂為下定決心般點了點頭。

「族長爺爺，我現在就去！」簡方樟拔腿就跑。

「村長，不能報官啊！村長！」方氏眾人見簡小弟跑開了，心裡急了。

「等一下！」方安平氣急地喊住了簡方樟，咬牙切齒地說：「道歉賠錢，去！」

害怕坐牢的方氏眾人不得不忍著怒意給簡家眾人道歉，跟方安平一樣咬牙切齒地把身上的錢賠給了簡氏眾人。

「我們走！」丟了面子又失了錢，方氏心裡更加怨恨他們簡氏了。

「就這樣讓他們走了？」簡方櫸心中意難平，不明白族長怎麼不報官。兩族早已勢如水火，哪需要什麼和平共處。「族長，為什麼不報官？」

「對啊，應該報官讓縣令大人把他們抓起來。」

「行了，族長這麼做肯定有族長的道理。」簡樂親打斷了族人和簡方櫸，他相信簡樂為肯定是有什麼原因，才沒有報官的。

「可是……」簡方櫸就是不忿。

「我剛剛說的律法並沒有說完。大晉律法寫明，打架鬥毆者，不管對錯，參與鬥毆的都要罰二十大板。剛剛方雲哥跟族長爺爺說了，所以族長爺爺才沒報官。」簡秋栩這幾天才把大晉律法看完，在某些方面，大晉律法是很嚴的，所以很多人不敢輕易報官。簡秋栩一來就讓簡小弟去報官，不過是心中認為方氏的人根本不懂法，用報官來嚇退他們而已。

「是啊，剛剛方雲跟我講了，如果報官，不管誰先動手，你們都得挨二十板子。二十板子可不輕，得躺半個月，現在天寒地凍，傷著了可不好。」簡樂為不想因為報官，而讓族人受到傷害。

「早知道我們就該多打他們幾竹竿！」簡方櫸憤憤地踢了地上的竹子一腳，心裡非常不甘。

「怎麼律法是這樣的？明明是方氏的人打我們，我們才打回去的，怎麼會連我們也罰？」大伯母疑惑。「這律法一點都不好。」
「嬸子慎言，這律法乃先皇所立，不可隨意質疑。」簡方雲打斷了她的話。
張金花聽他這麼一說，也不敢多說了。
簡秋栩看了簡方雲一眼，並不覺得他是一個忠於大晉律法的人。
「律法是這樣，方安平他們回去後肯定會知道的。他們知道我們不敢隨意報官，下次肯定不會上當了。」羅葵說道：「今天我們讓他們道歉賠錢，他們心裡肯定更記恨我們。」
「怕什麼，都記恨了我們這麼多年了，也不怕再加上今天的事。看到他們咬牙切齒又不得不道歉的模樣，我心裡開心！」
「對啊，我們也不怕他們。要是他們下次再過分，我們也不怕挨板子，告他們去！」
這些年來，簡氏一族被方氏一族打壓著，簡氏人心裡都有氣，然而都沒有想過去告官。如今有了告官的法子，大家都想著，方氏一族的人下次如果再以多欺少，他們也不怕挨板子，就去告他們。
「大家記住，以後千萬不要先動手就行。好了，各自回家去吧，你們身上都有傷，趕緊回去包紮包紮。」
聽族長這麼一說，族人各自扛著自己砍的竹子回去了。他們身上都有著不同的傷，有幾個人臉上還被劃出了幾道口子，流了不少血。有幾個腿一拐一拐的，走路都有些艱難，顯然身上受傷不輕。

爺爺、大伯和大堂哥臉上也青腫了幾塊，打架的時候他們在最前面，身上肯定還有不少傷。她娘和大伯母那些婦孺好一些，沒有被打到頭和臉，加上她們在後面，冬天穿得也厚，身上倒沒有什麼受傷。

簡方雲幫著其他族人把竹子帶回去，簡小弟也跟過去幫忙扛竹子。

大家合力，散落在地上的長竹很快就被撿起帶走了。

「爺爺，我扶著你。」簡樂親走路也有些拐，顯然也是被打到腿了，簡秋栩趕緊過來扶著他。「小芮，妳去縣裡請個大夫過來。」

「不用費這個錢了，小傷，一、兩天就好了。」簡樂親擺擺手，不讓簡秋栩去找大夫。

簡秋栩見他說話中氣很足，應該沒有什麼內傷，便聽他的，讓小芮去買點跌打擦傷的藥。

第二十八章

「哎，這一遭大家身上傷得不輕，希望沒有什麼事。」簡樂為並沒有跟著其他族人回去，而是來了簡家，進了正屋，嚴肅的臉上有了些愁容。

「方氏的人是越來越過分了。」簡樂親嘆了口氣。「再這樣下去，族人日子過得越來越不安寧了。」

「爺爺，族長爺爺，他們今天又是因為土地找我們麻煩嗎？」簡秋栩拿出自己受傷時剩下的藥膏給簡樂為搽，打探起今天的事來。

「不是，這次不是因為地，而是因為竹編物品。萬祝村竹子多，每個人都會用竹子編點東西，平常雙方都用這些竹編的東西換些小錢。最近一段時間，簡泰幾家編出了新花樣，外面的人喜歡，都跟他們買。方氏那邊編的東西賣不出去，就來找麻煩了，說我們搶了他們的生意。」簡樂親說著有些無奈。這些年，類似這種事情屢屢發生，他們族人勢弱，方氏一族大大小小的事都要欺上一頭。

簡秋栩真是見識到了方氏一族的蠻橫。自己東西做得不好賣不出去，怪別人東西做得好截了自己的財路，真可笑。

「族長爺爺，族人編的東西一年能賺幾個錢？」

「這竹編的東西也不值幾個錢，賣得好的話，一年能賺個兩、三百文錢吧。」簡樂為估算了一下。「我們簡氏地少，收入來源少，平時都是到外面打短工貼補家用。冬天很少人家招短工，只能靠竹子編些玩意兒賣，錢雖然少點，但至少也算一筆收入。」

一年才賺兩、三百文，這也太少了。

簡樂為有些擔憂。「不過這錢也不好掙，我來的路上就看到方氏有些人已經偷摸學會了簡泰他們編的法子，估計不用多久，他們就像以往一樣，降了價賣，把客源又搶過去。」

「這種事情以前經常發生？」

「發生好多次了，編東西的法子來來去去就那些，我們這邊一旦出了什麼新鮮東西，不用多久就被他們學過去了。」簡樂為嘆了一口氣。「所以我們想要多賺錢，難呀！雖然價格便宜了，為了多賺些錢，也不得不便宜賣掉了。有些人的還賣不掉，白費了心思。」

所以方氏這些人，是當慣了盜版商。

「族長爺爺，村裡的竹子是共有的嗎？」簡秋栩想了想，問道。

「不是。」簡樂為搖頭。「當初朝廷把荒地劃給我們，連同荒地上的竹子、竹林那些都劃給我們了。以這條河為界，河北面的竹子都是我們簡氏的，南面是方氏的。不過方氏那些人經常來這邊砍我們的竹子，我們也管不過。」

「不是就好。族長爺爺，既然編織竹子的法子這麼容易被學了去，那我們可以做一些方氏學不了的東西賣。萬祝村到處都是竹子，不一定只能靠編織竹製品賣錢。」

「竹子還能用其他法子賣？」簡樂為驚訝，他們祖祖輩輩就只懂得用竹子編籃子、竹簍，從沒想過竹子除了用來編東西，還能做些什麼。

「小妹，妳是不是又有什麼賺錢的點子？」簡方樺聽簡秋栩這麼一說，眼睛亮了起來，他小堂妹肯定是有了賺錢的法子！

「確實有。」簡秋栩點了點頭。

「什麼法子？」家裡人一聽，全都焦急地問了起來。如果簡秋栩真的有法子給族人賺錢，他們以後就不會過得像現在這麼窮了。等有了錢，族人就能壯大，方氏一族的人就欺壓不了他們了。

這些日子，他們家有了製作香皂賺錢的法子，心裡都興奮。但是想到只有自己家賺了錢，族人依舊沒辦法賺錢，簡樂親和簡明義他們心中是有些過意不去的。

如今聽到簡秋栩說有法子讓族人都有錢賺，心裡都亮起來了。

「妳真的有法子？」簡樂為是第一次見到簡秋栩，不像簡家人那麼相信她真能想出什麼法子，但心裡還是期盼的。

簡秋栩點了點頭。「竹子不僅能用來編織各種東西，其實還能用來造紙。」

「造紙？竹子能造紙？」簡樂為震驚得從椅子上坐起來。簡方雲在縣裡讀書，紙有多貴，他是知道的；普通的紙都要一兩一刀，更別說那些好紙了。那些好紙別說買不起了，連見都很少見到。如果竹子真的能造紙，他們族人就真的能賺到錢了！

「能。」簡秋栩確定地說。這個時候造紙用的幾乎是漁網、舊布、麻頭和樹皮，她親哥上次給她帶回大晉最好的紙，從品質上看也是用樹皮做的。這個時候用竹子造紙肯定很少，或者還沒有人用竹子造紙。用來造紙的竹子最好的是毛竹，而他們萬祝村到處都是毛竹，原料根本就不愁。

「那要怎麼造？」簡家人也都激動了起來，圍著簡秋栩問。

「方法不難，就是步驟比較多，花的時間也比較長。族長爺爺，我只是知道法子，沒有動手做過，如果要做的話，肯定要嘗試多次才能成功。如果能製作成功，做出來的紙不比現在最好的紙差。」用毛竹製作紙的步驟其實很簡單，不過竹子造紙的方法，她好多年前看過的，有些忘了，需要好好回憶一下才行。

「真的?!」聽到竹子造出的紙比現在最好的紙還要好，簡樂為的心都怦怦跳了起來，當即決定。「做，不管做幾次才能成功，我們都要做！」

「法子我要先整理整理，明天才能拿出來。」

「好好好，不急不急！能記起來就好！」簡樂為努力壓著激動。

「真是太好了！如果我們真的能把紙造出來，族裡人就不用長途跋涉地出去外面找工了。小堂妹，妳真的是我們的財神爺！」大堂哥興奮地說著。

家裡的其他人也興奮，身上的傷和今天打架的事都拋到一邊了，只盼著簡秋栩能盡快把造紙的法子拿出來。

簡秋栩看大家這麼興奮急切，吩咐覃小芮把藥給大家，便回房整理起竹子造紙的方法來。

簡秋栩仔細回想以前看過的法子。毛竹造紙的法子是她無聊的時候看的，雖然看得不是很專注，但主要的步驟還是記得的。她根據主要步驟往前後回想了一下，意外發現自己竟然能把其他的步驟也想起來。

看來重生一回，記性也跟著回春了，她趕緊把步驟記錄下來。

用毛竹造紙，一共需要十七個步驟。看竹體裁、伐竹作料、砍折竹子、浸竹於塘、刷洗竹子、去皮存質、切碎竹子、捶搗如絲、研磨纖維、入楻蒸竹、入池漚洗、攪拌竹漿、瀝乾竹漿、清洗竹漿、抄漿成紙、透火焙乾、揭起成帙。

列好了步驟，簡秋栩分別把方法詳細寫下來。

前面三個步驟很簡單，挑選需要的竹子砍下來即可。這十七個步驟裡，最主要的步驟是浸竹於塘、去皮存質、入楻蒸竹、入池漚洗和抄漿成紙。

浸竹於塘需要把成捆好的竹子放入池塘中浸泡，要浸泡百日左右，讓竹子褪去粗殼和青皮，這工序稱為「殺青」，這是用時最長的步驟。

去皮存質需要將竹子表面已經泡軟的青皮，用刀削去，獲得竹纖維。

而入楻蒸竹則是將竹漿放入楻桶內，與石灰一起蒸煮八日八夜，達到軟化和漂白的作用。

竹漿入池漚洗是為了提高竹漿的細緻度，獲得品質更好的紙。

最最關鍵的步驟是抄漿成紙，它的重點在於施膠劑。抄漿成紙的時候沒有施膠劑，抄漿出來的紙不防水又脆，根本不好用。施膠劑的作用是提高紙張的抗水性和抗油性。這個時候造紙用的施膠劑應該是澱粉，可她想要得到品質好的紙，打算選用松香。用松香做成的施膠劑，可以提高紙張的抗水性和抗油性。

塗塗改改，等她完全把竹子造紙的詳細法子列出來後，天已經黑了。她寫得認真，沒發現房間裡已經點上了燈，而且不只一盞。

她伸了個懶腰，拿著一盞燈走去廚房。

廚房裡，除了族長，家裡人都在。灶裡燒著火，照得每個人的臉都紅通通的。

「小妹，法子想出來了？」簡方櫸一看到她，立即站了起來。

「好了。」簡秋栩把燈放到飯桌上，發現桌上的飯菜都還沒動，應該都在等著她吃飯。

「我去看看。」簡方櫸一聽，就往她房間裡跑。

「我也看。」家裡的其他人也跟著跑了進去，他們實在是太好奇用竹子怎麼造紙了。

等他們拿起紙才想起自己不識字，於是簡小弟充當起讀書匠，一個字、一個字唸給他們聽。

簡秋栩也在一邊聽著，發現她寫的那些字，小弟竟然已經全部都認得了。厲害了，都不用夫子教了，她弟是神童啊！

「方法聽起來真的不難，小妹，我們一定能做出來的。」聽了法子，簡方櫸覺得造紙法子雖然步驟多，但現在寫得清清楚楚，真的不難。

「對，等族長明天過來，我和他商量商量，咱們趕緊開始，先把竹子砍了。」簡樂親拿過紙，真的恨不得現在就去砍竹子。

簡樂為回到家裡，想到族人以後能造紙就坐不住，在房間裡來來去去走著。

這些年來看著族人被方氏一族欺壓，作為族長，他心裡難過呀！無時無刻不想著族人能過上安寧的好日子。如果樂親小孫女的方法可行，他們族人以後定能壯大，也就不會被方氏一族欺壓了，今天這種事情肯定就不會發生了。

第二十九章

簡家人除了簡秋栩，一個個激動了大半夜才入睡。

天曚曚亮，族長就趕過來了。他心裡惦記著簡秋栩的法子，一個晚上都沒有睡好。

今天家裡人沒做香皂，連她爹簡明忠都讓大伯和大堂哥扶到了正屋裡。

「族長，這就是用竹子造紙的法子，秋栩都記起來了。」簡樂親把寫滿方法的紙交給了簡樂為。

簡樂為雖然識字不多，但也能看得懂。簡秋栩為了讓他更明白，把每一個步驟的方法都詳細解說給他聽。

「好！好！」簡樂為完全明白了每一個步驟該怎麼做。這些詳細的步驟，也讓他堅信簡秋栩的法子肯定是對的。他整個人很激動。「我們現在就去召集族人，盡快把池塘挖起來，竹子也要盡快砍起來。」

眾人商量了一會兒，打算把造紙的地方安置在山腳左側。那裡有三畝遍布石塊的地，因為無法種東西，這些年來一直荒廢著。三畝地的旁邊就是小河，池塘挖好後，水能很容易引進池塘裡，以後蒸煮竹漿，用水也方便。

簡秋栩覺得這樣挺好，把造紙用水和河水分開，避免污染。

「族長爺爺，你讓族人砍嫩竹，只要嫩竹。」簡秋栩想了想，臘月到開春，正好是嫩竹的生長時期，用嫩竹造出來的紙品質更好。「族長爺爺，竹子砍完後，記得讓族人重新再種一些，這樣竹子才不會用完。」

有種有伐，才能保持平衡，簡秋栩可不想族人只伐不種，這樣不用過多久，竹子肯定被砍光了。

簡樂為點了點頭，帶著爺爺他們走了。

「唉，我的腿真是耽誤事。」關乎族人的大事自己又幫不上忙，簡明忠心裡有些難受。

「爹，爺爺、大伯和大堂哥都去了，咱們是一家人，他們幫忙了，也算你幫忙了呀。而且要造紙還得等三個月後，到時候你的腿肯定好了，那時候可是最需要人的時候，少不得讓你忙的。再說了，即使你的腿好好的，現在也沒法幫忙，香皂盒子還指望你編呢，咱們家的香皂過幾天就要賣了。」

「對對，秋栩，妳去幫爹砍幾棵竹子回來，之前砍的用完了。」

果然，她這麼一說，她爹也不難受了，趕緊拿起竹絲編起盒子來。

「好咧！小弟，咱們給爹砍竹子去。」

簡小弟聽到她的叫喚，立即跑了出來，去廚房拿砍刀。

簡秋栩喊了簡sir，出了院門。簡sir好像知道要去竹林，一出了院子就往竹林奔跑，很是歡快。

將近一個月，簡sir變化不小，狼犬的特徵越發明顯。

「臥倒！」飛奔著的簡sir聽到她的口令，立即臥了下去，在厚厚的雪中只露出半個身子，耳朵豎得直直的。

「乖狗狗！」也許因為是自然孕育的狼犬，簡sir真的很聰明。簡秋栩最近教了牠一些簡單口令，牠都能很快學會。

簡秋栩獎勵性地摸了摸牠的腦袋，手勢一指。「跑！」

簡sir一躍而起，速度極快地跑進了竹林。

「二姊，簡sir真厲害，能聽懂人話。」簡小弟很喜歡簡sir，平常也喜歡跟牠玩。家裡的其他幾個小孩也喜歡牠，簡sir已經成為家裡的一員。

「絕大部分的狗都能聽得懂人話，不僅僅是狗，其他的動物也能，就看人有沒有耐心訓練。」簡秋栩加快腳步跟了上去。

「要怎麼訓練呢？都要像妳訓練簡sir一樣地訓練嗎？」簡小弟好奇。

「每種動物的訓練方法都不一樣，我只懂訓練狗狗的，其他的就不知道了。」

「二姊可以教我嗎？我可以幫妳訓練簡sir的。」簡小弟追著她問道。

「可以啊。」

「謝謝二姊！」簡小弟開心地瞇起眼。

編盒子用的竹子最好粗一些，簡秋栩兩姊弟沒有在竹林邊緣砍竹子，而是走進去挑了兩根粗壯的竹子。簡sir奔跑進竹林後就在裡面等著他們了，看到他們開始砍竹子，安靜地蹲在一旁看著。

隨著刀砍到竹子上，竹葉簌簌地響著，竹葉上面的雪撒了他們一身。簡sir看到雪團飄落，開心地撲了起來。

「汪！」竹葉響動，歡快地撲騰著的簡sir突然豎起耳朵朝簡秋栩的方向叫了一聲。

簡秋栩下意識地轉身，一個蒙著面的人突然從她身後躥了出來，張著手撲向她。簡秋栩眼神一凝，一腳狠狠地朝那人踢了過去。蒙面人被她踢得有七公尺遠，來不及爬起，簡秋栩手腕上的袖箭隨即飛射而出，狠狠地扎到他的左肩上。

地上的人一陣哀號。竹林某一處，有竹子抖了抖。

簡sir飛撲過去咬住他的右肩，那人痛叫著。簡秋栩快速跑過去，反扣住他的雙手。

「姊，沒事吧！」簡小弟反應過來，快速跑了過來，用手壓住了那人掙扎的雙腿。

「沒事。」這一世，她的力氣比前世大多了，普通人想要傷到她不是那麼容易的，更何況她手上還有前兩天做好的袖箭。

簡秋栩用力拔出蒙面人左肩上的袖箭，袖箭一端有當作橡皮的牛筋連著，一拔出就立即歸位，而地上的人痛得嗷嗷叫。

「王榮貴！」不用扯開面罩，單聽聲音她就知道襲擊自己的人是誰了。「果然不安好心，說，你想要幹什麼！」

她一把扯下王榮貴的面罩，用力扭住他的雙手。

一張驚恐又猙獰的臉出現在兩姊弟面前。

「真的是你！你要抓我姊做什麼？」簡小弟憤怒地質問他。

「誤會！啊……誤會！」王榮貴痛得面色發白，卻狡辯著。「秋栩妹妹，方樟弟弟，我只是想要跟你們打個招呼……」

「打招呼？你這打招呼的方式可真別致！」簡秋栩冷笑一聲，用力地把他的手扭在一起。王榮貴兩隻手的骨頭喀嚓喀嚓地響。「說，你要幹什麼？」

「我說！我說！」王榮貴痛得哭喊著。

安靜的竹林外，突然嘈雜起來，男男女女的聲音越來越近。

「在這裡，就是這裡！我剛剛遠遠看到有個姑娘被擄進來了！」杜春華帶著十幾個人匆匆而來，臉上焦急，聲音大到竹林盡頭都能聽得見。「造孽哦，也不知道是誰家的姑娘，遭了歹人的毒手，這可怎麼辦哦！以後清白都沒了！」

「快，進去找找！」有人喊著，腳步聲迅速往竹林跑來。

「右邊，我剛剛看到那人拖著那個姑娘往右邊去了！」杜春華大喊了一聲，那些人立即掉頭往右邊跑了過來。

簡秋栩冷笑一聲，拿起砍刀，繼續砍竹子，簡sir謹慎地盯著越來越近的腳步聲方向。

「快，就在這裡……」杜春華看著那些人被她引導過來，心裡興奮，她的計劃就要成功了。

只是她的興奮在見到安然地砍著竹子的簡秋栩時熄了火，張著的嘴驚訝得都快閉不上了。

她兒子沒有成功？怎麼可能？不行，不成功也得讓他成了。

「杜嬸子，你們這是在找什麼？」簡秋栩揮著砍刀，明知故問。

「嬸子剛剛看到妳被一個男的擄進來，知道那人要對妳不軌，所以讓人過來找妳。秋栩啊，我們過來找妳慢了點，這麼長時間過去了，那個男人沒有對妳做什麼事吧？」杜春華迅速轉變了思路，無論如何都要坐實簡秋栩被男人擄走這件事。

果然，她的話讓那些過來找人的人注意力都放到了簡秋栩身上，眼神中都有不好的猜測。

簡秋栩冷笑一聲。「杜嬸子，我剛剛可是聽到妳說的是不知道誰家的姑娘，妳都不知道那個姑娘是誰，怎麼一眨眼就認定那個姑娘是我了？」

「這……嬸子剛剛沒看到妳的臉，所以才不知道那是妳。但我看清了那姑娘的衣服，就是妳這身衣服啊，剛剛被男人擄走的就是妳。秋栩啊，妳還好吧？有事就跟嬸子說，嬸子不會告訴別人的。」杜春華一臉關心地走上來。

而那些跟著她來找人的都是方氏族人，認出了杜春華口中被男人擄走的簡秋栩是簡樂親的孫女，盯著簡秋栩，臉上都有著幸災樂禍。「簡家姑娘，妳杜嬸子說得沒錯，我們不會告訴別人的。」

「不勞大家費心。」簡秋栩掃了一眼眾人。「剛剛確實是有人想要擄我，不過……」她冷哼一聲，一腳踢向地上堆著的竹葉。五花大綁、套著面罩還被竹葉堵著嘴的王榮貴被她踢到了杜春華的腳邊。

突然出現的人嚇了方氏眾人一跳，而杜春華一眼就認出了地上的人是她兒子，整個人的嘴巴哆嗦著。

簡秋栩冷眼看了她一眼，一腳用力地踩到王榮貴被綁著的手上。「不過，他被我抓起來了。想要對我不軌，也要看看有沒有這個本事。」說著，又用力地踩了他一腳。腳下的王榮貴痛苦地哼著。

剛剛還在幸災樂禍的方氏眾人忽然意識到簡樂親這個小孫女不是個善類，他們要嘲笑簡氏一族的機會怕是沒了。

「不……不……」痛苦悶哼著的王榮貴讓杜春華焦急起來。她怎麼都沒想到，計劃不成，還讓兒子受了苦，心裡恨死了簡秋栩，但又不能表現出來，想著趕緊把兒子救下來，不能讓人發現他們想做的事。「秋栩啊，妳搞錯了，這人不是擄妳進竹林的那個人。」

「搞錯？放心，嬸子，我不會搞錯。」看著杜春華焦急的模樣，簡秋栩心中冷笑。

「秋栩啊，妳肯定搞錯了，真的不是他！」看著痛苦的兒子，杜春華急得要死。「大家快勸勸秋栩，這人真的不是我看到的那個人，秋栩冤枉他了！」

方氏那些人看了看杜春華，又看了看地上戴著面罩的人。他們也不是傻的，沒幹壞事，戴著面罩幹啥？

簡秋栩冷哼一聲。「我已經報了官，是不是他、有沒有冤枉他，自有楊大人替我斷定。」

「報官？不能報官啊！」聽到簡秋栩說報官了，杜春華徹底慌了。地上的王榮貴聽了，也害怕地掙扎了起來。

「為什麼不能報官？這人知法犯法，心懷歹意，就該報官。」簡明義帶著十幾個族人匆匆趕來。

看到簡氏眾人，杜春華心裡更慌了。「不，不能報官！簡大伯，你們家秋栩認錯人了，這是冤枉別人！」

「你們簡家人動不動就報官，真當縣衙是你們簡氏開的？」剛剛看戲的方氏眾人見到了簡氏眾人，這會兒開始陰陽怪氣地冷嘲熱諷。

「冤不冤枉，縣令大人會有判斷。方櫸，方挺，把人給我拉起來，帶到縣衙去。」簡明義不理方氏眾人，氣憤地看著杜春華。

「不要！你們真的冤枉人了！」杜春華跑過來想要阻止，卻被其他簡家人擋著。

簡方櫸和簡方挺一臉怒氣地扯起驚慌掙扎的王榮貴。

簡秋栩冷冷地看了杜春華一眼，伸手拿走王榮貴嘴裡的竹葉。

「不能報官！娘，娘，快救我！不能報官！報官我就要坐牢了！娘，我不要坐牢，快救我！」嘴裡沒了竹葉，王榮貴驚慌地喊叫起來。

原來這人是杜春華的兒子。

看著被簡方櫸大力揭了面罩的王榮貴，再聽他的話，方氏眾人再傻也知道，今天這事是杜春華母子兩人搞的了。

讓兒子擄人毀人清白，等她兒子跑了，再帶他們來坐實事情，這樣簡樂親這小孫女清白就沒了。簡樂親小孫女沒了清白，可不就遭人嫌棄嘛。聽說王榮貴是個賭鬼，估計連娶媳婦的錢都賭沒了，這樣一來，到時候王家要娶簡樂親的小孫女，簡家人不就感恩戴德，估計連聘禮都不會要吧？

嘖嘖，最毒婦人心，只是沒想到簡樂親的小孫女不是個好對付的。

「王榮貴，沒想到你竟然做出這種事，枉我們簡家真心對你！」簡方櫸朝王榮貴臉上呸了一口，和簡方挺用力地拖著他走。

「娘，娘，救我！」王榮貴腿軟地走不了路，哭喊著。

「簡大伯，你們冤枉我兒了！真的冤枉他了！他只是幫我過來看簡二伯的，看到有人擄走了秋栩，才跑進來找人的……對，他是來救人的！」杜春華哭喊著狡辯。

「是不是冤枉，楊大人自會評斷。」都這個時候了，還說著瞎話，簡明義臉色冷如冰霜地喝斥。

「兒啊！」杜春華衝了過來，左手死命抱著王榮貴，右手握著一根竹子，撒潑著就是不讓簡明義眾人把他帶去見官。

「妳以為這樣我們就拿你們沒辦法了嗎？」簡秋栩挑了下眉，指了指不遠處走來的人。「看到那是誰了嗎？」

看到來人，杜春華母子臉色都發白了。

「報官者何人！」四個身著淺青色衣服，正中央寫著大紅色「捕」字的衙役被簡小弟、簡母和簡方雲帶著匆匆而來。

「是我。」

再怎麼撒潑，在官差面前，杜春華都撒潑不成。四名衙役扭著他們回了縣衙。

作為報案人的簡秋栩，自然跟著去了。簡明義和簡方櫸也跟著去了，簡母和大嫂也跟來了。其他族人本來也想去，最後讓簡明義勸回去了。

此時，正想著打探事成了沒有的春嬋，剛出門就見到被衙役押著的王榮貴，立即意識到大事不好，匆匆返回，拎著東西就跑。跑到不遠處，清掉身上用來喬裝打扮的東西，偷偷摸摸溜回城裡。

第三十章

「大人，我招，我招！我只是想娶秋栩妹妹……」到了公堂上，縣令大人還沒發話，王榮貴就慌亂地跪下去把什麼都招了。

真是個慫貨。簡秋栩嗤笑一聲，站在一旁冷眼看他語無倫次地說話。

王榮貴和杜春華要做的事，她早就知道了。想用毀她清白的惡毒法子逼她答應婚事，王家人真是惡毒得很。他們計劃得很好，早早就到簡家院子不遠處守著，就等著對她下手，只是怎麼都沒想到，他們的主意打錯了人。

簡母和大伯他們聽到王榮貴親口說出的話，氣得臉色通紅，要不是顧忌著這是縣衙，恨不得衝上去打死他。

縣令楊璞是個瘦高嚴肅的人，此時，眼神犀利地看著王榮貴。「你所言句句屬實？」

「屬……實，屬實！」被楊縣令看著，王榮貴抖得更厲害了。

「來人！」楊縣令拍起了驚堂木。

「大人，大人，都是那個春姑娘讓我們幹的！是她讓我們幹的，跟我和我兒子無關啊！」杜春華看到王榮貴把他們要做的事都招了，害怕楊大人把他們抓去坐牢，趕緊把責任推到了春嬋頭上。「那個春姑娘花錢讓我們一定要娶到簡秋栩，她跟我們說，簡秋栩從廣安伯府帶了好多錢財回來，大人，我們被錢財蒙了眼，被她騙去做這些事。玷污簡秋栩清白的法子也是她出的，大人，你快去把她抓回來，她才是主犯！她就住在客棧裡，大人，你要還我們清白！」

「是真是假，把人帶回來便知。至於你們，知法犯法，一個都逃不過。」楊縣令厲聲說道：「張新，你帶人去把他們口中說的春姑娘帶到衙門來！」

張新聽命而去。

簡秋栩卻知道，人肯定是找不到的了。春姑娘、伯府……看來想要害她的人是羅志綺。一計不成，又來一計，羅志綺是有多恨她。

不久，張新幾人匆匆回來，果然沒有找到春嬋。而縣裡的人，誰都沒有人見過王榮貴嘴裡的春嬋。

「大人，真的是她煽惑我們做這些事的，大人……」看縣令找不到人，杜春華母子更加驚慌了。

「是與不是，本縣令自會查清楚。來人，給他們行刑！」

「不要啊大人！」

王榮貴被罰三十大板，紋銀三十兩。杜春華被罰二十大板，紋銀二十兩，並收監一個月。兩人哀號著被拖入了牢房。

「真是便宜他們了！」看到杜春華他們只是被打了幾十板，坐牢一個月，簡方櫸有些憤憤不平。這樣惡毒的人就應該拉去砍頭。

「方櫟哥，他們犯罪未遂，按大晉律法，確實只能這樣判。」簡方雲說道。

「我知道，早知道報官前先打他們一頓。」

「秋栩，沒事吧？」簡母怎麼都沒想到杜春華母子會做出這樣的事來，心裡氣憤，同時也擔心簡秋栩。

「娘，放心，我沒事。」

「那就好。也不知道那個春姑娘是誰，怎麼就做出這種事來，希望楊大人趕緊抓到她。」沒有抓到那個春姑娘，簡母心中還是擔心這種事會再發生。

「娘，楊大人肯定能抓到她的，妳就放心吧。大伯，你先帶我娘和大嫂在外面等一下，我和大堂哥去謝謝那些捕頭大哥。」

「我同你們一起去。」簡方雲跟了上來。「秋栩小妹，妳找那些捕頭，不只是想要感謝他們吧，妳可是知道春姑娘是誰？」

簡秋栩挑了下眉，沒想到簡方雲這麼敏銳。「確實。」

「是誰？」簡方櫟焦急地問道。

「如果我猜得沒錯，她是羅志綺的丫鬟春嬋。」

「怎麼又是羅志綺?!我們現在就告訴楊大人，讓楊大人去抓她。」

「無憑無據，楊大人未必會去拿人。」簡方雲說道：「小妹，妳有證據嗎？」

「證據我沒有，但春嬋那裡有，就看楊大人敢不敢去廣安伯府抓人了。」簡秋栩找衙役，是打算把春嬋的身分告訴他們。

「楊大人雖然還算一個好官，但伯府不屬於他的管轄範圍，這人估計抓不成了。」廣安伯府屬於京城管轄，楊璞真要去抓人，得請示京城，關係錯綜複雜。今天這事是個小案子，估計城裡不會搭理。

「我知道。」簡秋栩也沒有指望楊大人這個小縣令能去城裡把人抓回來，但不妨礙她把春嬋就是春姑娘的事告訴他。

以羅志綺對她的恨意，說不定哪一天春嬋就又來郭赤縣了。有了案底，到時候被發現了，可不就好抓人了？

果然，楊璞收到衙役的匯報，眉頭就皺了起來。「廣安伯府的人？這事不好辦。張新，你帶人在周邊打探打探。」

知道衙役已經把她的話傳給縣令，簡秋栩三人出去和簡母他們會合。

今天的事她沒有受到影響，家裡人卻嚇得不輕，奶奶和大伯母她們還特地殺了隻雞給她壓驚。

「王家的人，以後都不要來往了。」知道簡秋栩回來了，簡樂親也趕了回來。

「肯定不能來往了，交往這麼多年，都沒想到他們心思是這樣歹毒的人。」

錢財動人心，若說歹毒，真正歹毒的人是羅志綺。看著家裡和善的眾人，簡秋栩實在是不知道羅志綺為何會對自己這麼怨恨，處處針對自己。

也許是心中有所想，簡秋栩午睡的時候，竟然作了一個神奇的夢。

夢裡的主人公是羅志綺，內容是羅志綺三十年的人生。

夢裡的羅志綺從小專橫霸道，家裡人根本就拿她沒辦法，簡母也為她操碎了心。然而她不僅不感激，還認為家裡人苛待她。夢中的她在簡明忠被樹壓斷腿的半年後，受不了家裡的貧窮，不顧家人反對，認為王榮貴能賺錢，執意嫁給了王榮貴。可婚後過得貧窮，反過來怨恨家裡人當初沒有勸住她，一次次得寸進尺地找家裡人要錢。

夢中的簡家也很貧窮，根本就沒法借錢給她，因此她心中更加怨恨簡家人。

在她三十歲那年，知道自己才是廣安伯府的嫡女，然而這時候的她已經病魔纏身。看到廣安伯府的富貴，看到占了她身分的人活得鮮豔，她心裡的怨恨達到了頂端。

簡秋栩看到她帶著怨恨不甘地死了，看到她的靈魂從那具乾癟的軀體中飛出，看到她那雙怨恨得發紅的雙眼。

簡秋栩猛然醒來，這一刻她意識到，這一世的羅志綺肯定是重生了，重生在她回廣安伯府之前！

自己都能穿越重生，羅志綺重生對她來說，並不是什麼不能接受的事。

雖然奇怪自己為什麼會夢到羅志綺的前世，但從夢中，她也算知道羅志綺如此怨恨自己，想要自己不好的原因了。

從夢中可以看出，前世羅志綺過得不好，都是她自己找的。只是直到現在，羅志綺都沒有意識到一切的源頭都是因為自己。

給她下毒，讓人偷她家裡的錢，現在還想讓她嫁給王榮貴，簡秋栩只一想，就知道羅志綺的意圖了。

羅志綺想要她過她上一輩子的生活，受她受過的苦，不，比她上一輩子過得更苦。

簡秋栩想想就覺得有些可笑，她又不是她，怎麼會照著她上輩子的軌跡活？羅志綺這輩子注定不能如願，注定意難平，因為她會讓簡家過得富裕，自己過得悠閒。

雖然是如此想，簡秋栩還是更警惕。看到簡家越過越好，羅志綺肯定不甘，一定會再來些下作手段，她打算讓她哥幫忙找些人盯著羅志綺，以便應對。

羅志綺一時半刻是無法徹底解決，只能先這樣了。

把羅志綺的事撇到一邊，簡秋栩回憶了一下夢中的那個自己。雖然夢裡的她露面不多，但簡秋栩能分辨得出，那個人並不是自己。

相同的軀殼裡是不同的靈魂。

簡秋栩確定自己沒有奪舍，因為記憶恢復後，她能記起自己在她娘肚子裡的記憶。在她還是胚胎的時候，並沒有發現另一個魂魄的存在。難道是因為她出現了，前世的那個魂魄就消失了？

簡秋栩疑惑，不過想不明白，她便把它撇到一邊去了。順其自然吧，說不定哪天她就知道原因了。

想了想，簡秋栩笑了。以羅志綺的心態，如果知道自己報復錯人了，估計會氣死吧？還有今天的事，她估計也能氣出內傷來。

廣安伯府祠堂裡，羅志綺果然如簡秋栩所料，氣得面色發紅，不停辱罵撕打春嬋，甚至踢翻了一排牌位。

看著散落一地的牌位，一旁的夏雨等人嚇得要死，慌亂地把牌位撿起來。

羅志綺根本就不在意那些牌位，甚至撿起一塊當成武器，狠狠地打在春嬋身上。「妳不是跟我說事情一定能成嗎?!沒成妳回來做什麼！再給我找人去，一定要讓簡秋栩嫁給王榮貴！」

「是，三小姐，三小姐別打了，我一定能辦成的。」春嬋抱著頭縮在一旁，根本就不敢反抗。

羅志綺把牌位狠狠丟到她身上。「還不快去！這次再辦不成，我一定把妳換掉！」

「是，是。」春嬋如蒙大赦，爬起來就跑了。

羅志綺又踢著牌位，還一把拍掉夏雨手中的牌位。「還有妳，妳找的人呢？為什麼現在還不能把簡家的錢偷走?!」

「三、三小姐，那些人不知什麼原因，都被抓起來了。三小姐，我正在找，很快就能找到人，小姐要相信我！」夏雨慌張地解釋著。

「滾！」為什麼前世簡秋栩的丫鬟那麼厲害，她底下一個個都這麼沒用?!等出了祠堂，她一定要鄭氏再給她買幾個丫鬟，她就不信自己養不出厲害的丫鬟！

羅志綺氣得又狠狠地踢了一腳安放牌位的架子。

一把一模一樣的袖箭擺在了武德帝的龍案上。

「皇上，這是工部根據暗衛呈報的法子做的東西。」章明德躬身說著。「楊大人已經試過，沒問題。」

武德帝拿起袖箭，手指往凹進去的地方一扣，一支鋒利的小箭飛出，而後又被牛筋拉回，速度極快地歸位。「好東西。」

武德帝上下翻轉著那把小袖箭，有了決定。

「皇上，這確實是好東西，簡家姑娘真是心靈手巧，一定能想出更多有利於大晉的東西來。」

「我看不只是心靈手巧那麼簡單。」武德帝拿起桌上的暗報看完，說道：「章明德，去把田貴權叫過來。」

「是！」章明德弓著身子退出御書房，心裡暗自嘀咕，不知道哪家要倒楣了。

第三十一章

宣讀完武德帝口諭的田公公搖搖頭，從廣安伯府出來。

勉強笑著把他送出門的羅老夫人一等大門關上，立即大怒。「是誰？是誰偷偷出了府？給我查！查到了，給我把她腿打斷！」

他們廣安伯府被罰半年俸祿和三個月閉門思過，已經丟盡了面子，現在又被罰閉門思過三個月。二次被罰，廣安伯府要成為別人的笑柄了。

羅老夫人氣得胸口發麻。是誰這麼大膽，不顧皇上命令外出，害他們伯府顏面掃地。等她查到了，絕不會讓她好過！「李嬤嬤，現在就給我查，誰都不放過！」

羅老夫人雷霆大怒，很快就查到了春嬋的頭上。

「三小姐，三小姐救我啊！」春嬋知道自己大禍臨頭，哭著求羅志綺救她。

羅志綺心裡也慌。「我會救妳，但妳要說外出是妳自己的主意，知道嗎？不這樣說，誰都救不了妳。」

慌張的春嬋點頭。「外出是我自己外出，跟三小姐無關，三小姐，您一定要救我！」

話剛說完，李嬤嬤就帶人匆匆進來，把她拖走了。

為了讓羅志綺救自己，春嬋說外出是自己的主意，被李嬤嬤命人打斷了左腿，扔到柴房。

她又痛又冷又餓地等著羅志綺來救她，可等來的只有冷冰冰的飯菜及牙人。

三小姐不會救她了。

被牙人拉著往外走的春嬋這一刻知道自己做錯了，她不應該投靠羅志綺的，不應該相信她的，她錯了。「是三小姐讓我出去的！是三小姐讓我出去的！三小姐說要救我，我才沒有說出去的！是三小姐……」

春嬋大喊著，最後被人堵著嘴拉了出去。

「小姐，春嬋被賣了。」夏雨聽到這個消息，心中慌亂又害怕。

「賣了重新再買一個，妳慌什麼慌？」被賣了好，這樣就不會查到她頭上了。

剛聽到春嬋被打斷腿的時候，她還害怕春嬋把自己供出去，現在春嬋被賣了，她安心多了。

聽到羅志綺的回答，夏雨低頭沈默了，沒告訴她，春嬋已當著二夫人及其他人的面把她供了出來，現在整個府裡的人都知道罪魁禍首是她了。

羅志綺以為自己高枕無憂，沒想到沒過多久，自己就被李嬤嬤帶人押走，丟到廣安伯府最破的院子裡，讓人看守著，這半年絕不允許她跨出院子半步。

這下，羅志綺沒有心思再找簡秋栩麻煩了，整天哭喊著讓鄭氏想辦法把她弄回自己的院子去。

簡秋栩打算把袖箭拿去清洗，然後去山腳下看看族長他們挖池塘的情況。

袖箭上面沾了王榮貴的血，她回來後就把它摘下來了。

這把小刀就是她上次讓二堂哥幫忙打的，大小重量都合適，跟她做的自動箭把也比較吻合。不過做成的袖箭還是覺得不夠好，因為在這個時代找不到彈性更好的橡皮，牛筋的彈力還是差了些，袖箭彈出的速度慢一些，但用來防身足夠了。

簡秋栩把袖箭重裝好後，原本只想帶簡sir去山腳那邊的，沒想到拖了一串蘿蔔頭。和淼、和溪幾兄妹嘰嘰喳喳地跟著，繼續讓她講種子發芽的故事。

「跑慢點！」簡秋栩怕他們跑太快摔倒，趕緊跟了上去。

山腳離家裡不遠，也就一刻鐘左右，還沒走近，簡秋栩就聽到鋤頭挖地的聲音以及族人講話聲。

走近一看，有人挖土，有人丟土，挖池塘的工作進行得井井有條。正在挖的池塘面積大概三十多坪，深度已挖二、三十公分了，進度真的很快。

用來浸泡竹子的池塘為了安全著想，深度不超過一點五公尺，按目前挖池塘的速度，大概六、七天就能挖好一口池塘。

簡秋栩估算了一下，現場有三十來人，二十幾個男人，十幾個女人，族長一個早上就組織了這麼多人來挖池塘，可見族長在族人心目中滿有地位的。

「小妹怎麼來了？」簡方櫸看到她，放下鋤頭走了過來。

「過來看看。大堂哥，你們池塘挖得真快。」簡秋栩誇了一句。

「那當然。族人聽說要挖池塘造紙，一個個都興奮壞了，恨不得將全身的力氣都用上，好盡快把紙造出來。」簡方櫸高興地說道。

「對呀對呀，我們現在挖得還是有些慢。族長今天找人找晚了，很多人都到外面做工去了，等今晚他們回來，知道了，明天就不只這點人了，明天會挖得更快！」旁邊的族人興奮地說道。

因為想著挖了池塘就能造紙賺錢，每個人都一身勁，彷彿感覺不到疲倦。

從他們的表情中，簡秋栩看得出來他們對賺錢的渴望，對生活的渴望，滄桑的面容上都有了奮鬥和興奮的光芒。

這一瞬間，簡秋栩覺得自己當初所學是對的，至少在這裡能幫上他們。

「妳就是秋栩吧？族人跟我們說了，造紙的法子是妳想的。如果紙真的能造出來，妳就是我們族裡的大恩人啊！」幾個婦人看到她，圍了過來。

「是啊，如果這個法子能賺錢，以後我們就不會再被方氏一族欺壓了。秋栩啊，真的要謝謝妳！」

「嬸嬸們，恩人不敢當。這法子也不是我想的，是我從書上看到的。要說恩人，也是想出這個法子的人。」簡秋栩可不敢居功。

「都一樣、都一樣！秋栩，真的要謝謝妳！」

簡秋栩這人什麼都不怕，就怕別人感恩戴德。她跟幾個嬸嬸說了些話，乘機帶著幾個小蘿蔔頭溜了。

「花花！」簡和溪跟著簡sir跑，跑了幾步後，興奮地跑過來拉著簡秋栩往一個角落裡跑。「小姑，花花！」

山腳下，開著七、八朵紅色的月季花。月季最多能開到十一月，估計是這個位置剛好四面避風，溫度比其他地方都高，所以這棵月季現在還開著。

紅色的月季花已經慢慢凋謝了，簡秋栩把它們全都採摘了下來。「走，回家，小姑給你們變魔術。」

「魔術是什麼？」幾個小蘿蔔頭疑惑。

「魔術就是神奇的法子，很有趣的東西。」

「和泡泡一樣神奇嗎？」簡和淼問道。

上次簡秋栩用香皂給他們弄了泡泡水，用竹絲給他們弄了吹泡泡的東西，一個個玩得發了瘋一樣，認為那是神仙的法術，對泡泡水寶貝得很。

「對！」

「想想想！姑姑，快回家！」幾個小孩興奮地哇哇叫著，迫不及待地拉著她往家裡跑。

回到竹林邊的時候，遇上了幾個方氏的人，不用想都知道他們在偷砍竹子，而且一個個探頭探腦，肯定不懷好意。
簡秋栩不搭理他們，打算回去跟爺爺他們提醒一下，注意他們偷砍竹子的事。
「姑姑，到家了，快變魔術！」一回到家，幾個小蘿蔔頭都圍了上來，期待地看著她。
「等等，姑姑要把變魔術的東西做出來。」
「二姊，什麼魔術？」在茅草棚下幫忙剖竹子的簡小弟一聽到魔術這個陌生的詞，立即跑了過來。
「等等你就知道了。對了，你去屋後拔根蔥回來，讓你看看兩個魔術。」
「哇哦！」幾個小蘿蔔頭開心鼓掌。
「我現在就去。二姊，妳要等我回來再變！」簡小弟邊跑邊喊。
「放心吧，沒有那麼快。」簡秋栩把那幾朵月季花拿到廚房，找來一個乾淨的陶罐把它們丟進去，加一點水開始煮。
幾個小蘿蔔頭的眼睛一眨不眨地盯著。
火剛點著，簡小弟就把蔥拔回來了。簡秋栩讓他幫忙看著火，進房間拿了一張紙，又把下部的蔥白拔下來，一起交給他。
「小弟，用這個在上面寫幾個字。」
簡小弟不懂，但很是聽話地寫了一句「學而時習之不亦說乎」。
蔥白劃在紙上只有透明的液體，簡秋栩把它晾在一邊，等它乾透，又注意起陶罐中的月季花。

月季花隨著煮的時間越長，顏色漸漸褪去，陶罐中的水漸漸變成了暗紅色。

等花瓣發白，簡秋栩把陶罐拿起來，把暗紅色的花汁倒進白色的瓷碗中。

「好了，變魔術的時間開始了。各位看官注意了！我們先從這張紙開始。」簡秋栩拿起了剛剛晾乾的紙，幾個小孩興奮地拍著手，很是盡責地扮演看客的角色。

簡小弟認真地注視著簡秋栩的動作。

她把紙放到火上烘烤，蔥汁變乾，恢復空白的紙在火的烘烤下如變魔術般，慢慢出現了一行黑色的字：學而時習之不亦說乎。

「哇，有字！神奇！」幾個小孩驚訝地喊著。

「姊，為什麼消失的字又出現了，還變成了黑色？」從來沒見過這樣的事，簡小弟一度以為二姊會仙術。他非常好奇，急迫地想知道答案。

「字並沒有變消失，只是變乾了讓你看不到而已。蔥的汁液留在紙上，能夠讓紙發生變化，產生一種好像透明的薄膜一樣的東西。這種東西比紙更容易點燃，在火上一烤，紙沒燒沒焦，它就先焦了，用蔥白寫的字也就很清楚的呈現在紙上了。」

「原來是這樣，真神奇！」簡小弟驚奇地感嘆著，而後眼珠子一轉，興奮道：「姊，這個法子好，如果用來寫密報，是不是就不怕被別人發現了？」

「你這腦子轉得挺快的嘛！」

她小弟腦子還挺靈的，一下子就想出了它的用法。

「嘿嘿！」聽到簡秋栩的誇獎，簡小弟靦覥地笑著。「二姊，還是妳厲害，知道這個法子。」

「我這也是學別人的——」

簡秋栩話沒說完，幾個小蘿蔔頭也跟著喊：「小姑厲害，厲害！」

她拍了拍幾個小蘿蔔頭的腦袋。「好了，今天的魔術到此結束，你們小姑要幹活去了。」

簡秋栩讓簡小弟看著他們，進房間把她爹編的香皂盒子都拿出來。

「姊，大堂嫂，我們去裝一些香皂，明天帶給李掌櫃。」明天就是泰豐樓詩畫鑑賞活動的日子了，簡秋栩要去觀看，順便把第一批香皂拿給他。

「好的，小妹，要帶哪些？」簡方榆過來幫她拿一些盒子。

「就拿十塊松香皂，五塊硫磺皂和五塊丁香皂。」他們現在已經有松香皂、硫磺皂、丁香皂、原味香皂和檀香皂五種香皂，不過其他香皂還沒到時間，先拿二十塊給他。

用來晾曬香皂的小房間擺滿了兩排香皂，一進去，香味撲鼻。金色，白色，紫色，看起來非常悅目。

大堂嫂她們把手洗得乾乾淨淨，小心地把香皂放到了竹盒子裡。

她爹編的盒子大小剛剛好，盒子四周還特意拋光過，不會扎手。盒子上下有釦子，合起來時用釦子一扣，整個盒子會變緊，即使摔到地上，香皂也不會掉出來。

簡秋栩讓她姊和大堂嫂把香皂分開擺好，她回房把顏料和筆拿了過來，在竹盒子的正中央分別用不同的顏色寫了拼音「jian」。

「小妹，這是什麼字啊？」余星光和簡方榆疑惑。她們沒見過這樣的字，也不知道是不是字。

「這是簡字的另一種寫法。我們不能讓人知道香皂是我們家做的，所以用這個來起名。以後看到有這個標記的香皂，就是我們家做的。我用不同的顏色寫這個字，是為了更好區分香皂。看到它的顏色，不用打開盒子就知道裡面是什麼香皂。」

「對，對，城裡的東西都有記號，我們家的香皂這麼好，當然也得有記號。小妹，這個法子好。」余星光點頭誇讚。「這個記號以後肯定會像和樂樓那些一樣出名。」

「那當然。」簡秋栩對自己做的香皂還是很有信心的。

等顏料乾了，簡秋栩喊覃小芮拿來一個竹簍，大堂嫂和她姊幫忙把香皂整整齊齊地擺了進去。

二十塊香皂加上盒子並不重，為了不讓人看到裡面是什麼東西，她們拿了一些油紙塞在外面。

也許是因為泰豐樓太忙，大哥今晚沒有回來，家裡人不放心她一個人去城裡，讓大堂哥早上送她去城裡。

一到城裡，大堂哥便又趕回去了。

「小弟，你跟著我們，可別走丟了。」簡秋栩今天特地帶簡方樟過來見見世面。

「放心吧二姊，我不會走丟的。」

街上人多，簡秋栩讓覃小芮注意著他，三人快速走去泰豐樓。

雖然他們來得還算早，但泰豐樓的大堂裡已經坐滿了人了，幾乎都是書生。

簡秋栩沒想到這個朝代的讀書人對畫如此看重，一個個翹首引領的模樣。

「哥！」簡秋栩看到了在客人中間忙碌穿梭的簡方樺，朝他招了招手。

簡方樺趕緊跑了過來。「小妹，你們來了！走，哥帶你們上去，李掌櫃特地給妳留了好地方。」

簡方樺帶著他們從酒樓後面的樓梯上去，進了一個隔開的小房間。房間不大，不過也能坐七、八個人。簡方樺把一側的簾子拉開，視線正好對著酒樓正中央的位置。

「李掌櫃可真是大方的人。」這個小隔間雖然不大，但也算好位置。「哥，我把香皂帶來了，你看李掌櫃有沒有空閒，讓他過來接一下貨。」

「好咧！」簡方樺甩著帕子跑了下去，沒過一會兒，李掌櫃就匆匆來了。

「簡姑娘，香皂在哪兒？」李誠問得有些急。他上次把香皂拿回主家，果然如他所想，主家非常看重這個叫香皂的東西，覺得能讓李家更上一層樓，特地囑咐他不能讓任何人知道香皂是從哪裡來的，還大賞了他一番。

因此李掌櫃更加看重香皂了。

「這裡，不過我今天只帶來了二十塊。」簡秋栩把竹簍放到桌上，把裡面的香皂一個個拿了出來。「李掌櫃可以先驗驗貨。」

還沒打開，李誠就聞到了香味。

「這，竟然如此精緻漂亮！」李誠打開了三個盒子。金黃色透明的松香皂，黃色的硫磺皂，白色的丁香皂彷彿精緻的糕點，看起來很可口。如果他不知道這是香皂，肯定會認為是哪家酒樓做的點心。「好呀！太好了！」

「李掌櫃，沒問題吧？」簡秋栩看他愛不釋手地拿著香皂打量，問道。

「沒問題，完全沒問題！簡姑娘，它們出乎我意料得好。」李誠激動地說道，這樣精緻美麗的香皂，一定能給泰豐樓帶來源源不斷的客源。「妳等一下，我現在就給妳結帳。」

李誠匆忙跑下去把錢拿上來。「一兩五百文一塊，二十塊，總共三十兩。簡姑娘妳拿好。」

簡秋栩把錢接了過去。「李掌櫃，下次香皂等我哥回去的時候再帶過來。我哥五天回去一趟，讓他每次帶幾十塊過來，這樣不會引人注意。」

香皂出現後，肯定會有很多人過來打探香皂的來源。讓家裡其他人帶過來或者李掌櫃派人過去拿，都會被人盯上。她哥是這裡的跑堂，以前都是五天回去一趟，這樣他每回去一趟就偷偷把香皂帶過來，行為沒有異常，肯定不會引起別人的注意。

「對，這樣比較好，我現在就去跟妳哥說，你們先歇著，想要什麼吃的隨便點，李某人請客。」

「那就謝謝李掌櫃了。」

李誠拎著竹簍迅速地離開了，簡秋栩讓簡小弟和覃小芮自己點些東西吃。

詩畫鑑賞活動大概在巳時才開始，現在差不多還有一個小時左右，她打算先下去看看自己的小隔間。

第三十二章

上次小隔間裡有不少的雜物，簡秋栩沒法把它的具體尺寸量好，今天打算把它的尺寸和結構畫下，回去畫個簡單的裝修圖，讓她哥幫忙找個小木作把它重新修繕一下。

這次出門，簡秋栩特地帶了紙和炭筆，連尺都帶來了。

簡小弟和覃小芮知道她要去小隔間，也都跟了下來。

「二姊，這就是妳租的店？好乾淨。」簡小弟自從上次聽到簡秋栩在京城裡租了一間小店，就好奇上了。

之前放在小隔間裡的東西已經清理掉了，也打掃了一番，現在空盪盪的，結構很明白。

簡秋栩讓覃小芮幫忙，測量了長寬，畫了一個簡略的平面圖。

小隔間的門是在泰豐樓左側邊，想要開店，必須要在正面修出一扇門來。簡秋栩打算找人把正面的牆全部打掉，改成門。

泰豐樓大堂此時一陣喧譁。

喜歡看熱鬧的覃小芮忍不住從小門探出頭去，簡秋栩收好紙筆，帶簡小弟也走過去看。

泰豐樓正門，前後走來兩人。走在前面的人大概六十歲，鶴髮童顏，留著飄逸的長鬚，身上帶著文人的溫潤文雅。走在他身後的人是四、五十歲，穿著緋色圓領窄袖袍衫的男子，雖然臉上也帶著笑，但簡秋栩從他的眼神中看到不滿。

「是李太師！」

「王大家！」

大堂裡的眾人騷動起來。李太師李元景是有名的大儒，很少出現在公眾場合，沒想到今天竟然來泰豐樓了。還有王春林王大家，他從來都不屑來這些不出名的酒樓的。沒想到今天這麼好運，一下子都看到了。

眾人騷動的同時，心裡也更加期待泰豐樓的畫了。

聽到大堂裡的騷動，李誠迅速從樓上跑下來，看到李元景和王春林，滿臉興奮的光芒。意外之喜，意外之喜！「小店真是蓬蓽生輝，竟然能迎來李太師、王大家兩位大人，李某人真是三生有幸……」

「哼，你泰豐樓不是在外面傳有人畫魚比我還好嗎？敢拿我的名頭宣揚，我今天倒要看看，那人的魚是不是畫得比我好！」王春林不悅地看著李誠。「今天我請李太師過來，就是讓他評定。若有假，你們泰豐樓便不用開了。」

前幾天聽到別人說泰豐樓有人魚畫得比他好，他是不信的。他自信在大晉，還沒有人畫得比他好。他心中惱怒泰豐樓拿自己的名頭來宣傳，想著哪天找人好好教訓泰豐樓一番。然而這幾天傳言越來越厲害，都說泰豐樓那人畫的魚真的比他的好，王春林坐不住了，於是邀請李太師一起過來看畫。

李太師已經賦閒在家，他是個愛畫之人，這些天也聽說了泰豐樓得到了一幅奇異的畫，心中好奇，便一同過來了。

對於王春林的話，李太師沒有表態。

李誠沒有被王春林的話嚇到，很是恭敬地作揖道：「李太師，王大家，上面請！詩畫鑑賞就要開始，是真是假，您們待會兒就能見到。」

「哼！」王春林甩著袖子上去了。

李元景見李誠這麼自信，心中的好奇倒是加重了幾分。他不疾不徐地跟著李誠上了樓。

聽說李太師和王大家過來了，太平樓的田掌櫃與和樂樓的鄭掌櫃也姍姍來遲。

「李掌櫃，今天你們泰豐樓面子可真大，我們的老顧客都來看熱鬧了。只不過不知道你那幅畫能不能撐起這份面子，可別讓人失望才行。」鄭掌櫃不輕不重地說道。

李誠彷彿沒聽出他的不懷好意，依舊笑呵呵。「您兩位放心，肯定不會讓您們失望，上面請！」

田掌櫃眯眼笑著，帶著不悅眼神的鄭掌櫃也上了樓。

「李掌櫃，恭喜，今天的活動肯定能讓你心想事成。」簡秋栩見時間差不多了，打算帶簡小弟他們上去看戲。

「一定、一定！」李誠搓著手興奮道。沒想到今天李太師和王大家會過來，他們過來，代表著自己舉辦的詩畫鑑賞活動已經成功一半了。

看著大堂裡越來越多的人，李誠信心滿滿。今天泰豐樓肯定名聲大漲，這些人一定都會成為泰豐樓的忠實客戶！李誠興奮著，心裡頭又有了一個想法，急急忙忙地跑到後面去。

「我們上去吧，快開始了。」人太多，大堂的路被堵住了，簡秋栩帶他們出去，打算從後面的樓梯上去。

「方雲哥！」一出大堂，簡小弟興奮地朝對面喊了一句。

簡方雲正好從外面走進來，身邊跟著兩個書生模樣的人。

簡秋栩掃了他們一眼，左邊一書生面白，五官精緻卻陰柔，體格瘦削，看起來身體不太好。右邊一人曲眉豐頰，面色如玉，體態挺拔俊逸，看到她，眼神透露出些意外。

簡方雲外貌雖然不如他身邊兩人出色，但健康陽光，走在兩人身邊也並不覺得遜色。

「方樟？秋栩，你們也在？」簡方雲並不知道他們今天來城裡了，很意外。

「我哥說泰豐樓今天有詩畫鑑賞，我們過來看看熱鬧。」簡秋栩給他解惑。「方雲哥也是來看畫的？」

「對，聽說李太師和王大家也來了。可惜我們來晚了，沒見到人。」簡方雲有些遺憾。

「現在大堂裡人多，方雲哥，你有沒有提前預約到位置？」若是只有簡方雲一人，簡秋栩可以帶他上去，但他帶了朋友，便不好讓他跟著上去了。

「我請方樺哥幫我留位置了。」簡方雲早早就請簡方樺幫忙留了三個位置，只是沒想到今天竟然會來這麼多人。「妳有位置了嗎？要不同我們一起進去？」

「不用了，我哥給我留了位置，方雲哥先進去吧。」簡秋栩擺了擺手，而後皺了皺眉，看向他右邊那個流露出意外神色的書生。

那人的目光時不時看向自己，簡秋栩捕捉到了，對視了過去。

那人也許沒想到簡秋栩會毫不避諱，直直對上他的目光。他愣了一下，而後朝她溫和地揖了一個道歉的禮。

簡秋栩雖然不喜歡被人偷摸打量，但見他大方道歉，也算是個磊落的人，便不打算深究，收回視線。

「方雲來了。」簡方樺百忙中看到簡方雲，趕緊跑了出來。「快進來，位置我還替你留著。你那兩個同窗來了嗎？咦，李公子你也來了？」

簡方樺看到簡方雲左邊的人驚訝了一下。

「方雲哥，你認識李九？他就是我的同窗之一。」簡方雲解釋道。

「認識，當然認識了，我還賣過東西給李公子，沒想到他是你的同窗，真巧。」簡方樺笑著跟李九打招呼。

「是啊，可真巧。」旁邊的李九也笑著跟簡方樺打招呼。

聽到簡方樺這麼一說，簡秋栩看了那個叫李九的書生一眼。正巧，他抬頭也朝她笑看了一眼。

他的眼神很有神采，跟弱不禁風的外表有些不搭。

簡秋栩有些意外。看來這個叫李九的書生雖然身體羸弱，精神意志卻是不錯的。

「快進來。方雲，這位就是你另一個同窗吧？」簡方樺側身引著簡方雲幾人，看著右手邊的人問道。

這位公子一身貴氣，簡方樺有些不太確定。

「是的，方樺哥。他是潁川郡林家林錦平，是我的好友。」簡方雲把林錦平介紹給簡方樺。

潁川郡林家林錦平，原來是她前未婚夫啊！夢中的他好像那時候已經是上州刺史了，難怪羅志綺一重生回來就要把婚事改過來，林錦平這樣的外貌氣質和能力，她不搶回來才怪。

雖然林錦平是簡秋栩這具身體前世的夫婿，可現在被羅志綺搶了，她也沒有什麼感覺，畢竟她與前世沒有任何關係。當然，與前世有關的人對她來說，也沒有任何關係。

林錦平朝簡方樺行了個書生禮。簡方樺誇讚道：「方雲，你的同窗和好友真不錯。快隨我進來，鑑賞活動快開始了。」他擠開人群，把他們三人往大堂裡帶。

林錦平跟著簡方樺進去之前，轉頭看了簡秋栩一眼，卻見她已帶著簡小弟和覃小芮轉身離開，心中不由得有些失落。

「恆之，你認識我族妹？」落坐後，簡方雲忍不住問道。剛剛林錦平打量簡秋栩的時候，他也看到了。他雖然跟林錦平認識不久，卻知道他一貫克己守禮，不會做出那種無禮的舉動來。今天偷瞄簡秋栩的行為，讓他覺得有些不對勁。

「沒有。」林錦平轉過頭。

簡方雲皺了下眉，不是很相信他的話。

最近一段時間，他總覺得林錦平給他一種違和感。

林錦平是他兩個月前在一場詩畫活動上認識的。那時林錦平剛入京，卻憑藉自身氣質和才氣，很快在京城書生中有了名氣。後來才知道林錦平來自潁川郡林家，林家是個小家族，發家不過兩代，卻能培養出具有這樣氣質的林錦平，著實讓簡方雲覺得不可思議。

他和林錦平的家境一個天上、一個地下，原本以為林錦平不會搭理他們這些窮書生，沒想到林錦平並不在意任何交流學識之人的身分，一來二去，兩人便相熟了。簡方雲很是欽佩他的才華與氣度，總覺得跟他交往，會讓自己受益匪淺。

只是最近一段時間，他感覺林錦平有些變了。雖然他依舊貴氣，但那貴氣中好像漸漸沒了鐘鼎之家、簪纓門第培養出來的氣質。那些氣質就好像是附著在他身上的另一道影子，慢慢地被剝離了，讓他變回了一個小家族子弟的模樣。

林錦平是遇到什麼事了嗎？可即使遇到再大的事，多年培養出來的氣質不可能說消失就消失，一個人的行為不可能說變就變的。

簡方雲的疑惑加深，卻找不出答案。

一旁的李九看了他一眼，笑著敲了敲桌子，把他的注意拉了回來。「快開始了，到底是一幅什麼樣的畫，可真讓人好奇呢。」

正北的高臺上，兩個夥計抬著一塊蒙著紅布的東西放到了正中央。

「二姊，要開始了！」簡小弟從來沒有看過這種活動，有些好奇地趴在窗邊看著。

覃小芮原本也是好奇的，不過林錦平的出現讓她激動的心熄了火。

「姑娘，那人就是林錦平，他長這麼好看，原本是姑娘的未婚夫的。」覃小芮長這麼大，還沒見過比林錦平好看的人。林錦平若還是姑娘的未婚夫婿多好，跟她姑娘真般配。

「可別亂說話，人家從頭到尾都不是妳家姑娘的未婚夫。」

「我知道，我只是心裡不舒服。羅志綺那樣的人，憑什麼有這麼好看的未婚夫？」覃小芮討厭羅志綺，巴不得她嫁一個醜八怪。

「憑她是廣安伯府嫡女啊。好了，有啥不舒服的，誰是誰的未婚夫又跟我們有什麼關係？喏，趕緊坐過來吃糕點，看好戲。」簡秋栩把一盤紅豆糕推到她面前，學著簡小弟趴在窗戶邊看起來。

覃小芮見簡秋栩一點都不在意林錦平，覺得自己也不應該在意，於是狠狠咬了一口紅豆糕，也趴到了窗邊。

她家姑娘以後的夫婿肯定比林錦平更好看、更厲害！

高臺上，李誠站了上去說著場面話，臺下的人催著他揭布。

「姊，紅布這麼大，底下的畫不是妳畫的那個吧？」簡小弟眼利，一早就看出了差異。

「李掌櫃找人又做了一幅。」她的畫技畢竟普通，粗看還行，細看的話很容易就能找出瑕疵。李誠想著用樹脂金魚的畫法把泰豐樓的名聲往上推，對畫技要求高，想要萬無一失，重新找人畫一幅是再正常不過了。

此刻，簡秋栩也跟酒樓裡的人一樣好奇紅布後面的畫是怎樣的。

「李掌櫃，我們是來看畫的，不是來聽你說客套話的，快把布揭開！」

「揭開！」

大堂裡的客人有些迫不及待地催著。

李誠見眾人心急，知道不能再吊著他們了，笑容滿面地說道：「現在請大家鑑賞，我泰豐樓這幅畫，算不算得上不可多得的極品畫作。」一說完，一把揭開紅布。

「魚！」在紅布揭開的一瞬間，站在最前面的那些人下意識地往前一跳，都朝同一個方向伸出手。

然而他們以為要跳出來的魚活靈活現，依舊在他們面前搖曳著。那魚是一幅畫中的魚！

一幅畫卷般的樹脂金魚展現在眾人面前。

是畫卷，又不是一般的畫卷，它有十公分厚，整副畫卷是用樹脂製作而成。奔流的瀑布下面是一彎蓮池，一條豔麗的鯉魚從瀑布一躍而下，帶起了晶瑩的水珠。盛開的紅蓮下面游著錦鯉群，搖著尾巴，彷彿抬頭看著那條跳躍的鯉魚。每一條魚，每一朵蓮花，每一滴水都像真的，既真實又有意境。

簡秋栩沒想到李掌櫃在這麼短的時間竟然能做出這麼一幅樹脂金魚，一幅不是固定在碗盆裡，而是像普通畫一樣的樹脂金魚。

她很佩服做出這樣畫作的人，自己看了這幅畫都覺得震撼不已，更別說那些第一次見到樹脂金魚的人。

「天！」一陣寂靜之後，轟然響起驚呼聲。

「魚活了？魚真的活了！」

「這魚真的是畫的嗎？太神奇了！」

那些人都跑到臺上想要一探究竟。

貴賓室裡的王春林在紅布揭開的剎那，雙眼大睜。

「這樣的魚……」這樣畫的魚前所未見，真的有人把魚畫得跟活的一樣，這樣的魚，畫得真的比他好。他也不怕人笑話，跑下樓，擠上了高臺。

李元景看到畫也震驚不已，心中很是好奇它的畫法。

與他一樣的人不在少數，一個個圍著李誠，想要問畫法。

看著被眾人圍堵到頭髮絲都見不到的李掌櫃，簡秋栩知道他的願望實現了。在眾人沒有學會樹脂金魚畫法之前，他和泰豐樓都會是這些騷人墨客的焦點。

「沒想到李誠真的得到了這麼一幅畫，這下泰豐樓真出名了。」和樂樓的鄭掌櫃看到眾人追逐著李誠，心裡很是不爽。

「一幅畫而已，大家不過圖個新鮮。等過陣子畫法學到了，之前該怎麼樣，之後就該怎麼樣。」太平樓的田掌櫃不是很擔心。

「萬一他又想到了留住客源的法子呢？」鄭掌櫃還是有些擔心。「我們要不要查查？」

「法子？他能有什麼好法子？真有法子，泰豐樓能留得住？」對於這一點，田掌櫃是很有信心的。

太平樓、和樂樓和中和樓三足鼎立這麼多年，別的酒樓不是不想擠進來，法子倒也挺多，最後不都失敗了？

在京城，想要開一家上等酒樓，靠的還是人脈，不然哪個法子也只能是別人的法子。泰豐樓的主家李家不過是個四品下的少府少監，泰豐樓真有什麼好法子，李家也護不住。

正是明白這一點，田掌櫃才不擔心，安心地坐在一旁喝著茶。

鄭掌櫃見他這麼確信，心中一想，確實如此，於是不屑地看著臺上被眾人圍堵的李誠。就讓你得意幾天，等過幾天，你就知道找來再奇特的畫都沒用。

第三十三章

「二姊，都看不到李掌櫃了。為什麼那些人這麼激動？不就是一幅畫嗎？」簡小弟很是不懂，為什麼一幅畫，這些文質彬彬的騷人墨客就變得這麼瘋狂？

「對於新鮮事物，有好奇心是正常的。這些人都是愛畫之人，看到從來沒有見過的畫法，自然激動。」周邊的人一個個七嘴八舌地問著，李誠估計一時半刻是答不過來了。簡秋栩總算見識到這個世界的文人對新鮮畫法的瘋狂。

「好了，吵什麼吵！」蹲在一旁認真觀摩畫的王春林生氣地喊了句。他也不怕別人覺得這幅畫的魚比自己畫得好，此刻只想要研究出這幅畫的畫法。他看著這幅畫，心中有些感悟，被這些人一吵，那點感悟消散了，他很是惱怒。

王春林雖然自視甚高，人也比較高傲，但他善於吸收新鮮事物。「想要知道畫法，你們不會自己研究？急什麼急，泰豐樓難道還會把畫法藏著！」

「對，王大家說得對。這個畫法，我們泰豐樓會告訴大家的。不過，在告訴各位之前，各位可以先猜猜這幅畫的畫法。猜中了或者答案接近了，我們泰豐樓會送一份獨特的獎品。」

李誠原本想趁今天一起把香皂推出來的，不過看大家的注意力都在畫上，香皂就先緩緩，等把畫法公布後，再把香皂以獎品的形式推出，到時候肯定會讓他們再次震驚。

眾人聽李誠這麼一說，也感覺自己心急了，有辱斯文，於是都安靜下來，專注於樹脂金魚，想要把它的畫法先人一步找出來。至於李誠說的獎品，他們不是很在意。

眾人都在交流著，現場反應熱烈。李誠見大家沈迷於樹脂金魚，心裡很是興奮。今天起，他泰豐樓肯定會在這些人心中有了不一樣的地位。

「李掌櫃，恭喜啊！泰豐樓這幅畫真讓田某人大開眼界。看來以後我們那些客人心裡都有了泰豐樓這一名頭了，我們太平樓得加把勁了，免得客人都被你泰豐樓給搶嘍！」

「田掌櫃真愛說笑，我們泰豐樓哪能比得上您的太平樓。」李誠笑呵呵道。

「知道就好，不就一幅畫嘛，瞧你這得意樣！」鄭掌櫃不爽地瞥了李誠一眼。「田掌櫃，我們出來夠久了，酒樓事務多，我們就不在這裡浪費時間了。」

田掌櫃放下手中的茶杯。「確實。李掌櫃，我們就不打擾了，告辭。」

「慢走啊！」李誠把他們送到了門口，看了他們幾眼。

田、鄭兩人什麼心態，他還不知道？李誠搓搓手，轉身上樓，把簡秋栩那幅樹脂金魚拿了出來，走進了李元景的包廂。

等香皂推出來，和樂樓那幾家酒樓肯定會想著奪香皂的法子。李家主家雖然只是少府少監，但還是有一些其他關係的，不然他李誠也不會這麼急著把樹脂金魚和香皂推出來。

和樂樓那幾家想搶泰豐樓的法子，也不是那麼容易，但如果李太師和王大家兩人能常來泰豐樓就更好了。

「走，我們下去吧。」簡秋栩看樓下的眾人都沈迷於畫法，沒有什麼新鮮可看了，打算下去找簡方樺。

「姊，我們要回去了？」簡小弟知道樹脂金魚的畫法，所以也不是很好奇。

「還沒。我們去找家做牌匾的店，先把店的牌匾做了。」她手頭上都沒有玩具，店面一時半刻是做不好的了，不過可以先把店名做出來。

她哥熟悉京城，肯定知道哪裡有做牌匾的地方。

簡方樺上次從家裡過來就已經幫她打聽好做牌匾的地方了，原本要帶她一起去，但酒樓忙，他走不開。

簡秋栩把小隔間簡單的修繕圖交給他，讓他閒下來的時候幫忙找小木作，便帶著簡小弟和覃小芮往西市那邊去。

今天天冷，他們剛從泰豐樓出門不久就下起了小雨，冷颼颼的，幾個人的鼻子紅通通的。

簡秋栩趕緊帶著他們進店買了兩把傘，店家聽她說要去做牌匾的店，給他們指了條近道。近道是一條小窄巷，兩邊都圍著高牆，沒風，倒沒有那麼冷了。

幾個人擋著雨，快步而走，沒走幾步，突然從左邊跳下一道灰色身影，帶血的長刀晃出一道光，他肩膀上染了一大片血。

簡秋栩迅速把簡小弟和覃小芮扯到身後，傘剛擋出去，又從牆頭跳下五個蒙面的黑衣人。他們手中的刀明晃晃的，其中一把刀還帶著血跡。

五人迅速圍成一圈，把簡秋栩他們連同那名受傷的灰衣人都圍住了。

糟糕，他們成池魚了！就不該抄什麼近道，那些人沒打算放過他們！簡秋栩眼神一凜。

「二姊！」

「姑娘！」

簡小弟和覃小芮被嚇到了，聲音有些抖。不過還沒等簡秋栩回應，那五個人已經抄起刀揮了過來。

「躲到後面去！」受傷的那名灰衣人大喝一聲，一把把他們推到後面，揮刀就朝那五名蒙面黑衣人砍去。

簡秋栩趕緊讓簡小弟和覃小芮兩人躲到傘後，警惕地看著前面。

寡不敵眾，加上已受傷，灰衣人不是那五名蒙面黑衣人的對手，沒過幾下，他的身上又被劃了幾刀，被逼得往簡秋栩他們的方向倒退。

五名蒙面黑衣人見他勢弱，齊齊揮刀砍了過來。

簡秋栩見勢，左手用傘擋住灰衣人的臉，右手掏出帶在身上的燒鹼，猛地朝那五名蒙面黑衣人撒去。

這些燒鹼粉末，是她前兩天才蒸發燒鹼溶液得來的。

下著雨，燒鹼粉末遇水發熱，具有強烈腐蝕性。那些蒙面黑衣人怎麼都沒想到，看似沒有任何威脅的簡秋栩會用這麼一招，他們的眼睛裡都進了燒鹼，此刻疼痛難耐，不由得閉上了眼。

「快！」簡秋栩抽回雨傘大喊一聲，受傷的灰衣人發現那些蒙面黑衣人行動有異，揮著刀砍了過去。

有三人被黑衣人傷到，簡秋栩趁勢又往他們身上撒燒鹼。劇烈的灼燒感讓那幾個黑衣人往後倒退幾步，剩下的那兩名蒙面黑衣人大感不妙。

他們想要睜開眼睛，迎面而來的又是一把燒鹼。

「撤！」其中一蒙面黑衣人大喊一聲，五人迅速摸著牆，蹬腿一跳。

灰衣人見勢，飛出手中的長刀，正中一個黑衣人大腿，黑衣人從牆上滾落。

簡秋栩迅速上去用力踢了他一腳，只聽骨頭喀嚓響了幾下，那蒙面黑衣人口中吐出一點血，昏了過去。

簡秋栩上去把他的手反剪到後邊綁起來。「小弟，小芮，快去找巡城報案。」

「是！」簡小弟見那些蒙面黑衣人都不見了，也不怕了，點點頭和覃小芮往大街跑。大興城每隔一段距離就會有巡城，簡小弟和覃小芮他們來的時候看過他們，知道他們的位置。

「謝謝小姑娘！」灰衣人捂著傷口走了上來。他原以為今天難逃一死，還要連累無辜百姓，沒想到卻被這個無辜的百姓救了一命。

這小姑娘看著嬌小可愛，面對刺客卻面不改色，絲毫不慌張。不僅如此，力氣極大，看來不是個簡單角色。

簡秋栩如果知道他的心思肯定想笑。她不是不慌張，而是來不及慌張。她這人有個特點，遇到大事或者緊急的事，整個人一瞬間會變得特別冷靜，反應都會比平時迅速許多。

「謝謝姑娘救了端某人一命。請問姑娘貴姓？家住何方？救命之恩無以為報，我端長平欠姑娘一命，以後必將回報。」端長平忍著疼痛，抱拳說道。

「貴姓就算了，也不算什麼救命之恩，我也不是為了救你。」簡秋栩仔細看了他一眼。這個叫端長平的也就二十歲左右，此時因為疼痛，臉色蒼白，但五官剛硬，眼神正氣，應該不是什麼壞人。「你真要感謝我，那就幫我做個牌匾吧！做好後，幫我送到泰豐樓簡方樺那兒即可，這就算你對我的回報了。」

性格使然，簡秋栩不喜歡欠別人人情，也不喜歡別人欠自己人情。

「牌匾？」端長平疑惑。

「這個。」簡秋栩拿出一張紙，上面是她寫好的店名。「找最好的店給我做一塊最好的牌匾，這就算報答了。」

端長平深感意外。他已經做了好好報答面前這個姑娘的準備了，沒想到這個姑娘就只要了一個牌匾。

難道這個小姑娘不知道救命之人的意義？端長平看了簡秋栩一眼，見她面色如常，意識到這個小姑娘真的不需要自己什麼大報答，從她手中接過了那張紙。

「二姊！」簡小弟帶著一群人匆匆趕來。

那些巡城剛好巡邏到小巷，所以才來得這麼快。

趕來的巡城有十個人左右，走在他們前頭的是兩個穿著常服的男子。一中年、一青年，中年男子面容長相粗獷，青年面白，看兩人行走姿勢，皆是習武之人。

面貌粗獷的中年男子急急忙忙往灰衣人方向趕來，而面白的青年男子指示著後頭的巡城，把地下的黑衣人押住。

「廖……」端長平想要叫人，卻看到面目粗獷的中年男子一臉戒備，於是止住了話。

那個面相粗獷的中年男子，臉色嚴肅地看著簡秋栩他們。

「您誤會了，多虧了這位小姑娘，我才能活著，她是端某的救命恩人。」端長平見中年男子這副模樣，知道他懷疑起簡秋栩他們了，趕緊解釋道。

雖是如此，中年男子臉上還是一臉戒備及嚴肅。

簡秋栩知道他們肯定有什麼不能讓別人知道的話要說，於是識相地帶著簡小弟和覃小芮離開。

「小姑娘，多謝！」看簡秋栩要離開，端長平再一次道謝。「牌匾我一定會給妳做最好的。」

簡秋栩點了點頭，帶著簡小弟兩人快步走出了小巷。

「二姊，他們是什麼人呢？看了讓人有些怕。」簡小弟說的是那個中年男人。

「對啊，他好嚇人。」覃小芮接話道。

「什麼人我也不知道，但應該不是壞人。好了，我們回泰豐樓吧。」看來那個灰衣人並不是什麼江湖人士，應該是朝廷中人。

「廖大人，林大人，金平城有變，我需要立即見皇上。」看到簡秋栩姊弟三人離開，端長平趕緊說道。

原來面目粗獷的中年男人是廖戰，而面白的青年是林泰。他們兩人剛從宮中出來，就遇到了簡小弟找巡城，於是跟了過來，沒想到見到了端長平。

端長平是齊王端義部下，秘密進京，肯定有大事。兩人不敢耽誤，帶著端長平趕往宮中。

「果然狼子野心！現在金平城如何？」武德帝看了匆匆趕來的端長平的密報，臉上帶著怒意。

突厥常年南下襲擊大晉，金平城以北的北方割據勢力紛紛籠絡突厥抗晉，是大晉的一大邊害。現在密報告知，大晉內竟然有人跟突厥和北方割據勢力聯絡，這是想要置大晉百姓於水火之中，他絕不能讓這些人得逞。

「突厥開始有動作，將軍已做好布防。只是事情緊急，將軍知道大晉內有奸賊，不放心驛站傳信官員，所以讓我親自回京向皇上匯報。皇上，消息是三公子得到的，現在三公子就在金平城。」

武德帝意外。「難怪，均祁在，我就放心多了。幸好是你親自把密報送回來，不然，金平城的情況，朕不知道什麼時候才能知道。敢跟到大興城來行刺，那幾個襲擊你的人，朕心裡有數。廖戰，那個人看緊點，別讓他自盡了。還有那幾個湊巧出現的小孩，你去查一查。」

「是。」

武德帝神色冷肅，心裡有了對策。

「皇上，他們應該沒有問題，如果不是他們出現，臣估計活不了了。」端長平見武德帝懷疑起那個救了自己的小姑娘，忍不住解釋道：「看起來她也不知道臣的身分，只要了一塊牌匾當作謝禮。」

「皇上，是簡家姑娘。」站在一旁的林泰說了句話。

「簡家姑娘？她就是簡秋栩？」廖戰瞪大了眼。他早就想見見簡秋栩了，沒想到做出機械弓弩和投石機的人，竟然長得一點都不像個木工。

林泰點了點頭。

「那就不需要查了。」武德帝有些意外，沒想到簡秋栩救了端長平，立了一功。簡秋栩身邊一直有暗衛盯著，她的行蹤武德帝清楚得很，肯定跟那些籠絡突厥和北方勢力的人沒有關係。

端長平疑惑，武德帝為什麼一聽那姑娘是簡家姑娘就不查了？不過他什麼都沒問。看來，那個小姑娘真的不是個普通的人。

「你先回王府。三日後，跟護送東西的隊伍去金平城，順便幫我帶一份密信給均祁。如今金平城有變，他黜陟使的身分得改一改。」

「是。」端長平應道。

「林泰，先送他去太醫院。對了，要做什麼牌匾？」

端長平沒想到武德帝會好奇這個，把簡秋栩的那張紙遞給了章明德。

武德帝拿走章明德手中的紙，一攤開，看到幾個胖乎乎、不知道什麼字體的字。「小小玩具店？這姑娘挺聰慧的，取的店名卻如此難聽，字也如此醜陋。」

一臉嫌棄的武德帝拿起筆，筆走龍蛇地寫了幾個大字，還從龍案下拿出章蓋了蓋。「章明德，拿去工部，盡快做好送到泰豐樓去。」

章明德躬身，看著上面的字暗想，這簡家姑娘走了大運了！開個小店還能得到聖上御賜！

第三十四章

簡秋栩帶著簡小弟他們回到了泰豐樓。大堂裡的那些文人書生，依舊著迷於樹脂金魚的畫法，連簡方雲幾人都不例外。

原本簡秋栩想讓簡方樺找個人盯著羅志綺，卻意外得知，廣安伯府被加了三個月的閉門自省，而春嬋也被發賣了。

廣安伯府這個時候把春嬋賣掉，肯定是與加禁時間有關，看來，羅老夫人查到羅志綺頭上了。

如今廣安伯府再被罰的事傳遍了整個京城，羅老夫人好面子，必定嚴懲外出的人。如此一來，這半年內，羅志綺估計都不敢再找人對她做什麼。不過，她還是得讓人盯著她。以羅志綺的性格，半年後肯定會再找她麻煩的。

得找個一勞永逸的法子。

沒了雨，簡秋栩帶著小弟和覃小芮到各賣行裡買了些東西，順便給家裡的幾個小孩買了些零食，而後租了輛牛車回家了。

回村的路上，遇到了幾個方氏的人，他們看到簡秋栩一行人，表情都不是很好。

前幾天報官威脅他們的事，方氏一族的人可都記在心頭，正想著法子以牙還牙，順便坑簡氏一族一筆。

簡秋栩看到他們自然也不會給好臉色打招呼，直接漠視。

「哼，簡明忠這女兒每次外出都坐牛車，我就不信她什麼都沒帶回來。我前幾次看到簡樂親家裡的幾個小孩都穿上新衣了，她肯定帶回不少錢。不然簡明忠腿都斷了，他們哪來的錢？」一個瘦高的中年人語氣神色都帶著嫉妒。

「有錢了那不是正好，我們就盯著簡樂親一家，到時候讓他們多賠點。」另一個矮個的說。

「簡氏一族不知道在搗鼓什麼，你們問出了沒？」瘦高中年人問矮個和其他幾人。

幾人搖搖頭。

「沒問出來，不知道在折騰啥。嚴叔，你說簡氏一族是不是得到什麼發財的法子了？」

「發財的法子？」那個叫嚴叔的瘦高中年男鄙視地笑了一聲。「他們簡氏能拿出什麼發財的法子來？真有法子，會等到現在才拿出來？」

「我看有可能。」矮個子說道：「不然他們挖池塘這些做什麼？而且每個人都挖得盡心盡力，好像要把全身的力氣都使上。嚴叔，我估計裡面肯定有什麼門道。」

瘦高個子想了想，眼珠子轉了下。「你們偷偷盯緊點，真有法子，我們得把它全部學過來。對了，怎麼現在都沒能讓他們先動手？」

「這幾天也不知道怎麼了，我們怎麼挑釁他們，他們都沒先動手，估計簡樂為交代他們了。嚴叔，得找村長想個好法子，他們騙了我一百文，得盡快讓他們翻倍還回來。他們不先動手，我這個錢拿不回來啊！」

瘦高個子的嚴叔想了想，決定今晚找些人去方安平家商量出法子。

牛車很快就到家，因為家裡人都去挖池塘了，只有她娘在家照看著她爹和幾個小孩。

簡秋栩領著東西下車，家裡的小孩跟蜜蜂一樣圍了過來，連簡sir都搖著尾巴跑過來了。

簡秋栩一人給他們塞了一塊糖。

「妳哥沒回來？」簡母怕簡秋栩給幾個小孩吃太多糖和零食，趕緊接走了她手中的東西。

「估計這幾天都忙。」那些人正好奇樹脂金魚的畫法，大哥這幾日估計都不得空回來了。

「娘，爺爺他們今天挖池子沒遇到什麼事吧？」

「沒聽說有什麼事？妳問這做啥？」簡母疑惑道。

「沒，就問問。娘，我過去看看。」簡秋栩把東西都拿回廚房，去山腳下看幾眼。

人多力量大，原本要七、八天才能挖好的池子，估計用五、六天就差不多了。因為要幫著挖池子，爺爺他們連木工都不做了，天天在山腳下折騰。

他們邊挖池子邊規劃好了搭屋子的地方。造紙的後面步驟肯定要在房子裡進行，這樣才能不讓其他人偷學了造紙的方法。

挖池子、搭屋子的工作進行得井井有條，用不上簡秋栩。之前那幾段烘乾的黑胡桃木，因為這幾天下了幾場雨，水分也吸收得差不多了，簡秋栩打算開始自己的工作。

想要開玩具店，自然要有玩具。她想要做的玩具，都不是普通的玩具。

沒有現代那些機器，想要做出一個精確的齒輪不是那麼容易，一個小小的齒輪就花了她一天時間，需要足夠的耐心。

簡秋栩從來都不是一個缺乏耐心的人，她可以專注在一個物件上，耗上足夠的時間，直到她滿意。

看著手中拋光好的齒輪，簡秋栩打算放鬆一下，拿著護具去找簡sir。

「娘，池塘挖得差不多了，我們不用過去那邊幫忙了，族長讓我們開始砍竹子，明天我和大堂嫂她們一起去。」羅葵看著簡秋栩一遍遍讓簡sir咬自己右手，不知道她這個小姑在折騰什麼，沒事讓狗咬自己幹麼？「秋栩在幹啥？」

「說是要教狗抓壞人。」簡母說道。

「這樣就能抓壞人？」簡sir個頭又長了不少，羅葵覺得牠比自己見過的狗長得都結實。如果牠能抓壞人，那就更好了，可以幫忙看家了。

「我也不懂。」簡母也沒見過有人這樣教狗抓壞人的，不過女兒這麼說，應該是有她的法子。「能不能抓以後就知道了。妳明天就和妳大堂嫂、二堂嫂一起去，我和妳伯母在家就可以。」

現在簡家人做肥皂已經很熟練了，一個人都能做得過來。

正說著，大堂嫂揹著竹簍回來了，神色不是很好。「方氏一族的人真是討厭，我們在那兒挖池塘，他們天天都過來，難道他們要學著我們挖池塘嗎？」

「我看他們是想有樣學樣，以前不都這樣？這次我們房子要搭嚴實點，絕不能讓他們偷窺。明天我們去砍竹子，不知道他們會不會過來偷砍我們的竹子。」羅葵想到這個，皺了皺眉。

「他們現在還在偷砍我們的竹子，看到我們砍，肯定也會的。」大堂嫂拍了拍身上的泥土。「他們自己也有竹子，這點便宜也要占我們的，真是讓人討厭。」

「能拿他們怎麼辦？我們儘量多出一點人，趕緊把嫩竹砍下來。」羅葵說著，擔憂嫩竹被方氏偷砍了，自己不夠用。「娘，我們有沒有辦法讓方氏的人不敢砍我們的竹子？」

「能有什麼法子？」簡母搖了搖頭。

「乖狗狗。」簡秋栩見她娘和兩個嫂子神色一籌莫展，停下了訓練動作，摸了摸簡sir的腦袋。

簡sir無論是四肢協調和智力，都是很優秀的。簡秋栩教了撲咬技巧，牠很出色地完成了。

簡秋栩給了牠一小塊肉乾當獎勵，而後把一旁看著的簡小弟招了過來。「小弟，我們族裡跟你差不多大的小朋友多不多？」

簡小弟迅速算了一下。「二十幾個。二姊，問這個做什麼？」

「你現在就去把他們找來，二姊要他們幫些忙。」

儘管簡小弟不知道簡秋栩要幹麼，還是很快把人找來了。

簡秋栩看他們在簡小弟的領頭下去了竹林，拍了拍身上的土，繼續回房做齒輪。

天黑的時候，忙碌了幾天的簡方樺終於回來了。

「我們族人要用竹子造紙？」簡方樺語氣直線升高。「小妹，是妳的法子？」

簡方樺一回來就聽羅葵說了這件事，立即跑來找簡秋栩了。

簡秋栩點點頭，簡方樺興地轉了一圈，然後深呼吸一口氣，強迫自己冷靜。「小妹，這竹子做出來的紙是什麼樣的？」

簡方樺沒有問小妹是從哪裡知道竹子可以做紙的，反正小妹聰慧，什麼都知道。紙多貴倒是知道的，如果做出來的紙很好，他們族人也算找到了一條出路。不過這紙像香皂一樣，可不能隨隨便便拿出去賣。紙做得太好的話，以家族的能力是護不住的。

簡秋栩知道他的意思。在這個時代，好紙是一個稀缺物，如果做出來，它的影響力不是香皂能比的。造紙不像做香皂，工程浩大，很容易就能被人查出來。

「哥，我知道你的擔心。造紙不是這麼簡單，我們一時半刻也做不出來。不過真做出來了，它的品質肯定不比現在的紙差。它具有更強的韌性和吸水性，比較適合用於書寫、印刷和保存。我們到時候自然要找一家靠譜的買家，我看李掌櫃人就不錯，不知道他們東家吃不吃得下？」

一聽優點，簡方樺心思不斷的轉著。

大晉現在最好的紙雖便於書寫，但是由於吸水性差，並不適合保存。因此很多騷人墨客、書香人家，還是喜歡用絹繪畫和書寫。如果族人能造出適合書寫和保存的紙，那將會是一個巨大變革，紙的造法肯定會被別人盯上的。

但是如果不造這個紙，簡方樺心裡又不想族人失去改變現狀的法子。他得回去找李掌櫃，李掌櫃的東家不錯，肯定不會讓小妹口中這麼好的紙流到別人手中的。

「我回去就問他。」簡方樺搓搓手，打算回城後到處去探探情況。

「不急。哥，到時候我們真做出了紙，我們會大張旗鼓，讓所有人都知道，這個紙是出自於我們簡氏族人。」

簡方樺明白她的意思，大張旗鼓讓每個人都知道，如果有人暗地打他們的主意是行不通的，這樣能讓那些打主意的人都到明面上來。

簡方樺覺得這個主意不錯，他打算到城裡的時候就跟李掌櫃打探一下。如果李掌櫃的東家能夠吃下，他們也不用去找其他人。畢竟李掌櫃及其東家，他是了解的，為人還是比較光明磊落，肯定不會做出那種明搶的事來。

商量好了，簡方樺又興奮起來。他妹妹可真是個寶，如果造紙成功，他們的族人肯定不會像現在這樣艱辛。到時候，族人有錢了，就能買地，方氏也肯定不再敢欺負他們。

簡方樺想像著族人在方氏一族面前揚眉吐氣的模樣，特地請了一天假，跟族人一起挖了一天的池塘，才揹著三十塊香皂回了泰豐樓。

「方樺，等等！」

李誠這幾天心情好。果然如他所料，樹脂金魚吸引了那些騷人墨客的目光，香皂又吸引了整個大興城貴人的目光。如今，整個大興城的百姓都在談論著泰豐樓，不用多久，肯定整個大晉都知道泰豐樓。泰豐樓的名氣一天天地漲，簡家小妹功不可沒啊！即便因為香皂，田、鄭幾家在調查泰豐樓，李誠也不怕。

「掌櫃的什麼事？」簡方樺走了過來。

「你妹妹做的牌匾送過來了。」一大早就有人把牌匾拿過來了，李誠順手接了，見簡方樺過來，就搬了出來。「大晉第一玩藝店。方樺，你妹妹志氣不小啊！這牌匾是哪一家做的，看起來非常好，字也寫得好。」

「就是東街最西側那一家。」簡方樺接過牌匾，心裡納悶。他小妹之前取的不是這個名字啊，難道她改了？大晉第一玩藝店？店名大是大了點，不過以他小妹的聰慧，做出來的玩具肯定襯得起這個名字。

「是嗎？我看著不像啊？難道他們家做工又精進了？」李誠忍不住又看了幾眼牌匾上的字。

「你趕緊把它收好，這牌匾能讓店增色不少。」

「不用了，小妹說牌匾做好了，可以先掛起來。」

「那我讓張全幫你掛起來。你家小妹店都還沒開，怎麼就把牌匾掛起來了？」李誠有些想不通。

「小妹說沒開店，先把牌匾掛起來，這樣看到的人肯定會好奇。好奇店鋪做什麼的人越多，之後開店，名氣越大。」泰豐樓最近客戶大增，先把牌匾掛上去了，也是一個宣傳的時機。

「你小妹這個點子好。」李誠站在一旁指點著簡方樺和張全掛牌匾，越看越覺得這牌匾的幾個字有氣勢。

他看了一眼泰豐樓的牌匾，又看了一眼「大晉第一玩藝店」的牌匾，這麼一對比，自家泰豐樓的牌匾就顯得沒了氣勢，有些小家子氣。「方樺，你回去問問你妹子到底請哪個大師寫的字，我請他幫我們酒樓也重新寫一幅。」

這字龍飛鳳舞、蒼勁挺拔，不可多得，越看越是喜歡。

「好，我下次回去就問問。」

指示簡方樺他們把牌匾掛好，李誠又精神抖擻地進去招待客人。

自從前兩天拿出了香皂，泰豐樓名聲又一次大漲，很多達官貴人想要買香皂，他忙得很。和樂樓那三家酒樓意識到泰豐樓的威脅，已經開始蠢蠢欲動，這兩天來了不少探子，他可得好好招待他們。

「這牌匾的字……」王大家攜著李元景來泰豐樓，被一側牌匾上的字吸引了目光。他越看越覺得熟悉。「李太師，你看這字……是不是？」

「錯不了！」李元景看了一眼熟悉的落款。清暉，這可是當今聖上年少時在外用的化名，知道的人不多。

「真的是？」王大家驚訝了一下。「這麼一個小小的店，怎麼會有聖上題字？開店的是何人？」

王春林好奇，逮住了泰豐樓一個跑堂問了店主。

「簡秋栩？這是誰？京城什麼時候有這一號人？」王春林真是好奇。

李元景搖頭，他也不知道。能得到當今聖上親筆，那肯定是個不一般的人，李元景比他還好奇。

有牌匾卻不開店，那牌匾確實吸引了不少人的目光，也會忍不住多看幾眼牌匾上的字，自然而然，店名就在他們腦海中有了深刻的印象。

「李掌櫃，這是要開什麼店，賣什麼？怎麼還不開門？」

「這個我和大家一樣好奇。這啊，肯定賣的不是普通玩意兒，大家就等著吧！」雖是這麼說，李誠也想知道簡秋栩要賣什麼？這麼大的店名，肯定不是賣普通的玩意兒吧？

第三十五章

簡秋栩不知道自己的店由「小小玩意店」變成了「大晉第一玩藝店」。她繼續做著齒輪，熟練了工具，速度也快了起來。

今天，大嫂和堂嫂幫著砍竹子，奶奶和蘇麗娘也去了。他們家出的人已夠，簡秋栩就沒有去幫忙，繼續做自己的玩具，讓簡小弟隨時注意外面的情況。

「二姊，方氏那些人看到我們砍嫩竹，又過來搶我們的嫩竹了。他們今天來的人比昨天還多，砍得都要比我們多了。」簡小弟有些著急地跑了進來。

接連兩天，果然如她大嫂和大堂嫂預料的一樣，方氏有一學一，搶著砍他們簡氏的竹子。

「二姊，大堂嫂罵了方氏那些人，他們又和我們對峙起來了！」

大堂嫂性格有些潑辣，嗓門也大，罵人的聲音隔著牆，簡秋栩都能聽到。

「別急。」簡秋栩把齒輪放好，把覃小芮喊了進來，給了她幾兩銀子，跟她耳語幾句。

覃小芮聽了點點頭，拿著錢就往縣城裡跑。

「走，我們去看看。」簡秋栩帶著簡sir和簡小弟快步往竹林走去。

竹林裡原本生長的嫩竹被砍得七七八八了，兩族的人對峙著。簡氏一族出來砍竹子的都是婦孺，而方氏出的人卻都是壯漢和人高馬大的女人，大部分是上次和他們族人打架的人。方氏的壯漢攔在前面，那些人高馬大的女人一人一捆，把竹子搬到了河堤旁的竹筏上，想著用竹筏把竹子都拉回去。他們猜測，簡氏族人砍這些嫩竹子肯定是跟現在挖的池塘有關，不管他們要做什麼，他們想把簡氏會用到的竹子給砍了。方氏的人不信逼急了，簡氏的人不動手。

看著那裝滿了兩大竹筏的嫩竹，大堂嫂她們氣急，恨不得用手裡的竹子打他們。「你們方氏的人知不知道廉恥？這是我們簡氏的竹子，你們不要欺人太甚！」

「有本事你們簡氏一族打我們啊！不打，我們砍點竹子怎麼了？這竹子原本就屬於我們方氏的。看不過，打我們啊！」

遠遠的，就聽到了方氏的叫囂聲。

大堂嫂差點就忍不住，被奶奶拉住了。「方家小子們，你們做人也忒不厚道。河北邊的竹林可是朝廷劃分給我們的，是屬於我們簡氏的。平時你們砍幾棵無所謂，現在砍這麼多，這擺明了是搶！」

「什麼搶？搶竹子的是你們簡氏的人。這些竹林原本就是我們的，是你們簡氏的人不要臉！怎麼，生氣了？生氣打我們啊！」說著，有人作勢伸著身子往她奶奶和大嫂面前靠。「來啊，打我們啊！」

「你們！」大堂嫂看著他們肆無忌憚的模樣實在是氣不過，緊緊拽著竹子。羅葵看她這模樣，知道她要忍不住了，趕緊和二堂嫂拉住她。「大堂嫂，別打，打了我們就上當了！」

羅葵和林曉佳等人心裡也氣憤，她們也忍了幾天了，心裡真是恨不得對方氏的人大打出手。但族長告誡過他們了，千萬不能先動手。

方氏幾人見他們都挑釁成這樣了，簡氏的人還不動手，心裡有些惱怒，罵道：「你們簡氏的人果然都是孬種，連打人都不敢！孬種！就你們簡氏這孬種模樣，你們千八百輩子都出不了頭！還想挖池塘砍竹子賺錢，作夢吧，一群孬種！」

「你們才是孬種！」其他簡氏的婦孺罵道。

「連打我們都不敢，你們不是孬種是什麼？」

「你……」大堂嫂氣得臉都紅了。

「你什麼你！有本事打我們啊！」方氏的人見此，特地把臉伸了過去。「來，打啊，朝這裡打！」

「打你們做什麼？打你們還髒了我們的手。你們這樣的人，自然該由縣衙的衙役來打。」簡秋栩快步走了過來，止住了大堂嫂那快忍不住的手。

「對，你們骯髒，打你們還髒了我們的手！」大堂嫂朝方氏的人呸呸幾聲。「就應該報官，讓楊大人打你們！」

「哼，報官？妳真當衙門是你們家開的？有本事你們就報去，我們等著！」方氏根本不怕，他們又沒有打人，縣令來了又能拿他們怎麼樣？到時候說不定縣令判他簡氏一個胡亂報官，打他們一頓。

方氏等人仰著腦袋，巴不得簡秋栩他們去報官，但同時心裡又認定，簡氏是不敢報官的。

「誰報的官！」一聲威嚴喝聲，讓在場的所有人嚇了一跳。

簡秋栩看向來人，有些意外。她只是讓覃小芮去找兩、三個衙差過來，沒想到縣令楊大人竟然來了，而且來得這麼快。

方氏一群人看到楊大人以及身邊的衙差，囂張的氣勢瞬間蔫了下去，有些噤若寒蟬。大堂嫂她們雖然說著要報官，但真的見到官差來了，也嚇得大氣不敢吭了。

覃小芮偷偷跑到她身邊，悄聲說：「姑娘，我剛出村口就遇到楊大人，沒想到楊大人聽了我的話，就過來了。」

難怪這麼快！

「是誰報的官！」楊大人走近，再一次嚴聲問。

「大人，是我們簡氏一族。」簡秋栩走了出來。

楊璞明顯認得簡秋栩。上一次在公堂上，她不卑不亢，並不像一個見到官就嚇壞的農家姑娘，還有她一個人抓住王榮貴，也讓他印象深刻。「因何報官？」

「大人，我們簡氏族人要控告方氏一族——」

「控告我們什麼，我們有沒有打你們？大人，我們冤枉啊！我們沒有跟他們打架，她這是誣告！」方氏一族還沒等簡秋栩說完，就叫嚷著。

「誰說我們要控告你們打人了？」簡秋栩冷眼掃了他們一眼。「大人，我要控告他們搶劫。他們方氏族人明目張膽偷搶我們簡氏的竹子。大人，這條河以北的竹子乃朝廷劃分給簡氏一族的，是我們簡氏的財產，偷搶我們簡氏的竹子就是偷搶我們簡氏的財產。大人，按大晉律法，明搶他人財產該當何罪？」

楊璞看了簡秋栩一眼。「諸竊盜，不得財笞五十，一尺杖六十，一匹加一等；五匹徒一年，五匹加一等，五十匹加役流。」

方氏這些人聽不太懂律法，卻都知道在大晉，只要被判了盜竊罪，懲罰不輕，於是慌張狡辯。「大人，冤枉啊！這些竹子都是我們方氏自己的，我們不過剛剛從河對面拉過來，我們沒有偷搶他們的竹子，簡氏族人在誣衊我們！」

「對對，大人，他們在誣衊我們，大人你一定不要被他們騙了，這些竹子都是我們自己的！」

「什麼你們自己的，明明就是你們偷搶我們的！」大堂嫂大聲說道。

「對，大人，這些竹子都是他們偷搶我們的！不只這些，還有好多，都被他們搬走了。大人，眾人都說你公正廉明，求你為我們做主！」羅葵跟著說道。

「什麼偷你們的？你們這是誣陷！」方氏一群人叫嚷著。

「誣陷？我們族人很忙，沒時間誣陷你們，竹子就是證據！」簡秋栩冷聲說道：「我們簡氏既然報了官，自然拿得出證據。」

「萬祝村都是竹子，竹子都長得一樣，算什麼證據？難道竹子能開口說話嗎？大人，我們砍的是我們的竹子，可不能讓他們簡氏的人誣衊了我們！大人……」

「什麼證據？」楊璞不是個傻瓜，方氏住在河的南邊，砍了竹子拖到北邊做什麼，這一看就知道是怎麼一回事。他不想聽方氏族人的狡辯，卻好奇簡秋栩用什麼證明這些竹子就是簡氏一族的。

簡秋栩撿起了一根竹子。「方氏的人說對了，我們簡氏的竹子就是能開口說話！」

「哦，如何說話？」楊璞真是好奇了。他原以為只是過來處理一件普通的鄰里糾紛，沒想到遇上了這麼奇特的事。從古至今，還沒見過竹子開口說話。

「大人，您看。」簡秋栩拿出一根火摺子對著竹子第四節照。「我們簡氏的竹子都有標記，只要用火對著它，它就會顯現。」

火摺子微微對著竹子第四節烘烤了一下，青色的竹子表面很快露出一個黑色的圓圈。

「這便是我們簡氏一族竹子的標記，我們這片竹林裡的嫩竹都有這一標記。大人，這便是我們簡氏一族竹子要說的話，用火微烤過，有這個黑圈的竹子都是我們簡氏的竹子。方氏族人口中的竹子，必定都有這個標記。大人，這就是證據。」

「什麼證據？我們方氏的竹子也有這個標記，大人，你可不要被她矇騙，我……」

「夠了！真真假假，本大人自會判斷！來人，把方氏族人竹筏上的竹子都拿下來。劉飛，去方氏竹林多砍幾棵竹子過來，本大人倒要看看，誰真誰假，誰是誣陷！」
「是！」劉飛帶著其他衙役把竹筏上的竹子都搬了下來，還迅速去方氏的竹林砍了嫩竹。隨著竹筏上的竹子被火烤後都現出了黑圈，而從方氏族人那兒砍來的竹子並無黑圈出現後，在場的方氏眾人都灰白了臉。
「證據確鑿，你們還有什麼狡辯?!」楊璞看著慘白著臉色的方氏眾人，厲聲說道。
「大人，他們偷搶的還不只這些竹子。」簡小弟帶著簡sir跑了過來。「他們家裡還藏著好多竹子！」
簡小弟趁著楊璞斷案的時候，知道簡sir鼻子靈，帶著牠去找方氏他們偷砍的竹子，果然在河邊不遠的方海家裡發現了他們昨天偷砍的竹子。
衙役把那些竹子都搬了過來。
楊璞看著那些竹子，嚴肅道：「三車竹子一尺布，一尺杖六十。來人，各打六十大板，就在這裡行刑！」
「大人、大人，這……」方安平慌裡慌張地趕來。
簡秋栩抱著雙臂看向他。這方安平，每次都在事末趕來，可真是及時。
「村長，救命啊！」被衙役按壓著的方氏眾人害怕地喊道。
「大人，這……這不、不合理吧！這只是鄰里之間的小事，用不著大人大動干戈。小人會好好教訓他們的，大人，這笞打就算了吧？」

楊璞凝視著他。「你是萬祝村村長方安平？」

方安平點頭。「大人，萬祝村村長正是小人。小人會……」

「作為一村之長，管理不善，律法不通，看來你這個村長並不稱職。好好回去熟讀律法，下次再不懂法，你這個村長也不用當了！」

「這……這……」方安平啞口無言。

「來人，行刑！以後若有再犯，絕不輕饒！」

地上傳來一聲聲棒子打肉的哀號聲，這聲音雖然聽得簡氏眾人心驚肉跳，但同時又有大仇得報的暢快感。

方氏一個個被打得臉色慘白，哀號聲漸漸變成了無力地痛苦的呻吟聲，方安平看著，抖著嘴不敢再說話。

「大人，行刑結束。」

楊璞看著趴著的方氏眾人，神情嚴肅。「你們記住，這就是偷搶他人錢財的後果，以後若再犯，本官絕不輕饒。」

方氏眾人哭著。「大人，我們再也不敢了。」

「既然都知道錯了，那都回去養傷吧。方村長，你作為一村之長，也是方氏的族長，可得好好管教族人，別讓他們再知法犯法！」

「是，是，小人一定熟讀律法，一定！」方安平在楊璞面前沒有往日作威作福的模樣，謙恭得很。

簡秋栩扯了下嘴角，大聲道：「楊大人，如果他們再知法犯法，我一定會第一時間通知您的。您是我們的父母官，公正廉明，說到做到，若他們再犯，您肯定不會輕饒他們的。」

方安平一聽簡秋栩的話，臉皮一緊。

楊璞看了看簡秋栩，點頭。「這是自然，以後若他們再犯，只管報上來。」

「是，楊大人！」沒想到這楊大人還真是一個好官，今天這一齣，估計方氏好長一段時間都不敢作妖到他們頭上來。原本她只是想讓覃小芮花點錢，把幾個衙差請過來威懾一下方氏的族人，沒想到卻請來了楊璞，可真是意外之喜。簡秋栩看了一眼方安平，方安平臉色果然難看得很。

楊璞看了看還在地上呻吟的方氏眾人。「好了，既然事情已解決，方氏族人，你們可以離開了。」

方氏那些人一聽，爬起來，踉踉蹌蹌地趕緊走了。

「妳是用什麼方法讓竹子上都有看不到的標記？」看方氏眾人離開了，楊璞忍不住問出了疑惑。

「大人，很簡單，我只是用蔥白在上面畫了一個圓圈而已。蔥白的汁液乾後，遇火比竹子會更早燒焦，所以之前畫的圓圈會以黑色燒焦的痕跡顯現出來。」簡秋栩那天讓簡小弟找族中小朋友，就是讓他們在嫩竹上都用蔥白畫上圈圈，作為證據用的。

「如此簡單，果真是個好法子！」楊璞說著，看了簡秋栩幾眼。法子雖然簡單，但也不是人人都能想出來的，而且還能用這個法子下套，這姑娘很是聰慧。楊璞對她的印象更深了些。

得了答案，楊璞也不再多停留，趕緊前往附近的英樹村。此時年關將至，再過一個多月就要春耕了。半年前，他從地方縣令調到郭赤縣做縣令，郭赤縣是京郊縣城，他算是升官。在地方當了八年的縣令才調到了離京城這麼近的地方，他自然想要有政績，對於農耕之事，不敢掉以輕心，想著提前做好春耕準備。

看到楊璞離開，簡氏眾人才放開了興奮起來。大堂嫂特意朝一步步挪動的方氏眾人喊：「真多謝你們方氏一族，幫我們砍了這麼多竹子！」

其他人也跟著喊：「多謝啊！」

慘白著臉的方氏眾人心裡很是氣憤，咬著牙，想像之前一樣對簡氏眾人惡語相向，但看到還沒走遠的楊璞和衙差，只能閉嘴。

看著方氏眾人話都不敢說，簡氏眾人算是徹徹底底出了一口惡氣。

「小妹啊，這次多虧了妳，以後方氏一族的人不敢再搶我們的竹子了。」羅葵高興地說道。

「對，下次他們再來，我們就找楊大人，讓楊大人打他們板子。」大堂嫂揮著手中的竹子，覺得自己族人終於有了靠山。

「總算能安穩一段時間了。」奶奶也舒了口氣。「秋栩啊，真多虧了妳。」

「奶奶，這功勞可是大家的，花嬸子、朱嬸子家也出了力的，還有方行、方希那些弟弟、妹妹，如果沒有他們幫忙給竹子畫標記，我也拿不出證據讓楊大人處罰方氏眾人，這是多虧了大家齊心協力。」雖然簡秋栩想出了法子，但執行方法的可不只是自己一個人，她不能獨自邀功。

「對，多虧了妳和妳那些弟弟、妹妹，我要去跟族長說說，誇誇他們。」簡秋栩奶奶點著頭，打算晚點就去找族長誇誇那些小孩。

旁邊的花嬸子高興道：「我回去就給我家小滑頭加個雞蛋，他總算幹了一件人事。」朱嬸子也笑道：「我就給我家的加一個半吧，他肚子比牛還大，加一個估計覺得我沒給他加。妳說一個小孩子，怎麼吃得比家裡的豬還多！」

眾人哈哈大笑，心情愉悅地重新砍起嫩竹。

簡秋栩看大嫂她們又忙起來了，喊了簡小弟。「走，咱們到縣裡去買些糖果獎勵獎勵他們。」

「二姊，妳也要獎勵我呢。」簡小弟咧了咧嘴。

簡秋栩掐了一下他的臉。「放心，忘不了你。不僅有你，還有小芮和簡sir，都獎勵。」

她弟是個小精靈鬼，要不是他帶著簡sir找到了方氏他們昨天砍的竹子，那些人就要少挨十棍了。

簡小弟捂著臉躲開了，覃小芮聽到自己也有獎勵，笑嘻嘻的。

簡秋栩拍了一下她的腦袋，帶著兩人一狗往縣裡去。

「村長，現在我們怎麼辦？」看到楊大人和那些衙差已經走遠，白著臉的方氏族人立即問起了方安平。如今楊大人已經注意到他們了，他們心裡很是害怕下次又被打。

「怎麼辦？我怎麼知道怎麼辦！現在楊大人對我不滿，我村長的位置都要不保了，還能怎麼辦？最近大家都消停點，不要去跟簡氏族人鬥了。」方安平咬牙切齒地說道。今天真是顏面掃地，他恨死簡氏的人了。

「那我們的錢怎麼辦？上次他們騙了我一百文，不逼他們動手，我怎麼拿得回錢？」想到錢，方氏的人連身上的疼都顧不上了。

「錢錢錢！錢重要還是我村長的位置重要？到時候，萬一我村長的職位被撤換了，換上了簡氏一族的人，你們就等著被簡氏一族欺壓吧！」方安平怒道。

「那怎麼辦？難道我們以後都不敢動簡氏族人了？」

「等著，等過段時間楊大人把他們忘了，我們再動手。」縣令事那麼多，方安平就不信過段時間楊璞還記得這件事。

「好，村長，我們聽你的……」

覃小芮邊走邊豎著耳朵聽。「姑娘，他們嘀嘀咕咕的，準沒好事，肯定是在商量著找我們的麻煩。」

「怕啥，兵來將擋，水來土掩。」只要土地的問題沒有徹底解決，簡氏和方氏是不會和平相處的，簡秋栩也不奢望一次就能讓方氏的人不再找簡氏的麻煩。

第三十六章

「二姊，好多官兵！」

黑壓壓的軍隊忽然迎面而來，馬蹄帶起濃重的灰塵，簡秋栩趕緊拉著簡小弟和覃小芮往一旁躲避。

「二姊，帶頭的那人好像是我們在巷子裡遇到的人，原來他是將軍啊！這條路是通往邊關的，他帶這麼多人，是要打仗了嗎？」

「可能吧。」簡秋栩仔細看了看，軍隊的中間拉了五車沈甸甸的東西，估計是武器。

大晉鄰國眾多，建國不久，根基未穩，那些心懷鬼胎、想要吞併大晉的敵國自然不會放棄這種好機會。大晉想要維護邊關安全、局勢穩定，並不是一件容易的事。

大晉就是大唐，這是簡秋栩心裡一直以來的認知，雖然這是另一個時空，但它依舊是華夏的土地，她自然不想看到國土被別國踐踏。

不過，打不打仗的事情也不是她能阻止的，只希望當今皇帝真的是個有魄力的明君，有能力穩定邊關安寧。

「走吧。」一看軍隊已走遠，簡秋栩帶著兩人一狗去了縣裡。

軍隊過境顯然並沒有讓郭赤縣裡的人驚慌，畢竟邊關離這裡很遠，真打仗了，也影響不大。

因為年關將近，縣城比以往熱鬧了好多。簡秋栩從二堂哥的打鐵鋪經過，看他忙得連抬頭的時間都沒有。

簡秋栩合算了一下，過陣子等鐵鋪沒有那麼忙，讓二堂哥給她打一組木工工具。等族裡的造紙場地建好了，爺爺、大伯他們也要重新做木工，工具不夠用。

「姊，糖果鋪在那裡。」簡小弟給她帶路，簡秋栩進了鋪子後，秤了兩斤糖果，順道去豬肉鋪給簡sir買了兩根大骨頭。

簡sir現在在換牙期，看到東西就想咬，狗窩都變得坑坑窪窪了。簡秋栩打算回去把一根大骨頭做成骨頭乾，讓牠慢慢啃。

看到簡秋栩手中的大骨頭，簡sir的尾巴搖得更歡快了。簡秋栩拍了一下牠的腦袋，讓簡小弟帶著牠去把小朋友們喊過來。

「秋栩姊姊，下次有什麼事儘管找我幫忙。」微胖的簡方希一口一塊糖果，兩三下就把手裡的都吃完了，還眼巴巴的看著小和淼手裡的。

小和淼伸了伸手又縮了回去，轉身跑了。

簡方希的眼神轉而看向了簡sir，一旁的簡小弟趕緊把自己手裡的糖果塞給他。「你別搶狗狗的。」

「我是這種人嗎！」簡方希翻了一下他的小眼皮，又把糖果塞到了自己的嘴裡，含糊著說道：「秋栩姊姊，下次妳一定再找我啊！」

簡秋栩看著想笑。這小方希果然如朱嬸子說的一樣，是個小饞鬼。「行，下次有事一定再請你幫忙。」

「還有我呢！」方行幾個小朋友也跟著喊道。

「好，下次需要一定再找你們。」

今天一事，方氏的人估計一段時間都不敢來找他們麻煩了。羅志綺也被禁足，有羅老夫人看著，估計想找自己麻煩都沒辦法了。

羅志綺被羅老夫人丟到破院子後，整天哭喊著撒潑，府裡的人被她折騰得頭都大了。鄭氏沒辦法，只能天天跟羅平唸叨，羅平受不了，只好去求羅老夫人。

羅老夫人向來疼愛羅平，看不得他心煩，便把羅志綺放出來了。

羅志綺被放出來後，被逼著天天跟花嬤嬤學規矩，院子裡到處都是老夫人的人，她根本不敢有什麼小動作。

沒了麻煩，簡秋栩心情舒暢，陪著那些小朋友玩了會兒，眼看天黑了，趕緊讓他們回去，想進廚房幫簡方榆做飯。

「怎麼今天都跑到這兒來了？」簡方樺揹著竹簍回來，看著離開的方希他們，心中納罕。

「我之前請他們幫了點忙，給他們發點糖果作為獎勵。哥，你怎麼提前回來了？」簡秋栩幫他把竹簍拿下來。竹簍沈甸甸的，一看，裡面裝了半簍子的豬肉，還幾乎都是瘦的。

「這麼多肉，哥，你發財了？」

簡方樺笑道：「妳哥我去哪裡發財？東家老母親過大壽，給我們都發了十斤肉，所以我提前回來了。小妹，我知道妳喜歡吃瘦的，所以我拿的都是瘦的。」

「這麼多肉，可以留著過年了。」廚房裡的簡方榆眼睛亮了亮。「明天讓奶奶拿去做臘肉。」

臘肉？簡秋栩一聽，眼睛也一亮，她想吃臘肉煲仔飯。「姊，這些肉一半做臘肉，一半做臘腸吧！」臘肉煲仔飯和臘腸煲仔飯都是她的最愛。

「行，我讓娘明天買副豬小腸回來，做些腸衣。快過年了，臘腸得多做點。」

簡秋栩幫著她把肉拿進廚房，想了想，問道：「哥，京裡有什麼消息嗎？我今天看到軍隊往邊關去，真要打仗了？」她哥在京裡，知道的消息肯定多一些。

「聽說突厥陳兵金平城百里處，想要攻打金平城。不過小妹別擔心，鎮守金平城的是齊王，聽說齊王驍勇善戰，智謀過人，肯定很快就能擊退突厥人的。」

「那就好。」簡秋栩知道齊王這個人，他是皇帝的胞弟，算得上是一個軍事能人。

「小妹，妳關心這個還不如關心關心妳的小店。妳做的到底是什麼玩具？什麼時候能開店啊？」說到這個，簡方樺有些哭笑不得。

「哥，你怎麼跟大堂哥一樣心急？小妹做什麼玩具，等她做好了你不就知道了，開店哪能急的。」一旁的簡方榆說道。

「不是我急，是那些人急。天天有人問我大晉第一玩藝店什麼時候開店？他們要看看它要賣什麼玩具，敢取這麼囂張的店名，看擔不擔得起這個名字……」

「啥？大晉第一玩藝店？哥，你確定這店名是我的？」簡秋栩驚訝。那個叫端長平的看起來不像是不識字的人，怎麼無端把她的店名改了？

「我就說店名不是這個嘛，肯定是做牌匾的人做錯了。不過小妹，那牌匾的字寫得可好了，李掌櫃可眼饞上面的字了。妳要換回來嗎？」簡方樺也挺喜歡牌匾上的字的，因為這幾個字，小妹的店還沒開就已經有了些名氣。

「不換了。」大晉第一就第一，都宣傳出去了，再換，別人就說她慫了。她自信自己做出的玩具還是對得起這個名頭的。

沒了方氏一族的阻撓，造紙廠很快就建好了。

簡秋栩特地去看了幾眼，場地建得真是像模像樣的。族長很是盡職，為了不出差錯，還跟她確定了好幾次。

簡秋栩前世並沒有見過造紙廠，但根據造紙的方法，場地看起來並沒有什麼問題，現在就缺用來蒸竹的楻桶。

族長讓一些族人去編織楻桶，讓另一些族人把捆成一捆捆的嫩竹整齊地碼到池塘，嫩竹剛好填滿了兩個池塘。

竹子全部放到池中後，族人從河邊沿著池塘的方向挖開了一條溝渠，讓河水流入池塘，讓所有的竹子都浸在水下。

幸好冬天這條河的水沒有結冰，不然他們還得等一段時間。

竹子已浸在水中，就等三個月後了。

族裡人非常期待這些竹子能夠變成紙，每天都有人看著竹子。簡秋栩只希望三個月後，她的法子不要讓族人失望。

隨著池塘裡的竹子顏色由青變黃，一個月很快就過去了。年味漸濃，家家戶戶開始準備年貨。上次奶奶做的臘肉和臘腸都可以吃了，簡秋栩做了好幾回煲仔飯。

用小煲燒出來的米飯，火猛，米飯帶點微焦，使得米飯十分香口。米飯快熟的時候搭配上臘肉、臘腸，上桌前澆上用薑蔥醬油和臘鴨腿骨頭熬出來的滷水汁，再把米飯攪拌均勻。米飯勁道十足，吸收了肉汁的香味，齒頰留香，回味無窮，非常受歡迎。

家裡的小孩喜歡得不得了，天天唸叨著要吃焦焦的飯，她爹也尤其喜歡吃。

經過一個多月的調養，她爹終於可以下床走動了，這會兒正在門口逗弄著簡sir。簡秋栩怕他被簡sir絆倒，不放心地過去看了幾眼，發現又長高了一截的簡sir很是享受著她爹的撫摸，翻著肚皮打著滾。

簡秋栩笑了幾聲，轉回了自己的房間，繼續打磨零件。

花了一個多月，玩具的零件做得差不多了，現在就差用來鉚接齒輪和零件的小鉚釘了。如果是在前世，她可以直接用螺絲釘鉚接零件。不過這個朝代沒有螺絲釘，她打算用無肩直榫鉚接零件。

「小妹，蘋果魯班鎖被學了去了，妳再教教我們新的玩具唄。」大堂哥扛著一塊小木頭走了進來。

自從知道蘋果魯班鎖在學生當中熱銷，很多木匠都買回去研究，做了出來。不僅如此，他們還研究出了梨子魯班鎖、梅花鎖、八角鎖……現在爺爺、大伯他們做的蘋果魯班鎖已經不好賣了，大堂哥對此比較心急。

「行，不過要過兩天。」

「過幾天都行。」簡方櫸放下了手中的木塊，拿起她桌上的設計圖。「小堂妹，妳到底做的什麼玩具？都一個多月了，就做了這些齒輪和木片？這些圖我怎麼看出來有花，這是鳥的翅膀吧？有花又有鳥，啥東西？」簡方櫸好奇心重，每天都過來看一下，可這個小堂妹不是在做齒輪就是在做形狀有些怪的木環。

「大堂哥，等做好了，我第一個給你看。」她做的東西直接說出來，大堂哥也不明白。

「大堂哥真沒耐心，天天過來看，哪有做得這麼快。」簡方榆從外面走進來，笑道。

「我這不是好奇嘛！」

「好奇也急不來啊。小妹，明天小年，奶奶說帶我們去買年貨，順便去城隍廟祈福。」

「祈福？好啊！」簡秋栩還沒去過這個朝代的任何廟宇，正好去見識見識古人過小年的盛況。「大堂哥，你去嗎？」

仍舊一頭霧水的簡方櫸搖頭。「我就不去了，去了也擠不進去。我明天和爺爺他們在家做幾個不倒翁，我就不信這都能被那些人學了去。」拿著那塊木頭又走了。

第二天，天還沒亮，家裡人就起來了。爺爺、大伯和大堂哥他們沒去，她爹才剛剛可以下地，自然也去不了。

家裡的女眷和小孩都去了，簡秋栩特地讓大堂哥去隔壁村租了兩輛大一點的牛車，一行十幾人坐著牛車，悠悠地往城裡的城隍廟而去。

為了鍛鍊簡sir的膽量，簡秋栩特地做了狗繩帶著牠跟著去。小和淼與小和溪還把自己身上的小小背簍搭到了牠背上。

簡sir身側揹了兩個小小的竹筐，走在牛車左側。面對路上行人的注視，牠一點都不慌，還走得雄赳赳、氣昂昂，很是帥氣。

「好狗狗！這是我們的狗狗！我們的狗狗叫簡舍！」家裡的幾個小孩見路上的人都看著簡sir，有些驕傲地朝那些人喊話，一個個嘰嘰喳喳的，很是興奮。

家裡人一直叫簡sir為簡舍，簡秋栩也沒糾正他們，反正聽起來也差不多。

「一個個的，這麼激動做什麼，小心掉出車外。」大嫂揪住小和淼，把他拉回車裡。

「進了城就有好吃的唄，和森昨天晚上還興奮了一晚上，不打他都不睡覺。」說著，二堂嫂又打了一下在車裡興奮蹦躂的小和森的屁股。

小和森是家裡比較皮的小孩，嘻嘻笑了幾下又繼續蹦了，跑到簡秋栩身邊。「小姑姑，待會兒我要牽狗狗。」

「我也要！」

四個小孩把簡秋栩團團圍住，爭奪著簡sir的繩子。

簡秋栩笑著一個個點了點他們的腦袋。「行，每人都可以牽，咱們就從和淼開始，每人牽一會兒。」

「哇，小姑姑真好。」

「姊，我也要牽呢！」等幾個小孩興奮地轉頭看外面，簡小弟立即說道。簡sir英氣勃勃，威風凜凜，牽著肯定得到很多人的注視。

「行，等他們牽完了就給你牽。」

一行人說說笑笑，坐了半天的牛車，終於快到了。

城隍廟在大興城的西邊，正好在萬祝村這方向，他們來得算是比較早的了，但還沒到城隍廟，就看到排出了廟門一大截的隊伍。

「娘，肯定是福名道長在布藥了，我們這次又來晚了。」

大伯母看著長長的隊伍，心頭有些焦急，趕緊下車，讓大堂嫂、二堂嫂和大嫂去排隊。

「也不知道這次福名道長的藥夠不夠多。」奶奶看著長長的隊伍，覺得有些懸。「福名道長每次只派二百粒藥，這隊伍人數超過了吧？」

「不知道，說不定今年福名道長會多派的。」簡母踮著腳尖數了數。「娘，我和大嫂也去排隊，妳和秋栩帶著幾個小孩在這邊等等。」

「去吧去吧，我帶他們先進去拜拜。」奶奶年紀大了，隊伍這麼長，她站不了太久，打算帶著簡秋栩幾人從隊伍一側走進城隍廟。

「奶奶，福名道長是誰？布什麼藥？」簡秋栩探頭看了看那隊伍，排隊的幾乎都是婦女。

「福名道長是醫術厲害的得道之人，他布的藥吃了不僅可以延年益壽，還可以消災解難。只可惜每年就派一、兩百顆，也不知道妳娘她們能不能排得到。」

這麼厲害？簡秋栩挑了挑眉。延年益壽還說得過去，消災解難？神藥也沒這功能，這藥難道開了光？

「奶奶，今年得不到也沒關係，咱們明年再早點來。」這藥可不能亂吃，真得到藥了，簡秋栩也不敢讓家裡人吃。

「最好能輪得到我們家，妳爹被樹傷了腿，多災多難，如果能吃到藥那就好了，能讓他身體好還能消災。」說著，奶奶又探頭看了隊伍，幾句話的時間，隊伍又變長了一些。

「奶奶，我爹的腿快好了，吃不到藥也沒關係。多給爹補補，他的身體很快就能恢復過來了。咱們到廟裡給爹求張護身符也可以消災的，這樣一來，效果不就跟福名道長的藥一樣了嗎？」這世上哪有這樣的神藥啊？不過這是老人家的一片心意，簡秋栩也不好說。

「這樣說也是，那咱們快上去，不然待會兒擠不上去了。」奶奶趕緊帶著他們往上走。排隊的人多，過來祭拜城隍爺的人也絡繹不絕。簡秋栩看人多，怕她奶奶被撞到，趕緊讓蘇麗娘扶著她，又讓覃小芮和簡小弟仔細看著家裡的幾個小孩。

家裡小孩雖多，但也沒有亂跑，因為幾個小孩都跟在昂首挺胸牽著簡sir的小和淼後面，等著牽牠。

簡秋栩笑了笑。簡sir今天可真是個優秀的保姆。

城隍廟地勢有些高，幾人走了一刻鐘左右才到了大殿門口。彎彎曲曲排著的長隊從外面一路排到大殿門口。

殿門口擺著一張鋪著黃布的桌子，桌子後坐著一個穿青灰色衣服的老道士，他旁邊站著一個小道士，正幫著他把藥遞給排隊的人。

老道士留著長鬍鬚，頭髮銀白，面色紅潤，看起來確實有種仙風道骨的模樣。

「秋栩，看，那就是福名道長。福名道長一直以來都沒有變，還是這樣。果然是得道高人，都不見老。他的藥真是能延年益壽的。」奶奶探頭看了幾眼桌子，桌子上的藥被小道僮擋著，看不到還有幾顆。「希望今年多一些。」

簡秋栩沒說話。福名道長身體好，也不是吃藥多就好的啊，道士都有自己獨門的功法，鍛鍊多年，身體自然比其他人好，加上不理紅塵，煩心事少，自然比普通人老得慢。

「奶奶，咱們快進去，那裡也要排隊了。」

「走，走。」她奶奶怕輪到她時護身符也沒了，趕緊進了大殿。

簡秋栩跟著她拜了拜，從小道長那裡買了幾個護身符就出來了。外面的隊伍還很長，簡秋栩找了一處擋風地方，讓奶奶和幾個小孩坐在那邊等著她娘她們。

幾個小孩坐不住，牽著簡sir到處蹓躂，簡秋栩跟了上去。

由於地處京城，城隍廟建得很氣派，景點也多，簡秋栩跟著幾個小孩一路欣賞過去，不得不感慨古建築的精妙。

「這是什麼呀？」小和溪看到一個小道長往一個缸裡倒東西，那東西綠油油的，很是好奇地趴在缸邊看著。

「不知道。」小道長搖搖頭。「妳不要站在這裡，這個東西對人不好。」

「和溪，到小姑姑這裡來。」簡秋栩走過去看了一眼，是一缸綠油油的液體。「小道長，這東西從哪裡來的？」

「師父煉丹藥得到的。」小道長年紀不大，也就八、九歲，簡秋栩問了他，他也不隱瞞。

煉丹？簡秋栩湊近缸聞了聞，一股刺鼻的氣味撲面而來，她立即知道這是什麼了。綠礬油，也就是硫酸。以前看書知道古人煉丹時能夠得到硫酸，沒想到現在竟然讓她碰上了。

「小道長，這東西能賣我一點嗎？」既然碰到了，簡秋栩打算買一點回去。

「不賣的，妳要就拿吧。」

既然如此，簡秋栩也不客氣了，跟小道長要了一個小陶罐，裝了小半罐子。在城隍廟裡逛了一圈，簡秋栩看時間差不多了，帶著幾個小孩回去找奶奶。正巧，她大嫂興奮地拿著最後一顆藥跑了過來。「奶奶，拿到了！」

「太好了！」奶奶也很高興。「回去就給妳爹吃了。」

那顆藥黑糊糊的，根本看不出來是什麼，簡秋栩從大嫂手中拿過藥，聞了聞，確實有些藥味。「大嫂，我幫妳拿著。」

雖然只得到了一顆藥，但家裡人都很開心。大嫂和堂嫂她們也進廟裡拜了拜，又去西市購買年貨。

幾個小孩到了市集，眼睛都盯在小食攤子上。簡秋栩給他們一人買了一個燒餅和糖人，一個個吃得津津有味。

「秋栩，妳跟小芮和妳弟在這兒看著他們，我和妳奶奶她們去買東西。」市集人多嘴雜，不好帶著這些小孩過去，簡母讓他們在一個食鋪攤子前等。

「行，娘，妳們放心去買東西吧，不會走丟的。待會兒我帶他們在石紡路等妳們。」簡秋栩帶小和淼他們進了食鋪，給他們點了一些吃的。「你們在這裡等等小姑，小姑很快就回來。」

幾個小孩看到桌上的小吃，立即點頭。

簡秋栩讓簡小弟和覃小芮看著他們，拍了拍坐在一旁的簡sir，快步走去剛剛看到的藥鋪。

她大嫂拿到的那顆藥黑糊糊的，也不知道是什麼東西，真給她爹，萬一對她爹的腿不好那就壞了，所以她打算去藥鋪問問，看藥鋪裡的人能不能看出其中的成分。

「小兔崽子！」

簡秋栩剛走到藥鋪門口，一道瘦高的身影倏地從她身邊跑過，藥鋪裡的掌櫃氣沖沖地追了出來。「藥錢！小兔崽子給我藥錢！你這些東西能當錢用嗎？等著，我報官去！」

藥店掌櫃追得氣喘吁吁，那個瘦高的身影早已跑沒影了。簡秋栩在店門口等了一會兒，才等到藥店掌櫃回來。

「氣死我了！」藥店掌櫃氣得把手中的東西扔到地上，叮叮噹噹的，奇形怪狀的東西撒了一地。

簡秋栩下意識地看了一眼，好不驚訝。這些奇形怪狀的東西不是透明就是半透明，有的又細又長，有的一團團，不是玻璃還能是啥？

第三十七章

這個時候竟然有人能把玻璃做出來了？

「掌櫃，剛剛跑走的人是誰？」如果那人真的把玻璃做出來了，那就太好了，她能做的玩具就更多了。

「我怎麼知道?!」藥店掌櫃還在氣頭上。「肯定是個小混混，枉我好心賣藥給他，竟然用這些不值錢的東西抵藥錢！這些破玩意兒能值什麼錢，今天虧大了！」

「掌櫃，這些東西你不要了？」地上的玻璃雖然奇形怪狀，但磨一磨還是有用處的。

「要它做什麼，當垃圾啊？對了，妳要買什麼?」藥店掌櫃發了一會兒氣，才想起簡秋栩是客人，語氣沒有那麼衝了。

「我不是買藥，是想請你幫忙辨認一下這顆藥的作用。」簡秋栩把那顆黑糊糊的藥拿了出來。藥店掌櫃也沒說什麼，伸手接了過來。

藥店掌櫃聞了聞，思考了一番。「補氣益腎的，吃不死人。」

「腿不好的吃了沒關係吧？」

藥店掌櫃搖頭。「沒什麼關係，不過對腿沒用。」

「好的，謝謝掌櫃。」簡秋栩拿出十文錢遞給了他。「掌櫃，我看地上那些東西亮晶晶的，挺好看的，你不要的話可不可以給我？」

藥店掌櫃不在意地擺擺手，接過她手中的錢。「妳要就拿去吧。小兔崽子，下次遇到他，肯定逮住他報官！」

見此，簡秋栩蹲下去把那些玻璃撿了起來。看這些玻璃的形狀，這個做出玻璃的人估計還沒能完全掌握它的法子，應該是隨機做出來的。期待他能盡快掌握法子，這樣她以後就能有玻璃用。

把東西撿好，她立即趕回食鋪，小和淼幾個小孩還鼓著嘴巴吃著東西，簡小弟和覃小芮認真地看著他們。

簡秋栩坐到一旁，拿出那幾個玻璃仔細看了看，打算回去打磨成玻璃珠子。

「姊，這是什麼？」簡小弟是個好奇心重的小孩，看到沒見過的東西，心中立即好奇起來。

「這是玻——」

「駕！」一人一馬疾速跑過，帶起一陣風，站在路旁的人嚇得迅速進了食鋪。

簡秋栩的話被打斷了，轉頭看過去，只看到馬背後面紅色的大旗。

「什麼人？竟敢在城裡跑馬？」在鋪子裡吃東西的人不少，見此，有些生氣地說道。

大興城人多，是禁止馬匹疾行的，被抓到的話，刑罰不輕。剛剛那匹馬的速度明顯犯了條例。

「沒看到紅色大旗啊？那是傳報軍事的信使，估計是邊關急報。」食鋪老闆說道。

「邊關急報？難道邊關告急？」有人不安地問道。

「不能吧，最近有戰況的只有金平城。金平城有齊王鎮守，肯定沒問題。」

「那可不一定，聽說突厥這次有十萬軍隊呢！」

「快過年了，希望這仗能盡快結束。」

「姊，難道真的是邊關告急嗎？」雖然邊關離這裡很遠，簡小弟也是很擔心。

「應該是喜報吧？」雖然簡秋栩沒有看清那一人一馬，但馬背後面的大旗乾淨整潔，馬匹步伐矯健有力，騎馬那人背影也不見慌亂，怎麼都不像是邊關告急的模樣。

「好！太好了！」武德帝聽了邊關來報，興起拍桌，神色激動愉悅。「皇弟和均祁果然沒有讓朕失望，傳令下去，同意突厥請求！」

廖戰也一臉喜色。「虎父無犬子啊，三公子功不可沒！所謂擒賊先擒王，沒有三公子這一招，突厥沒這麼快就退兵。」

「哈哈！這話說得沒錯。不過皇弟和均祁可不是這麼認為。」武德帝翻了翻手中的信件。

「皇弟認為此次能快速擊退突厥，送過去的弓弩功不可沒，讓我好好獎賞做出弓弩的人。」

「齊王和三公子高風亮節，不過，皇上，這……這不好辦吧？」齊王所說，廖戰是認同的。此次突厥陳兵十萬，齊王和三公子再英勇善戰，也不可能這麼快就把他們打得潰不成軍。這次戰役，簡秋栩那把機械弓弩功不可沒。只是弓弩是她做的這件事根本就不可能公布出來，又怎麼光明正大獎賞她？

「這事朕自有打算，不會讓她吃了虧。」擊敗突厥一事讓武德帝心情愉悅，這一戰，簡秋栩確實功不可沒。不過弓弩是她做的這一真相，確實不能讓人知道，他真要獎賞，也不能明著來。

而且，此戰過後，必定會有人盯上想出弓弩的人，他要給獎賞，更加需要不留痕跡了。

「皇上！」林泰匆匆而來。「暗探來報，盧陵王封地有異動。盧陵王一支軍隊喬裝往封地西北而去，自此失去了蹤影。」

武德帝敲了敲桌，剛剛愉悅的心情瞬間變成了冷意。「哼，這是不想要朕高興。」一旁的廖戰問道：「林統領，可知道盧陵王派人前往西北做什麼？」

林泰搖頭。「目前未知，暗探還在探尋。」

武德帝站了起來。「不管所為何事，封地的西北部必定有他要的東西。來人，帶朕口諭，讓均祁盡快回京。」

「皇上是想要三公子去盧陵王的封地探查？」

「正是。這事只能讓均祁去辦。我倒要看看端禮想做什麼？軍隊沒了蹤影，那裡必定藏了什麼。」

盧陵王端禮是端太祖四子，當年為了皇位，用盡了手段，但太祖更看重武德帝。端禮敗北，屈居封地多年，武德帝認為端禮是不會甘心的，對皇位的覬覦之心不死，所以一直讓人盯著他。

「盧陵王必定做好了準備，此去得多加小心。」

武德帝點點頭。「朕自有安排。」

武德帝與廖戰商量了一番，廖戰和林泰匆匆出了宮。候在武德帝身邊的章明德嘴巴動了動，臉上的神色有些躊躇。

武德帝掃了他一眼。「章明德，你有何話要說？」

章明德弓著身子。「皇上容稟。皇上，再過五個月就是三公子二十歲的生辰了，皇上可否還記得三公子出生時明慧大師的批語？三公子二十歲有一大劫啊！」

武德帝倏地站了起來。「多虧你提醒朕，快去護國寺把明慧大師請來。」

等小和淼他們把東西吃完，齊王擊退突厥的消息已經在大興城傳得沸沸揚揚了。偶遇路人，都能從他們臉上看到喜意。

「二姊，真的是喜報！突厥被打敗了！」簡小弟高興地蹦跳了幾下，幾個小孩不明所以，也跟著歡呼拍掌。

「齊王果然英勇善戰，足智多謀！」旁邊的人話裡話外都是崇拜的敬意。

「這次不是齊王，聽說是他的三公子。突厥二王子被三公子生擒，突厥才退兵求和！」

「虎父無犬子啊！果然子肖父！」旁人感慨。

「什麼肖父，三公子肖母，齊王妃有胡人血統，還身懷武藝，三公子似母，也有一雙綠色的眼睛。」另一人說道。

此時，胡漢通婚是比較普遍的現象，大晉的人見怪不怪。走在大興城，時不時都能見到幾個混血兒，所以，對於擁有綠眼睛的齊王三公子，眾人並沒有覺得怪異。

「這次能夠這麼快擊退突厥，還有一個原因，兵部做出了一種兵器，能連發十支弓箭，突厥人被弓箭打得措手不及。」一旁邊有人神秘兮兮地說。

簡秋栩聽此，頓了頓，轉頭問他。「小哥可知道這個兵器長什麼模樣？」

「兵器我倒沒見過，不過聽說是一種弓弩，有好多齒輪的弓弩，一般人是做不出來的，聽說這個弓弩按一下能連發十支箭。」

機械弓弩，連發十支箭……簡秋栩總算知道她丟失的弓弩的去處了。拿了她弓弩的那人顯然是朝廷中人，而他對自己也沒有惡意，不然那時候就可以置她於死地了。

這樣，她就放心多了。

「有了這種神兵利器，那我們以後就不怕突厥人了？」

「不見得，萬一以後突厥也有了這個兵器呢？」

簡秋栩沒有繼續聽他們說下去，而是幫小和淼幾人擦了擦嘴，帶著他們往石紡路去。

看看時間，奶奶她們差不多買好東西了，她先去把車租好。

「二姊，妳說這個兵器長什麼樣啊？」簡小弟好奇起來。

「這個可是秘密，二姊也不知道。」簡秋栩就當弓弩不是自己做的了。

「二姊都不知道的兵器，肯定很厲害！」

簡秋栩笑了一下，掐了一把他的小臉。簡小弟最怕簡秋栩掐自己的臉，於是躲避。此時有輛馬車經過，簡秋栩趕緊把他拉到一旁。

馬車的簾子掀開，車上坐著一個穿著袈裟的和尚，此刻正看著簡秋栩姊弟，神情若有所悟。

簡秋栩感覺到了他的目光，看過去時，他的車已經走遠。

坐在馬車上的明慧大師「阿彌陀佛」了一聲。原來廣安伯府的金光是如此來的，難怪如今在廣安伯府已找不到金光的蹤跡。

「二姊，那個大師是誰啊？為什麼看我們？」簡小弟也感受到了明慧的目光。

簡秋栩乘機掐他的臉。「大師見你根骨奇佳，想收你去做關門弟子。」

簡小弟眼睛一瞪，嚇得躲到了小和淼他們身後。「不要，我不要當和尚！」

簡秋栩捏了捏幾個小不點的臉，心裡卻想著剛剛那個大師的眼神。難道他看出了什麼？既然她能穿越，代表這個世上神佛鬼怪應該也是有的，有看破因果的得道高人也是正常的。

她並沒有感受到眼神中的惡意，便也不再多想了。至於找個高人讓自己回現代的事，她是從來都沒有想過的。

不是她不懷念現代的生活，而是她已經把這裡當成了自己的家。

「走吧，回家嘍！」

武德帝親自迎接明慧。「明慧大師，煩勞您前來。均祁還有五個月就滿二十歲了，明慧大師，那二十歲大劫可有解了？」

明慧當年在武德帝還小的時候就已斷定他必為君主，所以武德帝深信他是得道之人。

「老衲前來的路上已替端施主卜了一卦，卦象未變。」

武德帝擔憂。「難道真的不可解嗎？」

明慧阿彌陀佛一聲。「世人皆云，命數天定。然我佛慈悲，端施主並非必死之劫，仍有一線天機。」

武德帝有些失望。「可這一線天機也縹緲無蹤，均祁是生是死，終究是個賭局。」

端均祁是他最看重的姪子，均祁的生死劫一直壓在他的心頭，每每想起，他都會心頭不安。

「雖說天機縹緲，但也不是無蹤可循。」

武德帝聽此一喜。「大師可否告知生機在何處。」

「郢州。」

郢州，是廬陵王的封地。看來，均祁這一次是必去廬陵王的封地不可了，他得好好安排一番。

車行人不少，簡秋栩花了點工夫才租到兩輛牛車。不久，娘和奶奶她們就一人揹著幾包裹東西回來了，簡秋栩趕緊上去幫她們把東西放到車上。

買了這麼多東西，大家都有些累了，便不想再逛，簡秋栩跑到旁邊給幾個小不點買點零食，大家便坐著牛車回去了。

臨近年關，路上的人也多了起來。回村的路上遇到了一些方氏族人，雙方招呼都不打的。

也許是有些累了，幾個小不點在牛車上睡著了。簡秋栩怕他們凍著，拿衣服蓋到他們身上，還把簡sir給抱上車。

「秋栩啊，回到家妳就把福名道長的藥給妳爹吃了，讓妳爹快點好起來。」奶奶心裡惦記著這事，時不時提醒一下她。

「知道了。」反正是普通補氣益腎的藥，吃了也沒關係。

牛車悠悠地到了家門口，大堂哥和大伯他們看到車，趕緊出來幫忙拿東西。

「爺爺，你拿的是啥？」簡樂親扛著半麻袋的東西從外面回來，簡秋栩趕緊上去幫忙。

「去縣裡買的稻種。等立春過後，咱們家就要種稻子了。」郭赤縣處於北方，水稻一年只有一次成熟期，立春過後就要開始播種。今天已經是小年，離立春沒幾天了。

「這麼快啊？」簡秋栩前世是南方人，南方種稻子都是在清明節前後。「爺爺，咱們一畝地能得多少稻穀啊？」

「四石左右。」

一石等於十斗，一斗相當於六斤，四石換算過來也就二百四十斤左右，一畝地才產這麼點。除去稻殼，也就一百八十斤左右的大米，差不多一個人半年左右的食用量；再扣去交稅的，大概只夠一個人三、四個月的食用量。如今村裡都是地少人多，一畝地要養好幾個人，所以米飯也只能偶爾吃一下。現在家裡靠著香皂賺了點錢，才捨得多煮點白米飯了。

想要頓頓有米飯吃，水稻產量不提高是不行的。

從爺爺那裡，簡秋栩了解到現在種植水稻並沒有進行分秧，而是水稻浸種催芽後，直接把種子撒到田裡，這也是產量低的一個原因。

「爺爺，我們可以先育種，而後分秧插秧，說不定產量會高一些。」前世簡秋栩小時候跟爺爺也是種過田的，從整田到插秧都有參與，每個步驟都了解。

「分秧插秧？」簡樂親有些疑惑。「秋栩啊，爺爺沒有聽過這種種水稻的法子，這，能行嗎？」

「爺爺，行不行、好不好，不試一下怎麼知道呢？」

簡樂親有些猶豫，這種種植水稻的方法根本就沒有聽說過。糧食乃根本，雖然他這個小孫女聰明，但他還是不敢輕易嘗試，萬一這個法子不好，那一年的糧食就沒了。

「秋栩啊，還是算了。這可不敢胡亂嘗試，一不好，就是糟蹋糧食了。」簡樂親想想，還是沒有同意她的法子。其他東西他可以嘗試，糧食，他可不敢。

對於爺爺的拒絕，簡秋栩也沒覺得有什麼。畢竟分秧插秧是個新法子，沒有看到它的成效之前，不敢輕易嘗試乃人之常情。糧食攸關生存，更不可能輕易改變耕作方式。

簡秋栩也沒有堅持說服他，幫忙把稻種拿回房間，心想，只要讓爺爺看到了這個方法實實在在的效果，下次不用她提，他都會更換種水稻的方法。

「二姊，這個法子也是那些人教妳的嗎？」簡小弟聽到他們的談話，等簡樂親走開了，他就跑了過來。「二姊，我覺得妳說的法子肯定是好的。」

「你這麼肯定？說不定他們教的也可能是錯的呢。」簡秋栩反問他。

簡小弟搖頭。「不，二姊，我覺得肯定是對的。」

「這麼確信？」簡秋栩覺得小弟有些迷信她說出的東西了，這可不行。「他們也不是神仙，教給我的東西也可能是錯的。是對是錯，都需要實踐才行。萬一法子不好，沒實踐，會害了人的。」

「我知道，二姊，我有實踐呢。妳過來看！」簡小弟把她拉到茅草棚，那裡放著小和淼他們種的蘿蔔和白菜。「二姊，妳看，和淼他們都是亂撒的種子，蘿蔔苗長得又瘦又小。我的蘿蔔種子都是一個個放的，長得比他們的肥壯。苗肥壯，肯定蘿蔔也長得大。姊，妳說的插秧的方法是不是也是跟我這樣一個個放？那稻苗肯定也肥壯，稻穀肯定也會結得多了。」

簡秋栩驚訝了一下。「行啊，小弟，觀察能力不錯，還學會舉一反三了。確實，插秧也是跟你放蘿蔔種子一樣，兩、三株一起插的。」

「那稻穀肯定會結得多，所以二姊，妳的法子是好的。」被簡秋栩誇了，簡小弟很開心。「二姊，這個法子是好的，爺爺不同意怎麼辦？」

既然知道這個法子有效，簡小弟當然希望爺爺能用這種法子種稻子了。「要是我們有地就好了，爺爺不同意，我們可以用自己的地種。」

「沒事，別急。爺爺不同意，咱們還有爹啊。」他們家是分了地的，她爹有一畝水田呢，簡秋栩覺得說服親爹還是簡單一些。

簡小弟眼睛一亮。「對哦，那我們現在就去找爹。」

簡秋栩拍了拍他的小腦袋。「不急，等年後再說。」

小年一來，大年初一也就隨之要來了。家裡備好了年貨，開始大掃除。

簡秋栩把那天從城隍廟拿回來的硫酸拿出來，把家裡的鐵質工具都擦了一遍，刀具都變得亮閃閃的，跟新買的一樣。

爺爺他們很是驚訝，嘖嘖稱奇了好一陣子。

雖然簡秋栩現在還沒想到要用這些硫酸做什麼，但是用來擦刀具還是挺有效果的。為了防止幾個小孩無意間碰到硫酸，用完後，簡秋栩趕緊把它塞到床底下了。

第三十八章

「小姑姑，插幡子！」大年初一一大早，小和淼就把她喊了起來。

「來了。」簡秋栩特地穿上蘇麗娘給她做的新衣服，跟著小和淼跑到外面去。院子裡，一個個都在忙碌著。爺爺砍了一根長長的竹竿，奶奶把一塊形似魚的青色布旗幟繫在最頂部，堂哥和她哥幾人在挖深坑。

坑挖好後，把竹竿插進去埋好。

青色的旗子迎風飄揚，簡秋栩探頭看了院外，家家戶戶都飄著青幡。

青幡，春的象徵，這是寄託大家對春天的期盼。

遠遠地響著爆竹聲，年味甚濃。嫂子們做好了大年初一的第一頓飯，招呼著大家上桌。新年，兩家人自然要一起吃團圓飯。

「小和淼，喝酒哦！」桌上擺著屠蘇酒和椒柏酒。說是酒，其實是一種中藥劑。過年喝這兩種酒，是為了驅邪解毒、延年益壽。小者得歲，先酒賀之，老者失歲，故後飲酒，所以要最小的孩子先喝。

味道當然不怎麼樣，儘管小和淼已經努力維持表情，仍舊一臉皺巴巴，逗得桌上眾人哈哈大笑。

「來來來，吃五辛盤，來年身體健康，大吉大利！」大嫂和大堂嫂端上五辛盤，盤子裡一片青青綠綠的辣氣沖天，分別放著五種蔬菜，乃是大蒜、小蒜、韭菜、蕓薹、胡荽。還沒吃呢，簡秋栩就被嗆到了。

「吃了臭臭！」小和溪嫌棄地說道，被二堂嫂塞了一片大蒜，小臉都皺起來了。

「哈哈……」歡聲笑語中，爺爺、奶奶開始發壓歲錢。幾個小孩拿了壓歲錢，笑得眼睛都找不到了。

簡秋栩也拿了壓歲錢，不僅爺爺、奶奶給她，大伯、大伯母、堂嫂們都給她壓歲錢，零零碎碎加起來不少，估計是他們特地給她的。

家裡香皂賺了多少錢，簡秋栩從不過問，這些壓歲錢是家裡人藉機感謝她。

簡秋栩沒說什麼，家人感謝她，她收著就好。

熱熱鬧鬧吃完大年初一的早飯，又熱熱鬧鬧地給族長他們拜年去了。到了大年初二，簡秋栩一家子去給外婆拜年；大年初三，給表舅姑拜年……

新年就在你來我往的拜年中過了一大半，簡秋栩都快累癱了。不管古今，拜年都是累人的事。幸好到了大年初七，家家戶戶都要育種，拜年的勢頭才停了下來。

簡秋栩跟簡明忠說了育種分秧的事，她爹果真同意了。她爹同意了，爺爺也沒說什麼，趁著她哥放假在家，簡秋栩讓他把田給整了。

水稻幼苗適宜在微酸的土壤中生長，為此，她取了一些泥土回來，加了些鹼溶液測試了下。泥土加鹼溶液起泡，說明他們家田地的土壤是酸性的。

簡秋栩指示著她哥弄出秧盤，把培育發了芽的種子均勻地撒到秧盤上，最後在秧盤上面鋪上一層去年割回來的稻稈，就算大功告成了，剩下的就是水肥管理了。

這一點根本就不用她操心，雖然她爺爺不敢輕易嘗試新辦法，但他比簡秋栩還看重這些種子，每天都要到田裡看個好幾遍。

當然，還有一個人比爺爺更關心她那塊地裡的秧苗，那就是武德帝。從暗衛那裡知道她說這樣能夠增加水稻的產量後，他每天都要知道那些秧苗的情況。

「小妹，妳的玩具還沒做好啊？」大堂哥過了個年，又忍不住問了起來。之前他原本想讓簡秋栩教自己新玩具，後來自己摸索著做不倒翁，靈光一閃，想到做一套十二生肖不倒翁，這會兒正好做到馬。

「快了，就這兩天了。」簡秋栩把最後一個鉚釘做好。「就差一點顏色了，我去縣裡一趟。」

缺藍色的顏料，她打算現在就去買回來，於是喊上簡sir，帶上覃小芮直往縣城書畫店去。

路上，一黑、一棕色兩匹馬從她身邊飛奔而過，馬跑過帶起來的風颳掉了她頭上的帽子。簡sir見此，朝著跑過的兩匹馬汪汪地叫了起來，要不是簡秋栩攔著，估計牠要追著那兩匹馬咬牠們尾巴。

估計是聽到了狗叫聲，兩匹馬的速度慢了下來。其中騎著棕馬的人跟騎著黑馬、戴著黑色斗篷的人說了些什麼，轉頭往她的方向騎了回來。戴著黑色斗篷的人只是站定看著這邊，並沒有動。

黑馬黑衣黑斗篷，簡秋栩根本就看不清他的臉，要不是他略傾的身子告訴她，他是看向她這邊的，簡秋栩還以為他一動不動。

「簡姑娘，真是妳啊！」端長平騎馬走近，見到果然是她，臉上有些欣喜。「上次太過匆忙，還沒好好感謝妳。」

「原來是端大人。大人剛從邊關回來？」簡秋栩也沒想到會遇到端長平。

「是啊，沒想到正巧遇到簡姑娘。不過今天端某還有要事在身，下次必找機會好好答謝簡姑娘一番。」

簡秋栩想說不用了，他已經答謝過了，但端長平沒有給她開口的機會。「簡姑娘，端某先行一步。」

真是來也匆匆、去也匆匆，眨個眼睛他就跑回那個黑衣人身邊了。

「三公子，那就是屬下說的，上次救了屬下的簡姑娘。」端長平見端均祁看著他的方向，解釋道。

「嗯。」馬上的人冷冷淡淡地回答了一個字，收回視線。「走吧。」

兩人走遠，剛剛一直看著她的，帶著她能感受到的銳利視線也消失了。簡秋栩皺了皺眉。莫不是那人把她當成了敵人？

簡秋栩想不通，聳了聳肩，帶著簡sir趕往縣城書畫店。這一次她特地把所有的顏料都買回來，以備不時之需。

顏料買回來後，就剩下最後一步了。

簡秋栩給配件塗好顏色，等它乾了，小心地一個個拼了起來，按下尾巴，看著齒輪如她計劃中的一樣滾動，簡秋栩開心地朝門外喊：「大堂哥，做好了！」

早早的，過來泰豐樓搶訂香皂的人發現，掛了將近三個月的「大晉第一玩藝店」有動態了。

本店將於二月二龍抬頭巳時開業大吉。若想知道本店所賣何物，請準時光臨本店！

「終於開店了！我倒要看看它要賣什麼。」

有這種心態的人不在少數，大家對這家店的好奇，不亞於對泰豐樓香皂從何而來的好奇。囂張的店名、遲遲未開的店面，大晉第一玩藝店要開張的消息一出，幾乎整個大興城的人都知道了。

二月二那天，簡秋栩剛進城裡不久，發現店門口來了好多人。時人娛樂甚少，聽說那家店名囂張的小店要開門了，都想過來看熱鬧。

李誠把簡秋栩拉進了泰豐樓。「簡姑娘，方樺那小子說妳開店只有一個玩具？」

「對呀。他們不是急著想要知道我這店賣什麼嗎？所以就想讓他們看看吧。」開店只賣一個東西，估計沒人做過這種事吧？

「這、這玩具是什麼？今天來的人多，妳第一天開店，至關重要啊！」李誠至今都不知道簡秋栩要賣什麼。這麼大一個招牌，賣的東西要是對不起店名，那就是砸招牌了。

「李掌櫃，你放心，既然我敢來開店，賣的東西自然不會打招牌的臉。」簡秋栩打開店門。

這個小隔間已經讓大哥幫忙找小木作修繕過了，兩側的牆上多了一些置物架，不過都空盪盪的。正對著門的牆面白花花的，什麼都沒有。門口右側有一張結算用的櫃檯，除此之外，沒有其他東西了。

「啥都沒有，這店要賣啥？」見簡秋栩開了店門，候在外面的人跟著走了進來。「小姑娘，妳就是店家？妳這店名不副實啊！我看妳這個招牌趕緊摘了還來得及。」

「對啊！」旁邊的人應和著。

「我小妹都還沒把東西拿出來，你怎麼就知道名不副實了？我告訴你們，我小妹要賣的東西，保證讓你大開眼界！」簡方櫸那天看到簡秋栩做的玩具，至今仍處於驚訝中。他沒想到，玩具也可以做成那樣。

「對啊，不會讓你們失望的。」今天她的店開業，家裡人都過來撐場面了。不過他們沒想到這場面都不用他們撐，差點就擠不進來了。

「大家別急呀，對不對得起店名，大家待會兒不就知道了？來來來，大家先進樓裡喝口茶，等巳時一到，保證讓你們第一時間見到。」簡方樺招呼著。

這些人都是泰豐樓的老顧客，但此刻都不想進去，就想看看這個小姑娘能拿出什麼讓他們大開眼界的玩具來。

被一群人盯著，簡秋栩也不發怵，不緊不慢地跟李掌櫃借了一塊紅布鋪在櫃檯上，把裝著玩具的盒子放到了櫃檯上。

盒子是她爹用竹子編織的，有些鏤空，隱隱約約能看到裡面的東西，勾得那些人盯著盒子直看，但都看不出是什麼，好奇心越發旺盛了。

「巳時就要到了，小姑娘，可以給我們看了吧？」有些人比較心急，見時間到了，立即催了起來。

簡秋栩打開盒子，裡面的東西出現在大家面前。藍色的蜂鳥和紅色的花朵被各種木頭零件拼湊起來。

「這是什麼東西？木頭做的花鳥？這算什麼讓我們大開眼界的東西？」

李掌櫃也盯著盒子看，看到盒子裡的東西不免有些失望。木頭做的花和鳥，雖然花和鳥都做得栩栩如生，但這也不能讓人眼睛一亮啊。這些客人都是富貴人家，什麼樣活靈活現的花鳥沒見過。簡方樺這小妹，不會就這樣砸了招牌吧？

李掌櫃可是很看重簡秋栩的，可不想她的小店第一天開門就砸了。

對於他們失望的眼神和言語，簡秋栩並沒在意。她按下玩具尾部的木片，瞬間，齒輪轉動，剛剛好似睡著了的藍色蜂鳥彷彿一瞬間醒來，翅膀緩緩打開，靈活地飛向對面的紅色花朵，而後揮動著翅膀停留在花朵上，長長的尖嘴吮吸花蕊。

此情此景，就彷彿叢林中的蜂鳥聞風而起，靈動地飛躍河流，尋找到那朵看中的花朵，撲騰著翅膀喝著蜜。

「活了！欸，活了！」剛剛還失望的眾人現在已經變成了一臉震驚。木頭竟然活了！

簡方櫸看到他們的表情就跟自己那天一樣震驚，心中很是滿意。

「精妙絕倫！精妙絕倫！」圍觀的眾人發出了驚嘆，沒想到木頭做的花和鳥竟然都活了過來。這種手藝，確確實實讓人大開眼界啊！他們都看不懂，這鳥和花朵，怎麼在一塊塊的齒輪帶動下就像活起來了呢！精妙，精妙啊！

「姑娘，妳這玩意兒可有取名？」圍觀的人有些摩拳擦掌了。這種玩具前所未有，他們不再小看面前的簡秋栩了。這東西，不是普通人能做出來的，難怪眼前的小姑娘敢取這麼囂張的店名，那是因為人家確確實實有本事啊！

「它叫機械蜂鳥。」

美好的誤會就這麼誕生了。

「機械蜂鳥？姑娘，妳這機械蜂鳥怎麼賣？」問了名字，有些人已經蠢蠢欲動了。

簡秋栩點了一下蜂鳥的小腦袋。「機械蜂鳥我只做一個，以後不會再做，所以它將會是獨一無二的。價格嘛，價高者得。」

價格她也不好定，那就價高者得吧。看現場這些人激動的模樣，她的機械蜂鳥肯定能賣個好價錢。

眾人一聽機械蜂鳥只有一個，紛紛搶著出價。

「姑娘，我出一百兩！」

「一百二十兩！」

「一千兩！」人群外，一道高昂的聲音傳來。

價格跳太快，眾人都想看看是誰破壞規則，紛紛轉頭看過去。

小店外，穿著緋紅衣裳的王春林依舊帶著傲氣走了過來。「我出一千兩，還有誰要出價？」

「王大家，是你啊！」

「李太師，您老也來了。」

「沒人出價了？沒人出價了，那這玩意兒就是我的了。」

說著，王春林讓跟在身後的家僕把錢遞給了簡秋栩，拿起機械蜂鳥。

王春林的態度有些強硬，眾人沒有跟他搶，因為也搶不過。而且他和李太師一起來的，這個面子自然是要給的。只是他們心中遺憾，這獨一無二的玩具，就這樣沒了。

「確實精妙。」王春林仔仔細細地察看了機械蜂鳥一番，而後看向簡秋栩，打量著她。

「妳就是簡秋栩？這玩意兒，也算沒丟了這牌匾上這些字的臉。」

簡秋栩疑惑。「王大家，這牌匾上的字有什麼特殊之處嗎？」

王春林眼睛一瞪。「妳不知道？」

簡秋栩更加疑惑。「我該知道什麼？」

王春林打量著簡秋栩，見她確確實實不知道這牌匾的特殊之處，眉頭皺了皺，低聲跟李元景說：「太師，莫不是我們看錯了？」

李元景搖了搖頭。他這會兒也看出來了，這叫簡秋栩的姑娘，真真切切不知道牌匾上的字是武德帝寫的。「姑娘，妳這牌匾不普通，好好珍惜吧。」

簡秋栩疑惑地看著他們，李元景和王春林卻什麼也不說了。因為王春林和李元景一樣疑惑，這叫簡秋栩的姑娘根本就不知道皇上，皇上怎麼會給她賜了牌匾？她到底有什麼特別之處？

兩人對視了一眼，什麼也沒說，就怕透露太多，違背了皇上的本意，於是一起離開了簡秋栩的店。

「姑娘，妳還有什麼玩意兒，我都買了！」

「我也是！」

眾人見王春林和李太師走了，趕緊問簡秋栩。

「抱歉各位，目前小店只有機械蜂鳥這個玩具，下個玩具做出後會提前告訴大家。」什麼時候再做出來，簡秋栩也不急。今天的機械蜂鳥肯定讓他們牢牢記住了她的小店，也知道她做的玩具，絕對能對得起這個牌匾。

「怎麼就只有一個呢！」

沒有買到，眾人只能遺憾地離開了，心中卻也興奮，再想起來，依舊驚訝於那個叫機械蜂鳥的玩具。

簡秋栩送走客人，回頭盯著牌匾上面的字看起來。上面的字除了好看點，她也沒看出什麼特別之處啊？清暉？莫不是這個名字特別？清暉是哪個大家？

李誠也盯著牌匾上的字看。果然，他猜對了，這字並不普通。「簡姑娘，恭喜恭喜啊！」

「簡姑娘。」端長平帶著林泰出現在店門口。「聽聞簡姑娘開店了，端某前來恭賀。不過，好像我來晚了？」

旁邊的李誠看到端長平和林泰，眼睛一亮。

簡秋栩回過神來。「沒有，店也只是剛開，只是只賣了一件東西，所以才結束得快。多謝端大人撥冗前來。」

「看來簡姑娘做的東西很受歡迎，小小開業賀禮，請笑納。」端長平遞過來一個年年有餘的木雕擺件。

簡秋栩大方接過，眼珠子動了動。「端大人，有個問題想請教一下。」

「請說。」端長平見簡秋栩要問話，立即擺正了神情。

「不知這牌匾請何人所做？字是何人所題？店名何人所改？清暉是哪位大家？」既然李太師說這牌匾不普通，她總得知道它為什麼不普通吧？

「這……」端長平一時卡住。

「簡姑娘覺得這牌匾有問題？」旁邊的林泰開口了。

聽到林泰的話，她腦海猛地一機靈。她對聲音很敏銳，林泰的聲音讓她突然想起了在廣安伯府河邊的那道聲音。「不知這位是？」

上次在巷子裡見過林泰，但簡秋栩並沒有聽過他說話。此刻一聽，她立即認出他來了。

那聲「大膽」是他說的，也是他用東西擊打了她。

「這是林泰林大人。」至於林泰的身分，端長平並沒有明說。

即使沒明說，簡秋栩也猜了七七八八。能讓林泰說大膽的，他護著的那人身分必定很高。而他們拿走了她的弓弩又用在戰場上，不管他們是誰，肯定是站在皇帝那邊的。

「林大人誤會了，我並沒有覺得牌匾有何問題，它很好，我只是好奇是什麼人能寫出這樣蒼穹有力、瀟灑自如的字。」

「簡姑娘，這字是誰寫的，我不好跟妳說。牌匾既不是端某做的，妳的救命之恩端某還欠著。簡姑娘以後有什麼需要幫忙的，儘管開口。」端長平是個真誠念恩的人，簡秋栩救了他的事，他一直都想著報答她。

簡秋栩眼神閃了閃。原本她根本不想要端長平報恩的，現在改了主意。「我確實有一件事需要端大人幫忙。」

端長平上前。「簡姑娘請說，只要不違背天地良心，端某必替姑娘達成。」

這端長平果然是個武人，話裡話外都流露著俠氣與直率。

「我要請端大人幫忙的事，絕不會讓端大人違背天地良心，而是與朝廷有益的好事。」

簡秋栩請李掌櫃幫她拿一些紙筆過來。

「哦？」端長平有些驚訝。「是何事？」

簡秋栩笑道：「我族人得到一造紙方法，此方法可造出品質極好的紙，族人感念皇恩浩蕩，想將造紙的法子獻給朝廷。」

「這……簡姑娘，妳是想讓我幫忙把你們族人的造紙方法獻給朝廷？可是，這種好事，根本不需要端某出手幫忙。」端長平有些意外。這根本不是幫忙啊？

「當然不只這樣，不然，我也不會請端大人幫忙。造紙的法子是要獻給朝廷，但我們族人有一些要求，希望端大人幫忙爭取。」

「什麼要求？」

簡秋栩接過李誠拿過來的紙。「端大人稍等。」

她提筆，迅速在紙上列出條約。「要求有這些，不知道端大人能否辦到？」

端長平看著一條又一條，條條相扣的條約，有些看不明白簡秋栩要做什麼。這條約明明是多此一舉啊。「簡姑娘，妳這條約是否有誤？」

一旁的林泰也意外，不明白簡秋栩要做什麼。

她搖頭。「沒有，麻煩端大人了。」

端長平一頭霧水，但還是接過了。「端某一定為簡姑娘辦到。」

「那我就等端大人的好消息了。」

第三十九章

「小妹，妳為什麼要把法子獻給朝廷？」等林泰他們離開，簡方樺和簡方櫸忍不住問出來了。

「哥，你不是擔心我們造出來的紙太好，對我們不利嗎？如果朝廷同意了我剛剛的要求，那我們不是沒有後顧之憂了嗎？」簡秋栩解釋道。

簡方樺腦子靈活，眼珠子一轉，明白了其中的利弊。「對啊，法子獻給朝廷好！」

大堂哥有些懵。「小堂妹，萬一朝廷不同意呢？那我們是不是也不能造紙了？」

聽到簡方櫸這麼一說，爺爺他們也有些擔憂。現在族人都等著造紙賺錢，萬一朝廷不答應，那他們不就是功虧一簣，白費工夫了嗎？

簡秋栩安慰道：「放心大堂哥，朝廷不同意，我們就不把法子獻給朝廷，並不影響我們造紙。只是到時候要李掌櫃主家多關照些了。」

李誠點點頭。「好說好說。不過，我看啊，簡姑娘的要求朝廷會答應的。端長平是齊王的部下，皇上會看在他的面子上答應簡姑娘的要求的。簡姑娘，沒想到妳認識端將軍和林統領，好運啊。」

林統領？看來她猜得沒錯了，拿走了她弓弩的人十有八九就是當今聖上了。如今她的弓弩立了功，這個小小的要求怎麼都會應許她吧？

「允了！」武德帝還沒等端長平說完就拍板了。「這件事就按她的要求，不公開。端將軍，你去找戶部簽轉讓文書，盡快給她。」

端長平有些意外，他還以為要花一番工夫，沒想到聖上就這麼輕鬆拍板了。

「林大人，這簡姑娘到底是什麼人？皇上好像對她特別關照。」出了御書房，端長平忍不住問林泰。上次他遇刺時，皇上聽到救他的人是簡姑娘，就沒有打算追查她。現在聽到簡姑娘要把造紙方法獻給朝廷，還列了奇怪的條約，皇上問都沒問就拍板了，這也太奇怪了。

林泰搖了搖頭。「不可說，不可說。」

端長平皺眉。「有什麼不可說的，莫不是……」

林泰看了他一眼。「莫不是什麼？」

端長平悄聲說：「莫不是簡姑娘是皇上遺留在外的小公主？」

林泰哭笑不得，拍了端長平一掌。「長平，你這腦袋想什麼呢？別亂想了，不是！聖上如此是有其他原因，什麼原因我不方便告訴你。你只要知道，以後簡姑娘有什麼要求，你儘管跟聖上匯報就行了。」

林泰的話讓端長平更加迷惘了，帶著一肚子的疑惑回了齊王府。

院子裡站著一個黑色身影，端長平頓了頓腳步，朝著他走了過去。「三公子有事找我？」

「郢州，你不用陪我去了。」端均祁淡淡地說了一句，黑衣襯得他臉色有些蒼白。因為有四分之一胡人血統，他輪廓帶著些銳利，淡淡的綠眼睛帶著寒意，普通人是不敢直視他的。

「這可不行！此去危險重重，長平不放心三公子一人前往。」剛剛出宮前，武德帝語重心長地要他好好保護三公子，他怎麼能不去。而且三公子去郢州，肯定會在那兒度過二十歲生辰。明慧大師說三公子二十歲有大劫，他更不可能讓三公子一個人前往郢州。

「自會有人與我前去。」端均祁拿出一封信件。「明天，你帶此信回邊關，若我回不來，再交予父王。」

端長平不接，跪地。「三公子，長平不回邊關。王爺有令，讓我保護三公子。」

端均祁看了他一眼，冷聲道：「如今你是我的屬下，聽從的是我的命令。」

端長平無法，只能接過信件。這次從邊關回來，三公子讓他有些摸不透了，這次連原因都不說就讓他回邊關。端長平心中著急，轉身就要走。

「你不用去找我大哥、二哥，我的劫難，我自己會度。」端均祁冷淡的神情突然變得更銳利。他彷彿被牢籠束縛的猛虎，勢必要掙脫牢籠注定的命運。

端長平心中有些震撼，久久沒反應過來。

等他回過神來時，端均祁的身影已經消失在雪地中。

端長平拿著那封燙手的信，不知道該怎麼辦，腳步前前後後踱著，而後匆匆去尋找世子端均熠。

等端均熠帶著端長平趕往端均祁院子時，已經人去樓空。

端均熠氣急。「三弟這是真的想要自己扛？長平，你速速前往郢州，暗中護著他！這信給我，等他回來，我當著他的面給他燒掉！」

端長平應聲，縱身出門騎上了馬，追了上去。

「端施主，你來了。」護國寺禪房內，打坐的明慧若有所感，睜開了眼。

禪房門被推開，一身黑衣的端均祁走了進來。

「阿彌陀佛。」看著面色沈靜的來人，明慧忍不住嘆了口氣。

端均祁緩緩地走了進來。「明慧大師為何嘆氣？是已看出我有去無回了嗎？」

明慧搖頭。「老衲是因施主所受的苦難心有不忍。」

端均祁笑了聲，聲音裡有著嘲諷。「明慧大師倒是慈悲，可上天並沒有這份慈悲。」

明慧合十。「阿彌陀佛，我佛慈悲，依然給了端施主一線天機。」

端均祁抬頭看著禪房中間的活佛，嘲諷地笑了聲。「天機，虛無縹緲的東西罷了。」

明慧平靜地看著他。「即使如此，端施主也未曾放棄找它，不是嗎？不然，端施主不會過來找我。」

端均祁沈默良久，轉身。「我不相信我勝不過它！」

明慧站了起來，嘆了一聲。「端施主，郢州或許是你最後一次機會了。」

離去的身影頓了頓，最後堅定地離開了。

看著遺留在桌上，用彩紙疊成的螺旋方塊，明慧閉著眼睛誦起了佛經。

阿彌陀佛……

「來，小姑姑今天教你們做一個好好玩的玩具，看著哦！」

簡秋栩拿出一張紙，把它裁剪成A4大小的紙，把它分成四等分，裁剪出自己所要的大小，再把它們一一連接起來。在四個小孩亮晶晶的專注眼神下，慢慢地疊起了三角形，三角形組成了正方形，正方形一層又一層，直到三角形無法再摺下去。

簡秋栩剪掉最後那一點紙，手中赫然出現了一個與明慧禪房裡一模一樣的螺旋方塊。

「看著！」簡秋栩推動螺旋方塊，正正方方、層層疊疊的正方形變成了花朵模樣。

小和淼他們驚訝地哇了一聲。

簡秋栩把手鬆開，變成了花朵的螺旋方塊又自動變回了剛才的模樣。

「哇！」

小和淼著急。「小姑姑，給我給我，我要玩！」

「我也要玩！」和森、和溪也嚷著要玩。

簡秋栩點了下幾個小孩的小腦門。「好玩吧？」

幾個小不點猛烈點頭。

「想要玩，自己動手。來，小姑姑教你們，做好了，小姑姑有獎勵。」

聽到獎勵，幾個小孩一個比一個積極，自己動手裁剪起紙來。

看著地上奇形怪狀的紙張，簡秋栩偷偷笑了笑。她也不指望家裡的幾個小不點能做出什麼來，只是想要他們學會動手而已。

坐久了腳有點麻，簡秋栩伸了伸懶腰，走出房門。

如今已過立春，天氣漸漸回暖了。

她看了看天氣，到茅草棚找爺爺和大伯。

茅草棚裡，爺爺和大伯在幫她磨玻璃珠子。昨天，簡秋栩拿出那幾塊玻璃，花了一天才磨出了一顆差不多的珠子，手都差點磨出皮了。爺爺他們看不過，拿過去幫她磨了。

聽著那摩擦聲，簡秋栩覺得牙齒都要酸了。要是能知道做出玻璃的那人就好了，說不定能讓他做出玻璃珠子，現在也不用這麼費勁了。

「爺爺，竹子浸泡的時間到了，可以讓族長爺爺起竹子了，我們先試試法子。」如今沒雪沒雨，正好是嘗試造紙的好天氣。

「我去跟族長說！」大堂哥一聽，立即扔下手中的錘子，錘子砸到木桶上，濺起了一堆木屑。他也不理，踩著木屑就跑了。

「看妳大堂哥，這麼大個人了還毛毛躁躁的。秋栩，妳可不要學他。」大伯被濺了一頭的木屑，罵了幾聲。

簡秋栩偷笑。「不學，絕對不學。對了大伯，我弟和小和鑫大概幾時回來？我去接他們。」

新年一過，春天已來，學院自然也開學了。

簡秋栩答應過簡小弟今年讓他上學堂的，所以早早地就拜託簡方雲找了書院的院長，給他們報了名。小和鑫今年六歲了，正好也到了讀書年齡，簡秋栩便讓簡方雲一起報名。等過兩年，小和森、小和淼年紀到了，也讓他們讀書去。

簡家人和簡秋栩一樣，並不在意他們讀書能不能做官，認字明理就好。

「方雲跟我說是巳時三刻下學，現在差不多了。」學院就在縣裡，離萬祝村近，他們中午放學就回來。

「那我去接他們！」

簡秋栩還沒見過古代的書院，簡小弟和小和鑫入學的時候她沒空過去，現在正好有時間，順便看看書院環境。

「姑娘，方樟小少爺一定很高興。」覃小芮見她出門，立即跟了上來。回到簡家這麼幾個月，覃小芮和蘇麗娘依舊盡職盡責地做著她們的工作。不過與在廣安伯府不同，覃小芮膽子更大了，蘇麗娘也更加開朗了。

蘇麗娘在廣安伯府這麼多年，也學會了一些手藝，尤其擅長做衣服。最近她家幾個嫂子和她姊都在跟蘇麗娘學做衣服，簡秋栩和家裡的幾個小孩有福了，新衣服多了不少。

自從有了香皂，家裡條件改善了不少，簡秋栩此刻打起了房子的主意。機械蜂鳥賣的錢，足夠讓他們家建一棟好房子。畢竟一直與覃小芮和蘇麗娘擠在一個房間也不好，大家都需要有私人空間。既然賺了錢，改善生活條件是理所當然的。

不過，建房子的事還是要等等。

「那肯定，他知道能去書院讀書，都開心了好幾天了。」簡小弟自從知道能上書院讀書，整個人都坐不住了，這幾天說話的聲音都帶著興奮。

「汪！」跟在簡秋栩身邊的簡sir突然對著不遠處大叫一聲，旁邊的覃小芮嚇了一跳。

簡秋栩抬頭朝簡sir叫的方向看過去，才發現不遠處站著一個人。那人全身黑，就那樣靜靜地站在那裡，彷彿與身後的樹木融為一體。

簡秋栩看不清他的臉，卻能感覺到他的視線就落在自己身上，暖暖的又淡淡的。

不知怎麼地，簡秋栩心中湧出難過，眼淚不自覺就流下來了。她不自覺地朝那人走過去，那人卻迅速消失了。

「姑娘，怎麼了？」覃小芮擔憂地喊了她一句。

「沒事。」覃小芮的聲音讓簡秋栩回過神來。她心中有些驚訝，情緒來得太過突然，真是奇怪。爺爺過世後，她已經很久很久沒有這種難過的情緒了。

「那人是誰啊？站在那裡，怪嚇人的。」覃小芮害怕地拍了拍胸膛。

「不知道。」簡秋栩搖了搖頭，她根本就看不清那人是誰。

只是此刻她的情緒裡還遺留著些難過，忍不住又看了看剛才那人所在的方向。

「二姊，妳怎麼在這裡？」簡小弟遠遠地喊了一聲，帶著小和鑫跑了過來。

簡秋栩收回視線。「過來接你們啊，沒想到來晚了，你們都自己回來了。怎麼樣，書院好不好？」

「好！」小和鑫特別開心地應了聲。

只是簡小弟與簡秋栩想得相反，沒了前幾日的興奮，反而有些懨懨的。

「怎麼了？你不是很想到書院讀書嗎？怎麼不高興了？」簡秋栩疑惑。「在書院遇到不開心的事了？」

簡小弟有些委屈。「二姊，院長把我和小和鑫安排到一起了。老師講的我都學過了，他教得還沒妳教得好。」

「那是院長不知道你已經學過了，明天讓方雲哥跟院長說一下，讓他把你安排到別的班。還有啊，二姊教得肯定沒有你老師教得好。你第一天上課，老師講得淺顯一點也是正常的，後面肯定會教得多，到時候二姊都不會的。」

「真的嗎？」簡小弟眼神帶著希冀。

「當然了，什麼都要由淺至深學的，哪能一下子就給你教難學的東西。還有啊，你學過了，其他小朋友沒有學過啊，老師也要照顧他們的。」小弟學東西太快了，原本期待老師會給他教新的東西，現在期待的與現實不一，心情自然有落差了。「老師教得慢，不影響你自己學新東西啊。遇到不懂的去問老師，老師也會幫你解答，老師解答得總會比二姊好。要是你覺得他解答得不好，還有院長啊，你現在是書院的學生了，也可以去問院長的。」

她弟千盼萬盼才上了學，可不能打擊他。

「對哦！」簡小弟腦袋歪了歪，瞬間想通了。「那我回去自己看書，不懂就去問老師！」

「這才對嘛！」簡秋栩拍了一下簡小弟的腦袋。「老師教得重要，自學也很重要。」只希望她弟這個十萬個為什麼，可別把老師和院長給問煩了。

「小堂妹，族長起了兩捆竹子了，不太確定，讓妳過去看看。」大堂哥看到簡秋栩回來了，立馬跑了過來。

因為是第一次造紙，到底竹子變成怎樣才能達到殺青的效果，族長也不知道，所以讓簡方櫸回來找她過去看看。

「行，大堂哥，我現在跟你過去。小和鑫，小姑姑待會兒回來再給你做煲仔飯。」

「好的，小姑姑。」

「真乖！」簡秋栩摸了摸他的頭，和大堂哥前往後山。

簡sir看到她離開，立馬又跟上了，就像個小保鏢。簡sir現在有六個月了，體形漸長，簡秋栩平時注意牠的營養，所以長得很健碩，又經過了一段時間的訓練，變得鎮定又警惕，有了警犬的威嚴，除了家裡人，其他人不敢輕易靠近牠。

有了牠，家裡人晚上睡覺都沈了些，感慨簡sir都變成門神了。

簡秋栩打算最近給牠做個大別墅，改善一下牠的居住環境。

「秋栩啊，可以了嗎？」

簡秋栩到後山腳的時候，簡樂為已經讓族人把那兩捆竹子給解開了。簡秋栩拿起一根竹子仔細看了看，竹子已經徹底變黃，用東西輕輕一刷，皮就掉了，露出了竹子纖維。

「族長爺爺，這個應該可以了。我們先拿一捆竹子試一試。」其實簡秋栩也不是很確定，畢竟她沒有真正接觸過造紙，只是在影片上看過。

竹子殺青後，接下來就是去皮存質，切碎竹子捶搗如絲了……後面照著方法，先試著做。

「好，我這就安排下去，開始嘗試。」族長讓二叔公大兒子簡明仁去喊人。

「族長爺爺，需要找一個人在嘗試造紙的時候把過程記錄下來，萬一有問題，我們也好發現。」畢竟只是嘗試，不一定一次就能成功，把過程記錄下來，萬一失敗了，也方便尋找問題。

「對對，我讓妳二叔公記錄下來。」二叔公以前讀過書，認識些字，記錄個過程是沒問題的。

簡樂為迅速安排人手，打算明天就開始。

造紙是大事，族長希望每個族人能多學點，於是讓大家明天都到後山腳來。

簡方樺晚上得到消息，一大早就過去跟李誠請假了，李誠揮揮手就讓他回去了。

「李掌櫃，如果端大人來找小妹，記得把我們家的住址告訴他。」簡方樺離開前跟李誠說道。

那天他看到端長平急急忙忙出城了，至今都沒有回來，心中有些擔心簡秋栩讓他幫忙辦的事。畢竟夜長夢多，事情越早辦好越好。

「知道了，記著呢，趕緊回你的家吧。」李誠像趕蒼蠅一樣趕他。

簡方樺一抱拳。「得咧，小的這就走。」

「小滑頭！」李誠白了他一眼，哼起了小曲子。最近泰豐樓名氣越來越大，他心情舒暢得很。

「李掌櫃，大晉第一玩藝店什麼時候再開門啊？」

這兩天過來問的人有點多，因為那個精妙絕倫的機械蜂鳥，大晉第一玩藝店迅速揚名大興城。那天沒有親眼看到機械蜂鳥的人聽說了，第二天都跑過來了。

不過等他們過來的時候才發現，大晉第一玩藝店關門了！哪有這樣做生意的，就開一個早上的門？

「喏，牆上寫著呢！」簡方樺一大早趕過來請假的時候，把簡秋栩寫的大字貼在了門上。

本店下次開店時間定於五月一號，軌道城將於當天與大家見面，敬請期待！

「三個月後才開？這太離譜了吧？李掌櫃，這軌道城是什麼？」

「我跟你一樣一頭霧水呢！」李誠也不知道啥是軌道城，這讓他心裡很是好奇和期待，不知道這軌道城會不會像機械蜂鳥一樣讓人大開眼界。

「三個月後才開店，我家老爺還想讓我也給他買個機械蜂鳥，這可怎麼辦？」

「這簡姑娘一戰成名啊！可真真對得起這大晉第一玩藝店的招牌。」李誠感嘆了一下。

「李掌櫃，知不知道……」

「只有一個，王大家買了！」

「李掌櫃，我家老爺……」

「等著吧！」李誠見到那麼多達官貴人的家僕過來詢問簡家小店，眼紅得喲。他泰豐樓經營了十幾年，最近幾個月才有了名氣，簡家姑娘賣一個東西就讓城裡人都知道了玩藝店，比不了啊比不了！

不過那機械蜂鳥真真是難得一見，下次，他一定第一個把簡家姑娘的玩具買了，送給宮裡的姑奶奶。

他們主家有一個義女，現在在宮裡為妃。主家沒有宣揚，其他人也不知道，不然他主家也不會有這個底氣賣香皂。

「李掌櫃，最近春風得意嘛。」田掌櫃和鄭掌櫃相攜而來，這次還帶上了中和樓的郝掌櫃。

李誠見到三人，轉過頭偷偷翻了個白眼。

第四十章

「比不得田掌櫃。聽說田掌櫃又得到了一幅名畫？還是司馬相如的『上林賦』？恭喜恭喜啊！太平樓又要轟動大興城了！」轉過頭來，李誠笑咪咪地恭賀。

田掌櫃也笑著。「比不上你泰豐樓的樹脂金魚，王大家和李太師都成為你們泰豐樓的常客了，現在啊，都嫌棄我們太平樓了。」

「哪裡哪裡，王大家和李太師只是喜歡新鮮玩意兒，來這裡那是我們泰豐樓的榮幸。等樹脂金魚的新鮮勁一過，可不又回你太平樓了嗎？我愁得啊！田掌櫃能否教授李某一點法子，怎樣才能讓客人保持新鮮勁，多來來我們泰豐樓。」李誠很是真誠地問道。

田掌櫃看著李誠，笑呵呵。「這我可比不上李掌櫃，樹脂金魚新鮮勁還沒過呢，香皂又出來了，現在又有了這麼一家玩藝店。這不，為了讓大家不要遺忘我們太平樓，我才差人找了司馬相如的名畫。用來用去，我也只有找畫這一招了，不如李掌櫃，應該是我請教李掌櫃才是。」

「呵呵……」

兩人皮笑肉不笑地說著。

一旁的鄭掌櫃翻著眼皮子，神色帶著不耐煩。「李誠，客套話不多說，你這香皂從哪裡來的？把渠道告訴我們！」

查了兩個月都查不到香皂的來源，眼看泰豐樓吸走了和樂樓不少的客源，鄭掌櫃心中著急。以前看不起泰豐樓，現在泰豐樓名氣直逼他們三家酒樓，這讓他如何坐得住，香皂的法子他們一定要拿到。

查不到就直接找李誠要！鄭掌櫃跋扈慣了，他就不信以他們三家酒樓的背景，從李誠這裡逼不出法子來。

「鄭掌櫃，咱們都是經商的，你這樣說話可就不對了。」李誠看著鄭掌櫃，臉上還是帶著笑意。「咱們經商的都知道，進貨渠道可都是保密的，怎麼能找別人強要，這可是不行的。」

「李掌櫃別見怪，鄭掌櫃這人脾氣急了點，說錯了話，他不是這個意思。」一旁的郝掌櫃略帶歉意地說道：「李掌櫃，你也知道，咱們大興城達官貴人遍地是。泰豐樓一個月只能拿出二、三百塊的香皂，肯定不夠賣。有人買到，有人沒買到，這不是得罪人嗎？李掌櫃何不把做香皂的人告訴我們，我們可以幫他擴大生產，你好我好，大家都好嘛！」

「好東西當然是稀罕的，泰豐樓就靠這點東西來附庸風雅了，得罪人倒是沒有，京城貴人都是明理的。」李誠呵呵說著。

鄭掌櫃眼睛一瞪。「這麼說，你是不想把做香皂的人告訴我們了？」

「做人啊，得講誠信，賣香皂給我的人家說了不准告訴其他人，我李誠是個誠信的人，自然不能做違背道義的事。鄭掌櫃、田掌櫃、郝掌櫃，香皂的渠道不能告訴你們，你們可以賣別的東西啊！三位掌櫃這麼聰明，肯定能想出比香皂更好的東西。」

「若是我東家一定要見到這人呢？」鄭掌櫃仰著頭看向李誠。「我們東家對做香皂的人可是好奇得很！」

「這……田掌櫃、郝掌櫃、鄭掌櫃，你們東家再好奇做香皂的人，我也不能把人告訴你們啊！對不住了，李某不想成為失信的人。」李誠假裝聽不出他言語中的威脅。

「既然你不願意把做香皂的人告訴我們，那我們只能去請教你的東家了。」鄭掌櫃哼了一聲。

李誠笑道：「正巧了，李某的東家正想和各位討教討教如何讓酒樓長盛不衰的法子，李某今天就回去告訴東家，他一定會盛宴迎接各位。」

鄭掌櫃重重地哼了一聲，磨牙瞪眼，憤憤地走了。田掌櫃和郝掌櫃見此，也沒有再多說，只是看了李誠一眼，也跟著離開了。

李誠做送客狀。「慢走不送。」

鄭掌櫃神色很是不爽。「這李誠真是軟硬不吃！」

郝掌櫃摸了摸鬍鬚。「看來，這招對他不奏效。」

「沒想到他李誠還有這樣的本事，真是小看他了。」

鄭掌櫃埋怨。「你之前還說他成不了氣候，現在成大氣候了吧？大興城泰半的貴人都跑他那裡去了。不行，我要跟東家說道說道。」

田掌櫃輕飄飄地看了他一眼。「這點小事就回去找東家，鄭掌櫃，你不怕你們東家覺得你沒能力？」

鄭掌櫃心急。「那怎麼辦？再這樣下去，我們三家酒樓三足鼎立的局面就要變四足了！」

田掌櫃睨了他一眼。「李誠不說，我們不會做？我看著香皂和胰子也差不多，研究研究，也不是做不出來。」

鄭掌櫃驚訝。「你已經叫人研究去了？這事怎麼不讓我一起？」

田掌櫃看了他一眼，慢悠悠地走了。

「欸，郝掌櫃，這事你知道？」鄭掌櫃見田掌櫃不說，趕緊問郝掌櫃。

郝掌櫃摸了摸自己的鬍子。「鄭掌櫃，凡事都要做兩手準備。」

「所以你們都在暗地裡研究，就瞞著我？」鄭掌櫃氣炸了。他還以為他們都跟自己一樣等著從李誠那裡逼出秘方，原來只是想讓自己出頭，他們在後面撿便宜！

看來不指望他們逼出香皂的方子了，他趕緊也找人研究研究。

看著田鄭郝三人走遠，李誠又哼起了曲子。擦著桌子的張全探了探頭。「掌櫃的，他們三人肯定有什麼陰謀，肯定在偷偷查。」

「查唄，他們查到了也搶不過去。」之前他還擔心簡秋栩家的香皂法子被查出來的話會護不住，想著讓宮裡的姑奶奶多照應點。現在知道簡秋栩認識端長平，她的法子可不是這麼容易就會被奪了去。「再說了，能不能查到還不知道呢。」

田、鄭幾人至今都查不到香皂的來源，這不僅是因為簡家人做事謹慎，更因為簡家人不貪心，並沒有大肆製造。跟這樣的人家做生意，李誠心安不少。

李誠哼著曲子進了樓。也不知道簡姑娘家的紙造得怎麼樣了？如果真的做出了好紙，他們泰豐樓也能跟著沾光了！

簡方櫸有些緊張地問道：「小堂妹，妳覺得這次怎麼樣？這是成功了嗎？」

抄紙臺上，放著幾張濕漉漉、剛抄出來的紙。此刻參與造紙的族人都期待地等著簡秋栩的回答。

簡秋栩看了看檯面上的紙，搖了搖頭，眾人神色失望下來。

造紙的其他步驟都沒有問題，但到了抄漿成紙這一步，問題就出現了。首先松香施膠劑比例不對，出來的紙不好；好不容易調好了比例，紙片的厚薄度又遇到了問題，因為大家都不熟練，出來的紙張厚薄不一，疙疙瘩瘩。

「造紙的步驟沒有錯，出紙不好，只是因為大家不熟練。」抄漿成紙這一步是需要熟練技術的，要把紙抄得厚薄一樣，這技巧不是一時半刻就能掌握的。

「那可怎麼辦？小堂妹，可有什麼好法子？」簡方櫸是個急性子的人。這紙抄了好幾遍都沒成功，他著急。

「好法子沒有，只能練習，熟能生巧，多練幾次說不定就能成功了。」這個時候又沒有機器，只能靠熟能生巧了。

「族長，我們不怕練習！一次不行，我們練十次、百次，哪怕上千次都沒關係，我們肯定能成功造出紙來的。」一旁邊的族人說道。

「對！族長，我們再來！」

族人毫不氣餒，爭相著要繼續練習。

「好！」族人齊心協力不氣餒的精神讓族長很是欣慰，剛剛的失望之情也跟著消散了，帶著他們又練了起來。

簡秋栩不打擾他們，打算回家想想有沒有什麼好的法子，能夠讓族人快速掌握抄紙的技術。

不過方法還沒想好，晚上倒作起了一個古怪的夢。

夢裡，她好像被困在一個地方，她很急，非常急，可是無論怎麼想辦法都出不去，也找不到任何人幫忙。那種無能為力的難過緊緊縈繞在心頭，差點讓她呼吸不過來。

「別難過。」夢境中，有個聲音在安慰著她。很輕，輕得她的心臟跟著抽痛。

簡秋栩驚醒，捂著胸口久久回不過神。

別難過，誰讓她別難過？她自認對人的聲音很敏銳，一般跟她說過話的人，她都能記住他的聲音，可是這道聲音，她從來沒有聽過。

說話的人是誰？她並沒有什麼值得難過的事啊，怎麼會作這樣一個夢？

簡秋栩疑惑，難道這不是夢，而是前世那人遺留的記憶？畢竟上次夢過羅志綺的一生，現在夢到前世擁有這具身體的人的人生也不足為奇。

心頭這種難過久久沒有消散，這讓簡秋栩有了好奇。到底發生了什麼事，才會讓她共情到這種難過的情緒？

她捂了捂胸口，重新躺了下去，看能不能繼續剛才的夢。

與此同時，驚醒的還有一個人。只是他醒來時的眼神不是疑惑，而是如刀劍一樣冰冷鋒利。

黑暗中看不出他的表情，卻能感受到他渾身的冷意。

「最後一次？呵，天定勝人，人定亦勝天。」

「端長平沒有找到人？」武德帝敲了敲桌子。

端均熠搖頭，神色擔憂。「皇伯父，請讓我一同前往郢州，我不是很放心均祁。」

武德帝神色有著思量。「你知道，均祁從小就有主意，做事有分寸。既然他這次不想帶人一起，應該有自己的計劃。放心，郢州有不少我們的人，均祁會聯絡他們的。均祁不想讓端長平跟著，你就讓他回來。你可不能悄悄前往郢州，萬一打亂了均祁的計劃，打草驚蛇，那就得不償失了。」

端均熠聽武德帝這麼一說，歇了想偷偷前往郢州的念頭，只能讓端長平回來。

看到端均熠離開，武德帝把林泰喊了進來。「讓端七帶人前往郢州。」

雖說武德帝相信端均祁不讓端長平跟著是有自己的計劃，但一想到他的大劫，還是放心不下，多派些人過去，也能心安一些。

接連兩天，簡秋栩都是舒舒服服一覺睡到天亮。那晚作的夢沒了後續，讓她有些失望，就像看懸疑電影只看了一個開頭後沒了下文，反而讓人更想知道後續進展，更惦念著。

每次一想起這個短暫的夢，那種難過又無能為力的情緒就會湧上心頭，久久都沒有消散。

「小堂妹，小堂妹！成功了！方收哥成功了！」簡方櫸興奮地跑了回來，拉著簡秋栩就跑。

簡秋栩心頭剛剛湧上來的情緒瞬間沒了，跟著他跑去了造紙廠。

抄紙臺上，整整齊齊地擺著三疊紙，一疊比一疊均勻。一臉憨厚的簡方收有些緊張地看著簡秋栩。「秋栩小妹，怎麼樣？」

「棒！」簡秋栩仔細察看那些紙，高興地伸出了大拇指。「成功了！」最後一疊紙已經達到她心目中的要求。

簡方收憨憨咧嘴一笑，露出了大白牙。

旁邊的族人一聽簡秋栩的話，高興歡呼。「方收哥，你太厲害了！太厲害了！」

簡方收憨憨地撓撓頭。「沒有沒有，我不厲害，我就說練啊練，就成功了。」

「熟能生巧，所以大家耐心點，多練練，肯定都能成功的。」簡秋栩對著大家說道。

「對，大家多練練，也會像方收一樣，很快就能成功的。」簡樂為臉上帶著喜悅。「方收啊，把你的方法教教大家，讓大家都能快點掌握抄紙技術。真是太好了，我們可以進行下一步了。」

簡方收點頭。

眾人興奮地圍著簡方收，果真從他那裡學到了一些東西，稍微調整一下手上的動作，慢慢地，都成功抄出了厚薄均勻的紙。

抄漿成紙的問題已經克服，就只剩下最後兩步，焙紙和揭紙了。

「小堂妹啊，現在就揭紙嗎？」經過幾天的試驗，他們終於成功把壓出水的紙放到木板牆上焙乾了，看到白花花、齊乎乎地貼在牆上的紙，他們有些不太敢下手，就怕把紙給揭破了。

如果這一步成功，就代表著他們造紙成功了，族人可以開始造紙了，所以一個個都不敢下手，等著簡秋栩來。

「揭。」簡秋栩在眾人期盼的眼神下，揭下了紙。

紙沒有破也沒有裂痕，而是完完整整地從牆上到了她的手上。

族人一個個你看我、我看你，都激動地喊了起來。「成功了！」

李誠站在櫃檯前打著算盤，抬頭就看到簡方樺那小子笑嘻嘻地揹著一筐東西跑了進來。

「又遇到啥好事了？」李誠白了他一眼，看到跟在他身後的簡秋栩和族長簡樂為，立馬變成了笑容滿面。「簡姑娘來了，今天……」

「掌櫃的，我這麼大個人，你竟然沒看到我？」簡方樺把頭探了過來。

李誠一巴掌把他推開。「去去去，我跟你妹說話呢！抹桌子去。」

「那我可是把東西揹走了。」

「啥東西？」李誠這時候才看到他背後竹簍裡的東西。「這是紙？」

「對，這是紙。李掌櫃，我們上去？」大堂人多嘴雜，不好說事。簡秋栩示意了一下李誠。

「對對，上去！方樺，趕緊上去。」李誠把算盤丟下，帶著幾人上了樓。

進了房間，簡方樺把背簍放下，李誠迫不及待地伸手拿出了一捆紙。「這是成功了？竟然有如此光滑的紙？」

李誠摸了摸，又摺了摺，紙面光滑又柔軟。

「李掌櫃，你可以扯一下。」簡秋栩說道。

「這……」李誠用力扯了扯，卻發現手中的紙很有韌性，他轉身拿起桌上那張大晉最好的黃岩紙對比，驚訝連連。

「李掌櫃，不僅如此。」簡秋栩伸手拿起了桌上的茶水，在兩種紙上分別倒了一樣多的茶水在上面。

這一對比，更加明顯了。大晉最好的紙徹底暈開，拿起來就爛掉了；而簡秋栩拿來的紙，雖然也濕了，暈開了，但暈開的範圍小，也沒有拿起來就爛掉。

李誠激動。「好紙，好紙啊！這紙可有名字？」

簡秋栩想了想。「就叫玉扣紙吧。」她就是照著玉扣紙的方法做的。

李誠一拍掌。「玉扣紙，好名字！簡姑娘，這紙產量如何？」

簡秋栩算了算。「每月可供兩百刀。」一刀一百張，一個月能生產兩萬張紙已經是極限了。

「好！簡姑娘，一刀三兩，就放在泰豐樓了！」

一刀三兩，一個月族人能賺六百兩，如今族人有五十戶，每戶每個人能分十二兩。簡樂為聽著，忍不住激動得下巴抽了抽，蒼白的鬍子跟著動了動。

「李掌櫃，這是我們族長，關於價格和合約的問題，請與我們族長詳談。」這紙是全族的，雖然她知道李誠是個實誠的人，給出的價格很合理，但她並不能替族人做決定，這事得由族長來。

「好的好的，簡族長，我們來談談這紙的問題。」李誠轉向簡樂為。

族長也沒跟李誠討價還價，雙方很快就簽訂了合同。李誠很是大方，先給了一個月的訂金。

簡樂為拿著訂金，回去的路上走得都不停歇，簡方樺差點跟不上他。「族長爺爺，你倒是走慢點啊！」

簡秋栩拉了拉他。「哥，族長爺爺那是激動呢，急著跟族人分享喜悅。」

幾個月的付出終於有了收穫，沒有辜負族人的期待，簡樂為心頭火熱，懷揣著銀子，迫不及待地想回去告訴族裡的每一個人，他們成功了，族人真的有了新出路了。

一回到家，簡樂為立即把每戶做主的人叫到家裡去開會，等開完會出來時，每一個人臉上都帶著喜悅。

「秋栩啊，族長謝謝妳！」簡樂為激動得跟簡秋栩道謝。「我們族人算是找到一條出路了，我替族人感謝妳啊！沒有妳，我們族人都不知道要什麼時候才能改善生活。」

簡秋栩笑答。「族長爺爺不用這樣說，族人的出路也不是靠我，能成功走出一條新路靠的是大家。要謝，就要謝謝我們族裡的每一個人。因為他們積極勤勞，不怕吃苦，才能成功造出了紙，賺到錢。族長爺爺，你得好好誇誇他們。」

「對，對！」簡樂為點頭。「不過，族人功不可沒，但妳的功勞最大。我今天跟大家商量好了，以後每個月賣紙的收入給予妳百分之五的利潤。」

「不用了，族長爺爺。」她就動了動嘴，造紙的方法也不是自己想出來的，她不能要這個錢。

「妳別推辭，法子是妳想出來的，妳拿這份錢也是應該的。妳不拿，族人會於心不安。」

看來是推不掉了，但是這個錢，她還真不想要。現在還好，族人都覺得造紙的法子是她想出來的，拿錢是應該的；但是長久下來，總歸是不好的。簡秋栩轉眼間有了主意。「族長爺爺，這錢我接受了，不過你不要給我。」

簡樂為不明白。「那給誰？」

「族長爺爺，我們族人小孩多，以後族人有錢了，他們肯定也有機會去讀書。我這錢就放在你這裡，當作族裡的公款。以後誰讀書考試好，就給他們獎勵，每年獎勵一次，或者哪家人讀不起書，也可以用來幫助他們。」

既然推辭不了，那就用它來設立獎學金吧，說不定還能促進族人讀書的積極心，出個秀才、進士什麼的，這也算為族人做了一件好事。

第四十一章

「這……」簡樂為沒想到簡秋栩會這樣做，這麼一大筆錢不要，直接捐給族人了，而且還想出了這麼一個法子。簡樂為心中感慨，樂親這孫女不簡單啊！「秋栩啊，妳這真是好法子！我就不拒絕了，族長替族人謝謝妳。」

這是個惠及全族的法子，有了這筆獎勵的錢，族中去讀書的人肯定會變多的。為了獲得族中的獎勵，他們讀書肯定會加倍努力，到時候說不定族裡還能出個秀才，更甚者還能出個做官的。

簡樂為越想越覺得簡秋栩這法子大大的好，匆匆回去與族中老人商量使用這筆錢的詳細法子。

簡方樺看族長走遠，誇道：「小妹，這個法子好！妳腦子怎麼這麼靈活，怎麼會想出這樣的方法？妳說如果我也去讀書，考了好成績，是不是也有獎勵？」

簡秋栩看了他一眼。「哥，你倒是先讀書再說啊！方樟每天都在讀書，你可以跟方樟一起。」

簡方樺一聽，立即擺手。「不了不了，哥說笑而已。我不喜歡讀書，我還是喜歡當個小跑堂。」

簡秋栩看他那害怕的模樣，笑出了聲。「哥，你就這點志向？」

「當然不是！妳哥我也是有大志向的人，以後要當個大掌櫃！」簡方樺說著還挺了挺胸膛，表達志向的堅定。

簡秋栩眨眨眼。「不錯，不錯，哥，以後要煩勞你這個大掌櫃照應了。」

簡方樺嘿嘿笑。「好說好說。」

兄妹倆說說笑笑地回了家。

造紙成功，又談好了價錢，族人一個個幹勁十足。趁著春天毛竹還未變老，趕緊把最後一批嫩竹也砍了，剛清空的池塘又被一批新嫩竹填滿了。殺青，取竹纖維，磨漿，抄紙……每天清晨矇矇亮，族人就活動在山腳下的造紙廠裡。很快地，新一批的紙成功做出來了。

沒有在造紙廠做工的人也不閒著，趕緊整田種地，育種播種，餘下時間砍竹載竹。

一直盯著簡氏的方氏族人發現，往常這個時候，簡氏眾人都會跑到外面打短工，這回卻沒有一個離開，天天往山腳下的那三畝地跑。那山腳下肯定藏著什麼賺錢的秘密，簡氏族人動靜不小，挖池塘砍竹，他們肯定是用這些竹子賺錢了，不然不會不出門找工。

過了幾個月，方氏的人已經不怕楊璞了，個個蠢蠢欲動，時不時就有幾個人想跑到造紙廠一探究竟。

造紙廠有族長安排的人專門看著，嚴防死守，他們想要偷師學藝的計劃落空了，便開始找方安平想法子。

「簡姑娘族人已經造紙成功了。」林泰把紙放到了武德帝的龍案上。「她選了泰豐樓合作，目前泰豐樓已經開始對外販售了。」

「李維明這人還算正派之人。」武德帝拿起一張紙鋪到案臺上，提起筆，一筆勾出一個「興」字。「好紙！果然比黃岩紙好。這樣的好紙，我看李家想要獨占鰲頭，難。」

林泰點點頭表示贊同。「這樣的好紙，以簡氏這樣的小家族是護不住的，幸好簡姑娘是個聰明人。」

武德帝放下了筆，玉扣紙上豪氣萬丈地寫著「興盛」兩字。「端長平走得匆忙，你替他把戶部寫好的轉讓文書拿過去給她。朕想要看看，有了它，她會不會給朕帶來什麼驚喜。」

「遵旨！」

「這簡秋栩到底師從何人？」武德帝又看了一眼那幾張紙，心中疑惑更深了。

林泰也不知道，但有一件事，他必須讓武德帝知道。「皇上，端九說三公子離開前曾出現在萬祝村，去了簡姑娘那裡。」

「哦？」武德帝驚訝地抬起頭。「他怎麼會出現在那裡？所為何事？」

林泰搖頭。「三公子只是遠遠停留，並沒有做任何事，因此端九無從得知。」

武德帝皺眉，直覺裡面有什麼事。「詳細說來。」

「三公子只停留不到半刻鐘就離開了。皇上，三公子好像認識簡姑娘，但這只是端九的猜測，簡姑娘好像並不認識三公子。」林泰也疑惑。按理來說，三公子肯定是不認識簡秋栩的。

「均祁不應該認識簡秋栩，他離開之前會出現在那裡，或許只是與他的計劃有關，恰巧出現。」端均祁沒有讓端長平跟著，以武德帝對他的了解，他必然是做好了計劃，況且均祁不可能認識簡秋栩的。

林泰想了下。「皇上，三公子去見簡姑娘之前，見了明慧大師，或許簡姑娘與那一線天機有關？」

武德帝敲了敲桌子。「明慧大師說天機在郢州，簡秋栩在萬祝村，兩地相距上百里。」

林泰疑惑。「那三公子因何出現在那裡？」

武德帝看著桌上的玉扣紙，不語。「讓端九查一下，簡秋栩的行蹤要及時匯報過來。」不管是不是與均祁的大劫有關，只要有一絲可能，武德帝都不想放過。

李誠收到第一批紙後，迫不及待把它拿出來了。柔軟又有韌性，抗水性又好，還能長久保存，這些紙一推出，達到的效果果然比香皂還要轟動。

王春林當即拿了紙作畫，連連誇讚。在場的人見狀，一一試了試。果然，這紙比黃岩紙好啊！

當天，泰豐樓有了比黃岩紙更好的紙的消息瞬間傳遍了大興城。

和樂樓的鄭掌櫃不信，偷偷派人買了回去，一對比，果然比自家的黃岩紙要好。

這一比較，鄭掌櫃徹底坐不住了。紙和香皂不一樣，紙造成的影響不是香皂能比的，香皂最多是在貴族婦人中有名氣，可紙就不同了。哪個讀書人不想用好紙？哪個達官貴人不想用好紙？哪個書香門第不想用好紙？

他們和樂樓這些年來長盛不衰，霸占著京城三大最有名氣酒樓之一的位置，一個重要原因就是因為黃岩紙。現在出了比黃岩紙還好的玉扣紙，而且還是泰豐樓拿出來的，他們和樂樓要遭殃了！

最重要的一點，黃岩紙是他們鄭家生產的，因為這個，他才能在和樂樓當上了大掌櫃。這個所謂的玉扣紙一出，他們鄭家大晉第一紙的名頭保不住了，他大掌櫃的身分也要不保了。

「這玉扣紙是誰做的，給我查！」鄭掌櫃焦灼不安，匆匆出門。

太平樓的田掌櫃與中和樓的郝掌櫃也知道了這一消息，與鄭掌櫃一樣，立即派人出去查了。

造紙一事，簡秋栩說過要大大方方，所以李誠也沒有藏著掖著，眾人一問，也就說出去了。

所以不用多久，大興城所有的人都知道泰豐樓賣的，躍升大晉第一好紙的玉扣紙是萬祝村的簡氏族人做的。

盯著簡氏族人的方氏族人當天也知道了，問了紙的價格後，一個個羨慕得眼珠子都紅了。這紙，要是他們方氏造的該有多好！想辦法，一定要想辦法！

「小姑姑，今天放學的時候，方海在路上攔住我了。」小和鑫揹著蘇麗娘按照簡秋栩畫法做的小書包，蹦蹦跳跳地找她了。

「他攔著你做什麼？」簡秋栩正在鋸一塊木頭，停下了手中的動作。

小和鑫奶聲奶氣地說：「他讓我帶他去我們造紙廠看看，還給我塞了兩文錢。」

「哦，那你怎麼回答？」方氏的人根本進不去造紙廠，這是打算從小孩子下手了？

「我跟他說，你給我兩百文我都不帶你去。小姑姑，我才不傻呢，他們肯定是想偷偷學我們。」小和鑫哼了一聲。

簡秋栩捏了捏他的小臉蛋，誇他。「幹得好，小和鑫真棒！」

「那萬一他給你二百兩呢？」一旁的大堂哥問他。

「二、二百兩我也不帶！」小和鑫仰著小腦袋，一副快誇我的模樣

大堂哥一巴掌拍了他的小腦袋。「兒子，你可真棒！就應該這樣！哼，方氏那些人主意又打到我們身上了。不行，我要去跟族長說，讓他派多一點人守著那裡，千萬不能給方氏一族的人偷看了。」

小和鑫見他爹走開了，偷偷問簡秋栩。「姑姑，二百兩是多少錢呀？」

簡秋栩偷笑。「兩千個二百文。」

兩千個二百文？小和鑫十個手指數了半天數不過來。「小姑姑，好多好多錢！」
簡秋栩失笑。「錢多吧！下次他要是真給你多過二百兩，你就帶他去。」
「咦，小姑姑，他們進去就偷偷學我們的了，不給他們進去。」小和鑫雖然只有六歲，可也知道些事了。族人都防著方氏的人呢，他也要防著。
「對啊，姑娘，萬一他們學了怎麼辦？」一旁幫著她弄木頭的覃小芮著急說道。
「沒事，他只說讓小和鑫帶他去，又沒說什麼時候進去。在我們休息的時候帶他進去不就行了？」休息的時候沒人做工，帶他們進去，他們學什麼？白賺二百兩，讓他們來個空空盪盪一日遊，這多難得的機會。不過二百兩嘛，估計方氏的人是不願意拿出來的。
「對哦，這樣他們什麼都看不到，學不來了！」小和鑫眼睛一亮，突然期待起方海下次來找他了。
大堂哥去找了族人，族裡每個人都知道方氏知道他們造紙了，而且主意又打到他們身上了。
大堂哥焦急道：「族長爺爺，我們得加強看守，方氏那些人什麼都做得出來，我怕他們會悄悄進來。」
族長贊同。「對，四周都得有人，大家都注意點。還有一件事必須跟你們說清楚，每個人都得嚴守造紙的法子，我們簡氏一族能不能昌盛，就靠它了。若是有人洩漏了法子，除族！」

除族可是嚴重懲罰，在場的每個人都慎重地點頭。

簡方櫸想了想，提醒道：「族長爺爺，方安平得提防著點。他是村長，我怕他會找我們麻煩。」得不到他們造紙的法子，方氏的人肯定不會甘心的。

果然，沒過兩天，方安平就大搖大擺地走到他們造紙廠來了。到了造紙廠外，他的目光有意無意地往裡面看，就想進來，被輪到守門的大塊頭簡方收攔在了造紙廠外。

「攔什麼攔，我找簡樂為！」方安平推開他想要進去，簡方收就是不讓。族長說了，除了族人，其他外姓人都不能進來。簡方收此人最是聽族長的話，當然堅決執行到底。

方安平氣惱。「讓開！我找簡樂為！」

「方村長找我有何事？」簡樂為在裡面聽到方安平的叫嚷聲，不緊不慢地走了出來。

「簡族長，你們族人不道德啊！如今春耕，村裡正是用水的時候，你們挖了這麼兩個大池子，又把河裡的水都引到這裡來了，我們用來澆灌稻田的水都不夠了。沒水，莊稼就不能活，莊稼活不了就沒有糧食，沒糧食收可是要餓死人的。簡族長，你們這樣是害了村裡人。這種害人的東西你們還是趕緊停了，不然，我只能告到里正那裡去了。」

在場的族人一聽，氣憤起來。

這是矇誰呢？村裡的河水種地根本就用不完，這是拿不到他們造紙的法子，就想著逼他們不能造紙？

「方村長，我們兩個池塘用不了多少水，河裡的水怎麼會不夠村裡人澆灌？你看，現在河裡的水位根本就沒有下降，影響不了村裡任何人耕種。」簡樂為哪裡不知道方安平的心思。眼見他們簡氏一族找到了賺錢的法子，方氏族人壓了簡氏族人幾十年，怎麼能讓他們就這樣發大財。

「我是村長，這種事怎麼會弄錯？我現在就告訴你們，河裡的水就是不夠澆灌了，你們看著辦吧！盡快把水還到河裡，不然，我只能去找里正了。」說完，方安平甩甩手就走，走之前還盯著晾曬在外面的紙看了幾眼。

看到方安平走遠，大堂哥朝著他的背影使勁地瞪了幾眼。要不是眾目睽睽之下，說不定他就在背後給方安平來個偷襲。「族長，方安平就是故意在找碴，見不得我們簡氏好。」

「族長，現在怎麼辦？難道真的要我們把水還到河裡去？這水怎麼還？」族人有些急了。

「還什麼還？」大堂哥怒道：「長這麼大，你見過我們村的河水乾涸過嗎？都沒乾涸過，缺什麼水！他不過是偷不到我們的造紙法子，眼紅而已，不要搭理他。」

「不還，他萬一真告到里正那裡去呢？」有族人擔心。「萬一里正也不讓我們造紙了呢？」

被方安平和里正壓得久了，族人心裡還是擔憂的。畢竟這些年來，方安平和里正狼狽為奸，讓他們族人吃了不少虧。好不容易他們現在找到了一條賺錢的路，真的擔心。

「里正有這麼大的權力？」簡秋栩遠遠就聽到了方安平的話，走了過來。「作為一個里正，如果連事實都能扭曲，那他也該讓賢了。河裡的水不是他方安平和里正說不夠就不夠的，他們還沒有這個權力阻撓我們造紙。真阻撓了，我們也不怕他們。萬祝村是屬於郭赤縣的，不是村長和里正說一就是一的地方。」

「大家不用擔心，秋栩說得對，河裡的水夠不夠澆灌，明眼人都看得出，如果里正也以這個理由不讓我們造紙，我們就告到楊大人那裡去。大家別忘了，楊大人是好官，是非他一定能判斷的。」

「對，告到楊大人那裡去！我們才不怕他！」族人想起了楊璞。

簡秋栩聽了之後，心中欣慰。現在族人有事都懂得找當官的了，很好。

「咱們該做什麼就做什麼，大家快回去。」族長讓大家都回去各自的崗位。「秋栩，妳過來找我有事？」

造紙廠裡，每家都出了兩人。他們家就大伯、大堂哥和她爹輪流來。自從族人造紙成功後，簡秋栩就很少過來了，因此簡樂為一看到她，就猜她是來找他的。

簡秋栩點了點頭。「族長爺爺，有點事想跟你商量。我們族人造出來的紙，暫時不要全賣。第一批只給產量的三成，之後第二次給第一批的四成，慢慢一成一成增加。」

「這？」簡樂為不是很明白為什麼這麼做。

「族長爺爺，盯上我們家造紙法子的不僅是方氏的人。雖然我們不怕，但也要以防萬一不是？」簡秋栩一直讓她哥關注著京城的動態，知道跟李誠打探紙的人不少。

「好，聽妳的。但是李掌櫃那裡我們是簽了合同的，這樣不會有影響嗎？」簡樂為知道簡秋栩聰明，她這麼說，肯定是有她的道裡。雖然每次出貨量少，但這也沒有影響族人賺錢，只是賺錢延後了一點。

「放心，李掌櫃是個好掌櫃，我讓我哥跟他說了，他答應了。」

「那就好。」

跟族長商量好後，簡秋栩就離開了造紙廠。

「姑娘，紙賣少了，這樣那些盯上我們造紙法子的人就不會盯著我們了嗎？」覃小芮有些疑惑。

「怎麼會？狼不會因為肉少就放棄的。」

那這樣做有什麼用嗎？覃小芮疑惑。

「別想了，以後就知道了，咱們去縣裡。」家裡的鉋刀不太好用，簡秋栩讓二堂哥把她的一整套工具打出來，她打算去看看打得怎麼樣了。

不過去縣裡看工具也只是順帶，她主要是打算給她姊買件禮物。

過幾天就是簡方榆十六歲生辰，作為一個宅了二十幾年，很少給人送禮的人，簡秋栩思來想去，覺得還是給她姊送錢比較合適。

但送錢嘛又太粗暴，所以她打算給她姊打個銀鐲子，大的！

「姑娘，二十兩重的鐲子是不是太重了？不好戴。」覃小芮看了看自己的手，這二十兩的鐲子戴在手上，抬起來都難，更別說做活了。

「沒事，反正也不是用來戴的。」

「那用來做什麼？」覃小芮好奇。

「當嫁妝啊。」她姊十六歲了，到了說親的年紀了。在大晉，這個年紀才說親很正常，簡秋栩送這麼重的鐲子，是給她姊當嫁妝壓箱底的。

「對哦！」覃小芮恍然大悟。「姑娘，大姑娘人這麼好，肯定能找到一個好夫君的。」

「借妳吉言了。」她姊是個好姑娘，簡秋栩當然希望她能找到一個疼愛她的人。所以，等她姊開始說親的時候，她一定要睜大眼睛，好好辨別一下。

「姑娘，簡sir在那兒呢！」覃小芮突然興奮地指著前面說道。

不遠處的田埂上，簡sir端端正正地坐著。田裡，她爹簡明忠在察看秧苗。雖然簡明忠同意讓簡秋栩用她的方式播種水稻，但心裡還是擔憂，便時不時過來看一下稻苗的生長情況。

簡秋栩看他才剛好不久，擔心他到了田裡或外面會出現什麼情況，便讓簡sir跟著。此刻，聽話的簡sir端正地坐在田埂上，很是盡忠職守。

「姑娘，簡sir看起來真威風。」

簡sir又長大了不少，因為簡秋栩一直訓練牠，牠體格精壯，精神昂揚，根本不是一般的狗能比的。

家裡的小孩非常喜歡牠，出去都喜歡帶著簡sir一起，因為那樣讓他們覺得倍有面子。

兩人朝田邊走去，簡sir看到她們，站起來抖了抖身上的毛，朝簡秋栩跑了過來。

「簡sir真棒！」簡秋栩摸了摸牠的腦門，撓了一下牠下巴，朝田裡的簡明忠喊：「爹，怎麼樣了？」

「秋栩啊，妳這稻苗應該快可以移栽了吧？」雖然簡明忠沒有用過分秧插秧的方法種水稻，但按他多年種田的經驗來看，稻苗長得太大就不好移栽了，容易死掉。

簡秋栩看了眼，秧盤上的秧苗粗壯，均勻整齊，大概十三、四公分高了，這個成長程度跟她估算得差不多，過幾天就可以插秧了。

「過兩天就可以移栽了。」

第四十二章

知道秧苗可以插秧了，大伯幫著把田犁了一遍，幾個嫂子也幫著把田給整了。

大伯和大堂哥這幾天都在造紙廠裡，沒辦法過來幫忙，便讓大堂嫂和二堂嫂幫著插秧。

「小妹，接下來怎麼做啊？」大家都不知道怎麼分秧，對著秧盤上的秧苗不知該怎麼下手。

「這樣，捆成一小捆。」簡秋栩特地讓蘇麗娘給她做了條褲子，穿著之後，赤著腳就踩了進來。她讓大家看著，拽住秧苗底部把它拔了出來，一手差不多了，把它捆成小捆，扔到旁邊準備好的小木板上。

嫂子們有樣學樣，用於一畝水田的秧苗其實並不多，只有兩壟，家人多，一個上午就拔完了。

簡秋栩拉走了木板上的秧苗，讓嫂子她們均勻地扔到整理好的那半邊田裡，再讓她爺爺和她爹把那兩壟秧盤犁平。

下午，簡秋栩便開始教他們插秧了。

雖然十幾年沒有插秧了，簡秋栩的手速也沒有慢下來。家裡人跟著她學，剛開始分株的時候手忙腳亂，慢慢地順手，速度也跟上來了。不過因為秧苗插入田裡要距離一定空間，插的時候還得丈量一下，因此速度都沒有簡秋栩快。

「這法子，還挺累人的。」她奶奶捶了捶腰。因為不習慣長時間低頭彎腰，感覺有些頭昏眼花。

「奶奶，妳上去休息，我們很快就插完了。」家裡人多，一畝地一人分一小塊，很快就能插完的。

奶奶因為當年生她爹的時候大出血，一直有眩暈的毛病，簡秋栩怕她暈了，趕緊讓她到田埂上休息。

奶奶也不拒絕，洗了洗腳就上了田埂。

「金吉啊，你們家怎麼這樣種稻，稀稀疏疏的，到時候割不到幾斤稻子怎麼辦？」二嬸婆過來看田裡的水，看到簡家人在插秧，過來問話。

二嬸婆早就想問了，別人家都播種了，簡明忠一家子怎麼把稻種都播到一處了？她還擔心簡明忠一家把種子種得這麼密，到時候沒得稻穀，現在又見他們把秧苗插得這麼稀疏，又擔心太過稀疏沒得稻穀，操碎了心。

「秋栩說這樣可以提高產量。」金吉也不瞞她。

「真的？秋栩這法子是從哪兒學的？沒人這樣種過稻子啊？」雖然簡秋栩給的造紙方法造紙成功了，但種水稻的事，他們種了幾十年，也沒聽誰說過這樣種水稻能增加產量啊。種水稻他們都比簡秋栩有經驗，因此她心裡不是很相信。「真能增加產量？」

農民對於地裡的收成，都是很看重的，尤其是糧食。萬一產量提高不成，這不就是糟蹋糧食了嗎？

「這我們也不知道啊，現在只是在嘗試。」金吉雖然也相信簡秋栩的法子，但畢竟沒有見到效果，也不敢確定。

「欸，怎麼能胡亂嘗試，這可是糧食！」二嬸婆心急啊，但現在重新播種也來不及了，於是在田埂上一直喊著，讓他們插秧插密一點。

大嫂幾人被二嬸婆喊著密一點、密一點，差點就真的把秧苗插密了。

簡秋栩看她大嫂幾人手腦都要不協調了，失笑，朝田埂上的二嬸婆喊話。「二嬸婆，什麼事都有第一次，就讓嫂子她們照著我的方式插秧吧！只是拿我們家這麼一畝地嘗試而已，失敗了也少不了多少稻穀。萬一成功了，明年讓我們族人照著耕作，族人不都能增加產量了嗎？這可是好事啊！」

「對啊，二嬸婆，您就別操心了。」大嫂直起身也跟著勸說道。

好說歹說，終於把操碎了心的二嬸婆說服了。不過雖然她並沒有再勸說她們把秧苗插密點，但之後的一段時間，來看她們家的水稻比看自家的都勤快。簡秋栩眾人還發現，她還給他們家的田裡偷偷補秧苗了，這讓簡秋栩苦笑不得。

沒了二嬸婆的指揮，插秧的速度又快了起來，眾人說說笑笑間，田只剩一小塊了。

「蛇！」插到田埂附近的時候，覃小芮嚇得驚叫一聲，一屁股栽進田裡了。

一個滑溜溜的東西從她腳上滑過，瞬間又鑽進田裡，只留下一道長長的痕跡。

「是黃鱔，不是蛇！」大嫂一個彎腰，快速地撈起了一條肥碩的黃鱔。黃鱔在她手上掙扎，不細看，還真的跟水蛇無異。

覃小芮沒見過黃鱔，這回一見，又是嚇了一跳，剛要站起來又坐了下去。

眾人哈哈大笑。覃小芮有些不好意思，嘿嘿了幾聲。

簡秋栩見她全身濕透了，趕緊讓她上去。「大嫂，看還有沒有，咱們多抓幾條回去做黃鱔煲。」

「得咧。」她大嫂沿著黃鱔滑過的痕跡，探到了田埂下的小洞，伸手進去掏了掏，果真又抓了幾條出來。幾條黃鱔力氣挺大，直著滑溜溜的身子在她嫂子手上掙扎。

這黃鱔真的像蛇，怪嚇人的。覃小芮又被嚇了一跳，趕緊爬上田埂。

簡秋栩從她嫂子手裡抓過那幾條黃鱔，走上田埂，打算放到小和淼他們的木桶裡。

春天一來，萬物復甦，連小溝渠裡的青蛙、小魚都多了起來，小和淼、和鑫幾人正蹲在溝渠裡抓小魚，身上、臉上全是泥巴。

這一幕讓簡秋栩想起了自己小時候，爺爺在地裡插秧，她在溝渠裡摸小蝦，耳邊微風吹來的都是農民趕牛的聲音，很是愜意。「抓到什麼了？」

「小姑姑，看，魚！」小和淼把小竹筒拎了起來，有些小驕傲。「我抓得最多，還最大呢！哥哥他們抓的都沒有我的大！」

簡秋栩往他的小竹筒裡看了眼，裡面有三、四條兩指大，尾巴豔紅的小土魚。「喲，小和淼真厲害。」

小和淼聽了嘻嘻笑，小臉很是驕傲地看著小和鑫他們。

「哼，這點小魚也敢說厲害。」正巧，全身濕漉漉的方海拎著一個水桶經過，故意把水桶放到小和淼旁邊，裡面密密麻麻地裝著好多巴掌大的草魚。看到小和淼不開心了，才得意地拎著水桶走了。

小和淼受到打擊，不開心了。「小姑姑，我不是厲害的了。」

「小和淼當然是厲害的，方海他年紀大，能下河抓魚所以才抓到這麼多。等你以後長大了，肯定能抓得比他多。」

「可是我要好久才能長得跟他一樣大，到時候他又長大了，還是抓得比我的多還大。」小和淼垂著小腦袋。

簡秋栩捏了捏他依舊不開心的小臉。「誰說的？走，小姑姑教你個抓魚的方法，保證現在就能比他抓得多，而且以後都能比他抓得多。」

「真的？」小和淼雙眼瞬間發出亮光，小和鑫他們也要跟著學。

田插完後，簡秋栩砍了兩棵竹子，把它們裁成了兩尺長的竹管，又讓她爹和爺爺幫忙把竹節打通，扛著它們，帶著一串蘿蔔頭來到了河邊。

力氣大還是有好處的，覃小芮只能扛一根，她一人扛五根，還拿著一把鋤頭都不喘氣。

在河邊找了一處隱蔽的沼澤地，簡秋栩選擇離河一公尺左右的地方挖了一個坑，坑低河高。在河與坑之間挖了一道溝渠，把六根竹子放下去，一頭連著河水，一頭對著坑。河水流進竹管裡，卻又不會全部流到坑裡。

簡秋栩用泥土把竹管掩住，拍拍手。「好了。」

小和淼他們不懂。「小姑姑，這樣就能抓到比方海還多的魚嗎？」

「當然，小姑姑不騙人。我們明天再過來看，肯定有很多魚。」魚蝦都喜歡鑽洞，竹管低於河水，魚蝦鑽進來後只進不出，掙扎太過激烈就會掉到她挖的坑裡。小時候，爺爺教她這種方法，每次都能成功抓到不少魚。「好了，我們等著就行了。走，回家，小姑姑給你們做黃鱔煲吃！」

多年沒有吃過野生的黃鱔魚了，簡秋栩想想剛剛抓的那幾隻肥黃鱔，無數做法在她腦海盤旋，當然，她最喜歡吃黃鱔煲。

回到家的時候，大堂嫂已經幫忙把黃鱔洗乾淨切了段，鹹肉也切了片，蔥薑蒜、芋頭也都準備好了。

簡秋栩讓她把大蒜炒香，再加入黃鱔煸炒。才煸炒了一會兒，香味就飄了出去，幾個小蘿蔔頭立馬聞香跑了進來。

黃鱔煸炒變色了，簡秋栩趕緊讓大堂嫂把鹹肉加進去翻炒，鹹肉略出油後加入黃酒炒一會兒再加水，接著撇去浮沫，入砂鍋加芋頭以小火煲。

誘人的香味連大堂嫂都吞了吞口水。「這黃鱔煲也太香了。」

幾個小蘿蔔頭吞著口水點頭，黃鱔一出鍋，吃得比誰都歡。

「小堂妹，明天我給妳抓黃鱔去。黃鱔這樣做，比肉都好吃。」大堂哥也是個吃貨，連鍋裡的最後一點湯汁都加了飯吃了。

第二天，他果然早早去抓了十幾條回來才去了造紙廠。

那天，方安平過去找碴，族人雖然心中依舊有些擔心，但並沒有停下造紙，如今，第二批紙也已經到了抄紙階段。

簡小弟最近下了學喜歡往造紙廠跑，從那裡撿回一些剪下的廢紙，回來就躲在房間裡折騰，也不知道在做什麼。

簡秋栩剛刨好了一個弧形的滑道，簡小弟就喜孜孜地跑過來了。

「二姊，妳看，我成功了！」說著，拿出了自己扎好的廢紙本遞到她的面前。

簡秋栩接過來翻了翻，意外發現上面整整齊齊印了《論語》兩字。

是的，印的！雖然字跡幼稚生疏，但確確實實是印的。

簡秋栩驚訝。「你的印刷東西做好了？」

簡小弟點頭，跑回房間拎出了自己做的印刷工具。用泥土做成的印章模樣的字體一個個擺在木桶裡，簡小弟拿出一個廢紙一樣大小的，用竹子篩成的正方形的東西，把字一個個往裡套，正好裝滿一頁紙的文字，沾上墨水，像蓋章一樣一蓋，一頁字就印刷出來了。

「姊，妳覺得我這個快不快？」簡小弟期待地問道。

「行啊，小弟！快，比雕版印刷快多了！」她這弟弟是真的聰明，人才啊！簡秋栩還想著他什麼時候才能做成功，沒想到才幾個月，他就想出了這麼好的法子，簡直比活字印刷還好用。

聽到簡秋栩肯定的話，簡小弟嘴角都快咧到耳朵後了。「姊，妳說我這個法子能不能賣？」

簡秋栩點頭。「能啊！」

「那姊，能賣多少錢？」

簡秋栩拿過他手中的竹篩看了看。「這就得看你怎樣賣了。好東西，得會賣才能賣出高價。小弟，你覺得它應該值多少錢？你想要賣出心目中的價錢，就得自己慢慢想好法子了。」

簡小弟抱著木桶，一臉思考地回了房間。

簡秋栩有些期待，看小弟能想出什麼法子來。

「爺爺，族長明天讓我們到他家去。」晚上回來的時候，大堂哥有些興奮地說道：「小妹，族長讓妳也過去。」

第二天到了族長家，簡秋栩才知道大堂哥為什麼這麼興奮，因為要分錢了。

第一批紙陸陸續續賣完了，族長把每一戶做主的人都叫了過來，把第一批紙賣到的錢都算給大家聽。

第一批紙一百五十刀，每刀三兩，一共掙了四百五十兩。因為第一批紙做得不熟練，所以量少了一些。

族長把所有的錢都拿了出來，堆在了大廳桌子上。李誠給的錢都是成色很好的銀兩，因此桌上的錢白花花一片。這麼多錢堆在桌上，客廳裡的族人幾乎每個都是雙眼發光，呼吸急促，激動得雙手都不知道怎麼放了。

一個個心裡都在想著，以後他們是不是都有錢買地，都能建方安平那樣漂亮的大瓦房了？以後他們是不是都不用出去求著別人給工做了？

「錢就是這麼多。」族長拿出了算盤。「一共四百五十兩，扣去秋栩的錢以及購買熟石灰的錢，每家每戶能得到八兩三百文。」

在場的族人從來沒有一次做工得到過這麼多錢，聽了心中都異常滿足與激動。

簡秋栩看著他們激動，心裡是很開心的，開心自己能夠幫到族人。

「分錢之前，我先跟大家說一件事。秋栩把她所得的所有分成都捐給族裡了，用來獎勵族裡讀書的孩子。以後每年讀書前五名的，我們就給他獎勵。誰家有困難，家裡的小孩讀不了書，族裡也會用這筆錢幫助他。秋栩為族人做了一件大好事啊，大家一定要銘記她的恩情。」

族人聽簡樂為這麼一說，都有些意外地看向了簡秋栩。他們沒想過簡秋栩竟然會把這麼一大筆錢捐給了族裡，心裡隱隱佩服起她來，越發感覺到她的不同，同時滿懷著對她的感激。

「族長，為族人做事，不能只由秋栩來做。族長，這是好事，我們都願意盡一份力。」因為簡秋栩的所為，激發了族人的團結。

「對啊，族長，我們也願意給族裡捐錢！以後我們賣紙的錢，也拿出跟秋栩一樣多的錢捐給族裡吧！」

「對啊，族長，我們願意的！」

「好！」聽到族人這麼說，簡樂為很是開心。他們簡氏一族都不是自私的人，心裡都裝著族人。「既然如此，那以後紙所賣的錢，也拿出百分之五捐到族裡。這筆錢，我會定時公布，以後族中有大事，費用都從這筆公款出。」

「聽族長的！」

簡秋栩看著族人，他們每個人臉上沒有怨言，真的心甘情願地把錢捐到族裡。一個家族想要長盛不衰，想要強大，團結是必不可少的。雖然不知道他們族人能夠這樣團結多久，但這一刻，她是開心的。

公款的事情說定，族長重新算了錢，一戶八兩三百文地發了錢。拿到錢的族人一個個滿臉喜悅地離開了族長的家。

大伯父回到家，就把錢交給了爺爺。因為他們家是大伯、大堂哥和她爹輪流去的，爺爺便把錢分成三等分。雖然每人只拿到二兩多，遠遠比不上香皂賣的錢，但全家人都是開心的。

族人都有了賺錢法子，他們心裡不會因為家裡偷偷做香皂賺錢而有愧疚感了。

簡樂為分完錢，和族裡的幾個老人商量了公款的事，鎖上了門就又去了造紙廠。

等他離開後，一個身影匆匆爬上了牆，跳了出去，往方安平家跑去。

「四百五十兩！短短一個月，簡氏的人竟然賺了四百五十兩！」方安平兩眼發光，被銀子的數額激得微微顫抖，說話都變得語無倫次了。

「是啊，村長！沒想到他們簡氏一下子就賺了這麼多錢，族長，你快想辦法！」偷偷躲在簡樂為家裡聽他們講話的人是方嚴。聽到四百五十兩銀子的時候，他比簡氏族人看到桌上白花花的銀子還驚訝。他貪婪地偷看著桌上的錢，看著它們一點點分出去，彷彿在分自己的錢，心痛地滴血。等簡樂為離開，就迫不及待地跑過來找方安平了。

「村長，他們簡氏人那麼少，一個月都能做一百五十刀紙；我們人多，一個月肯定不只這麼點。只要我們拿到了法子，肯定能賺更多錢。村長，你快想辦法！」

「在想，在想！」方安平比他更急。他想到的可不只是造紙賺錢這點事，這麼好的紙，只要掌握到他的手裡，他方安平不僅能發財，說不定還能升官！

怎樣才能讓簡氏把造紙的方法交出來？顯然，前幾天他去找簡氏的事，簡氏的人根本就沒有放在眼裡。有了楊璞這個縣令，他們現在根本就不怕他和里正了。得找一個比楊璞官大的才行！不然靠他和里正，根本難以成事。只是，去哪兒找比楊璞官還大的人？

方安平在屋子裡走來走去，想了整整一個下午，也想不出合適的人。

「爹，我幫你想到了一個人。」方安平的兒子方才華說道。他和簡方雲是同窗，簡方雲在學業上處處壓著他，現在簡氏又有了大晉最好的紙的造紙技術，再這樣下去，不用多久簡方雲家裡連錢都要比他多了，他眼珠子都嫉妒得要發紅了。

「誰？」方安平趕緊問道。

「簡方檸。」

「簡方檸？找她有什麼用，她是簡明忠的養女，怎麼可能幫我們？」方安平覺得兒子搞錯了。

「爹，沒錯，就是簡方檸！簡方檸雖然是簡明忠的養女，但她恨著簡秋栩呢！」

方安平心裡一喜。「真的？快說，這事你怎麼知道？」

方才華有些得意。「我縣衙裡有朋友，他跟我說的。爹，你還記得王榮貴嗎？他對簡秋栩不軌，就是被廣安伯府的婢女春嬋慫恿的。我聽說了，這春嬋就是簡方檸的婢女，簡方檸不嫉恨簡秋栩，會讓她的婢女慫恿王榮貴做出這種事來？所以爹，找她肯定有用。簡方檸現在是廣安伯府的嫡女，她爹可是廣安伯，比楊璞官大！」

方安平一拍掌，心中有了想法，打算借簡方檸的手成事。於是他跑回房間，拿起筆就寫信。

簡氏眾人不知道方安平已經開始謀劃，他們繼續造紙的同時，也有了煩心事。玉扣紙是他們造的一事，已經從大興城傳到了周邊的各個縣城，他們的七大姑、八大姨都知道了，正一個個趕著過來打探造紙的事。

當然，他們絕對不會說出去的。但都是親戚，得好聲好氣應對，不少人心中煩得很。

簡秋栩明白他們的煩惱，因為她大舅媽也跑上門來了，追著她娘跟她嫂子問了一天，沒有得到想要的，很是生氣地走了。

雖然煩惱，但這事是不可避免的。畢竟造紙動靜這麼大，是不可能藏著掖著的，只要過了這段時間就好了。

「小堂妹，如果有人來找我，就說我不在！」大堂哥被問怕了，怕今天又有人來找他，想著把木頭拿回房間去做。最近幫著造紙，他的不倒翁還沒做好，不想在那些過來打探的人身上浪費時間。

「大堂哥，躲是沒用的，他們這次沒找到你，下次還會找你的。」

「躲一時、是一時，妹啊，妳不知道他們有多可怕。」大堂哥說著，心有戚戚焉，彷彿面對猛獸。

簡秋栩失笑。「大堂哥，她們昨天才來，今天應該不會再來了。」

簡方櫸抬頭看了一眼外面。「小堂妹啊，妳這次說不準了，看，又有人來找我了！」說完，抱著木頭往房間裡跑。

簡秋栩抬頭看了看，等那些人走近了，發現並不是大堂哥外家的七大姑、八大婆，而是簡方雲和他的朋友李九，以及……林錦平。

第四十三章

李九和林錦平到萬祝村來做什麼？

既然已經看到簡方雲三人，他們也看到她了，簡秋栩便大方地走到院門口打招呼。

「方雲哥，帶好友參觀咱們村？」簡秋栩笑著說道，看了眼他身邊的李九和林錦平。

李九依舊像之前一樣面色蒼白，但看到林錦平後，她有點意外。現在的林錦平跟幾個月前看到的判若兩人，氣質差了一大截，而且整個人顯得有些焦躁。

「簡姑娘好。」李九帶著笑跟她打了招呼。「李某身體不好，正想找一處地方養病修身，聽方雲兄說萬祝村竹林簇簇，清淨優雅，很適合靜修，所以李某打算在這裡買塊地方建一間房子，修身養性。今天方雲兄是帶李某過來選址的。」

簡方雲點了點頭。「確實。」

簡秋栩有些意外，萬祝村雖然竹林多，看起來清淨優雅，但生活還是不太方便。李九是個有錢的讀書人，縣裡一大把適合修養身心的地方不選，跑到這裡來修身養性，有點說不通。

不過讀書人的心思她搞不懂，或許這個李九就是個喜歡偏僻地方的讀書人。

「林公子也想在這兒買地建房？」簡秋栩狀似無意地問了一句。她可不想林錦平出現在萬祝村，麻煩事多。

林錦平搖頭。「倒不是，林某只是過來散散心的。」

他說著話，看著簡秋栩，眼神就是看不熟悉的人的模樣。最近一段時間，林錦平重新簽訂婚姻後悵然若失的感覺漸漸沒有了，對於簡秋栩，也慢慢沒有了熟悉感，所以今天見到她的時候，並沒有上次的恍神。只是，最近開始有些焦躁。他總覺得自己那種一學就會，一看就懂，甚至不學都能明白的天賦，慢慢地消失了。還有那種信手拈來，提筆就能寫下佳作的能力，好像也慢慢變得平庸了。

寫了幾篇文章都覺得不對後，林錦平有些慌張，人也變得焦躁起來。簡方雲察覺到了他的異常，覺得他可能壓力過大，便邀他出來散散心。

「哦，現在春天，萬物生機勃勃，確實適合散心。」既然不是與李九一樣要在萬祝村買地建房，簡秋栩與他也沒啥好說的。

「那我們先走了。」簡方雲說道。

簡秋栩點了點頭，李九和林錦平跟她作了作揖，轉身跟上簡方雲，正好遇到帶著簡sir出去遛彎的簡明忠。

「汪！汪！」走過李九身邊，簡sir突然頓了頓腳步，繞著李九就聞了起來，又叫了兩聲，盯著他。

看到自己被簡sir盯著，李九有些哭笑不得。「簡姑娘，這是妳家的狗狗？好像不喜歡李某。」

簡秋栩抱歉了一聲，喊道：「簡sir，過來！」

簡sir扭頭看了看簡秋栩，眼神裡好像有些疑惑她怎麼不明白自己的意思，於是對著李九又叫了兩聲，警惕地看著他。

簡sir是不會無緣無故對著人叫的，而且還不聽她的話。簡秋栩眼神閃了閃，走過去拍了拍牠的腦袋，牽著牠回了院子。

「李兄，看來你不招狗喜歡。秋栩小妹家的狗可不是普通的狗，可惜了。等你以後住到這裡來，就少了一項樂趣。」簡方雲也挺喜歡簡sir的，雖然對著簡秋栩家人以外的人，簡sir總是保持冷靜，但簡方雲也不怕牠，總會乘機摸摸牠。

李九遺憾。「李某從小就不招動物喜歡，可惜了可惜。」

說著，轉身看了一眼站在院子裡，依舊警惕地看著他的簡sir。真是一隻敏銳的狗狗，他喜歡！

「簡sir怎麼對著那個公子叫？」聽到狗叫聲，在房間裡做著活的簡方榆跑了出來，探頭往院外看。

「不知道，可能他身上有什麼東西簡sir不喜歡。」簡秋栩把簡sir招了回來，摸了摸牠的小腦袋。

「這樣啊。」簡方榆又探頭看了看外面，語氣有點躊躇。「小妹，那、那個白白淨淨的公子是誰啊？」

白白淨淨？簡秋栩看她姊有些小羞澀的模樣，眨了下眼。她姊不會看上李九了吧？

「姊，他叫李九。」其他的她就不知道了。

「李九。」簡方榆輕聲地唸了一聲，之後有些不好意思地回了房間。

她姊……不會真喜歡這種看起來弱不禁風的書生吧？

「方雲這兩個好友看起來都不錯。」一旁的簡明忠沒看到簡方榆的表情，說道：「白衣的公子身體看起來雖然羸弱，眼睛挺清亮的，精神不錯。那個錦衣公子模樣是人中龍鳳，必定也是個有才學的人，只是他估計是最近有什麼煩心事，精神有些不寧。」

簡秋栩眨了眨眼，沒想到她爹看人挺準的。

這次遇到的林錦平跟之前的判若兩人。之前的林錦平還讓她覺得與夢中見到的有些相似，這次的林錦平已經沒有夢裡一丁點的熟悉感了。

夢中的林錦平一身鐘鳴鼎食之家養出來的貴氣，說到底，潁川郡林家也不過是個小官之家，夢中的林錦平能有那種氣質，確實有些不可思議。現在的林錦平的氣質才是小官之家培養出來的，是一般官家人的貴氣及書卷氣。

差別這麼大，簡秋栩心裡有了些猜測。或許這一世的林錦平不是上一世的林錦平了，她不是前世的簡秋栩，那麼，這一世的林錦平跟她一樣也換了靈魂，也是有可能的。

羅志綺重生回來搶了個假貨，也不知道這個林錦平能不能讓她如願當個大官夫人？若是不能，怕她要吐血三尺遠了。

不過這事真是詭異，前世的簡秋栩和林錦平，怎麼都從這個世界消失了呢？他們去哪兒了？

簡秋栩有些疑惑，到了晚上，果然又作了個夢。

夢裡，她看到與自己長得一模一樣的女子跟她說著對不起，然後就消失了。

醒來後，簡秋栩翻了個白眼。能不能讓她一次夢完啊？每次夢一點，剩下的讓她猜，難不成還要像遊戲一樣，讓她一點點觸發劇情似的夢到所有？

她不喜歡玩遊戲，就不猜了，浪費心思。

「小姑姑，魚，抓魚！」剛從床上坐起來，小和淼幾人就跑了過來。

為了能確保坑裡有魚，簡秋栩跟他們說過要等兩天。今天時間一到，他們就忍不住跑過來了。

「好，抓魚。」簡秋栩隨意漱洗了下，紮了個馬尾，拎著一個木桶帶著他們去了前天挖的坑。

剛走近，正好有一條巴掌大的草魚從竹管裡掙扎著掉進坑裡，濺起水花。坑裡的其他魚感受到威脅，相互撲騰，原本渾濁的水變得更加渾濁。

簡秋栩他們走近一看，不少魚冒著頭在呼吸。

「小姑姑，魚，好多魚！」小和淼他們興奮地拍掌。「真的比方海的魚多！」喊完，趴下去就想把魚撈上來，被坑裡的魚甩了一身泥。小和淼嘻嘻笑，也不怕，雙手抱著牠扔進了木桶裡。

簡秋栩怕他們一不小心就栽進坑裡，趕緊把網兜給他們，一網便網了七、八條草魚上來。

看著肥碩的大魚，她眼睛也亮了亮。「今天小姑姑讓大堂嫂給你們做烤魚吃！」「哇，烤魚！」幾個小不點不知道烤魚是啥，直覺就是好吃的，嘰嘰喳喳地跟著她往回走，正巧遇上匆匆忙忙往縣裡走的方安平。

簡秋栩挑了挑眉。又不是什麼節日，也沒有什麼宴會，穿什麼盛裝？

當然，方安平穿盛裝並不是去參加什麼宴會的，而是去找羅志綺。

前兩天他寫了信給羅志綺，沒想到廣安伯府的人還在閉門思過，沒辦法把信送進去。於是又打聽了一番，知道廣安伯府今天正好解禁，便再次匆匆趕去伯府。為了不讓廣安伯府的下人看不起，才把壓箱底的衣服換上。

不過儘管如此，他還是花了好幾兩銀子才讓看門的人把信送去給羅志綺。

被花嬤嬤調教了將近半年，羅志綺被逼著壓下性子學了不少達官貴人的知識，有了些大家閨秀的作態，還學會了定時去給羅老夫人請安，跟她說好話。

羅老夫人見她變化如此之大，又想到明慧大師說她身帶福運之事，擔心自己對她太過會少了自己的福運，便不再讓人盯著她。

羅志綺此刻正端坐在椅子上，欣賞著自己剛讓人做好的指甲，聽到門房說方安平給她送信，想也不想就打發了。等送信的小廝走了不遠，又讓人把他喊了回來。

方安平那老傢伙什麼德行，羅志綺一清二楚。方氏的人和簡氏的人彷彿有著深仇大恨，方安平找她肯定不是為了兩族和好的事，既然不是為了兩族和好的事，那肯定就是為了方氏。

羅志綺怨恨簡秋栩，自然不希望簡氏一族好。幫了方氏一族，就代表著簡氏一族會一直被壓著無出頭之日；簡氏一族不好，作為簡氏一族的簡秋栩，自然也不會好到哪裡去。既然如此，她為什麼不幫方安平？

「唸。」羅志綺嫌棄方安平，自然也嫌棄他帶來的信，根本就沒接過信，而是讓一旁的夏雨接過去唸。

原本還一副大家小姐作態的羅志綺一聽信件的內容，面容立即猙獰起來，剛剛欣賞的假指甲直接被她掰了下來。「妳說什麼？簡氏一族竟然會造紙？還造出了大晉最好的玉扣紙?!」

夏雨被她猙獰的表情嚇到了，有些結結巴巴地說：「小、小姐，信、信上就是這、這樣……說的……」

羅志綺看她結結巴巴，惱恨地搶過信件自己看了起來，越看面孔越猙獰。方安平不僅在信中告訴她簡氏有了造紙的法子，還短短一個月就賺了四百五十兩。

現在的羅志綺是看不上這四百五十兩的，但簡氏族人不會只賺這四百五十兩，他們會越賺越多。玉扣紙的法子就像會下金蛋的母雞，會讓他們財源滾滾。

她連四百五十兩都不想讓他們賺到，該賺錢的應該是她！

羅志綺憤恨的同時又在想著，簡氏一族怎麼會有造紙的法子？明明上一輩子到她死之前，簡氏還貧困潦倒地到處打短工，一定是簡秋栩告訴他們的，一定是！

可是前世的她魂魄跟著簡秋栩時，根本就沒有聽過她會造紙的法子，她這法子從哪裡得來的？

一想到簡秋栩回到簡家，簡家沒有如自己所想的越過越貧困潦倒，還蒸蒸日上，神色又扭曲了起來。

看到信中方安平那明晃晃地想要謀取簡氏一族造紙法子的意圖，羅志綺冷笑了一聲。屬於她的東西誰都搶不過去。「夏雨，妳出去跟他說，就說我願意給他點便利。」

方安平想要奪方子，就讓他去，她就在後面當那個黃雀。等他得到方子了，她再搶過來。方安平這人欺軟怕硬，她作為廣安伯府嫡女，搶了方子他肯定不敢說什麼。

這個造紙法子她一定要得到！到時候，法子到了她的手上，以廣安伯府嫡女的勢力，她肯定能造出更多的紙，絕對不是簡氏那個小族一個月造的一、兩百刀，而是一、兩千刀甚至上萬刀。

想到滾滾而來的銀兩，羅志綺剛剛還可怖的眼睛亮得發紅，扔下手中的信件，匆匆往鄭氏的院子而去。

鄭氏的院子裡，和樂樓的鄭掌櫃也匆匆來了。

鄭掌櫃名鄭宣財，乃鄭氏鄭涵月的堂兄。鄭氏一直以黃岩紙為生，黃岩紙作為大晉第一好紙，讓鄭氏一族賺了不少錢，也有了好名聲。一向重面子的羅老夫人當初替羅炳元求娶鄭氏，看上的正是鄭氏的錢和名聲，因為當時的廣安伯府只有名頭，內裡窮得很。

如今出了比黃岩紙好的玉扣紙，不僅鄭掌櫃急，他的族人也急。一查到造紙之人是簡氏一族，且給出造紙法子的人是簡秋栩，鄭掌櫃就迫不及待來找鄭氏了。

「小妹，簡秋栩手中的造紙法子，我們一定要拿到，不然我們族人的名聲就要被搶走了，我掌櫃的位置也保不住了！」鄭宣財急啊。

「這法子不是我們的，怎麼拿？」鄭氏一聽有人造出了比自己族人做的更好的紙，心裡也急。這些年來，羅老夫人一直對她不滿意，若是她沒了族人供給的錢，羅老夫人恐怕更不滿意。還有，前段時間她為了給那些窮書生辦義學，錢都花得七七八八了，若是以後沒了進帳，那不是要過得緊巴巴？

「那簡秋栩妳養了她十四年，妳開口問她要，她總不會不給吧？」鄭宣財就是打這主意，想要不費絲毫錢財就能拿到法子，所以第一時間就往鄭氏這裡來。

「這……」鄭氏有些為難。「堂哥，你也知道，這些年來我跟她並沒有什麼母女之情，這不好辦。」

「這有什麼關係？養育之恩總不能不還吧？我們只是讓她把法子交出來，並沒有要求簡氏族人不准造紙啊！這對他們簡氏來說是好事啊，簡氏一族勢弱，他們肯定是護不住玉扣紙的法子的，讓他們把法子交給妳，就相當於交給廣安伯府，有人護著他們了，他們能繼續安安穩穩造紙，應該感謝妳啊！」鄭宣財遊說她。

鄭氏想想也是，雖說簡秋栩半年多前就跟他們斷了關係，但這養育之恩怎麼能說斷就斷？她享受了廣安伯府十四年的生活，總得拿點東西還吧？想想自己花得差不多的錢，鄭氏決定了，找個時間去把玉扣紙的造紙法子要過來。

羅志綺走進來，正好聽到了鄭氏和鄭掌櫃的對話，心裡一惱，沒想到竟然有人要跟她搶法子。不行，這法子絕不能被鄭宣財搶走。

羅志綺躲在一邊，等鄭宣財得到鄭氏的答覆滿意地離開了，才從旁邊走了出來。

「娘，玉扣紙的法子我們不能給堂舅！」羅志綺急忙說道。

鄭氏看到她突然出現，本想說她一下，最後被她的話給吸去了注意。「不給妳堂舅給誰？」

「娘，法子給了堂舅，到時候我們只能拿到一點分成。玉扣紙這麼好的紙，我們為什麼不能自己造，到時候所有的錢都是我們的。娘，這玉扣紙三兩一刀，簡氏族人一個月只能造一、兩百刀，如果我們自己造，一個月定能造得比他們多，一個月能賺幾千甚至上萬兩。娘，這麼多錢可都是我們的！」越說羅志綺越激動，雖然回了廣安伯府也有了錢，但也只是幾百兩。若造紙就不一樣了，她一個月就能有幾千兩，一年就能有幾萬兩，甚至更多！想想那麼多錢，羅志綺忍不住激動。

「對，對！我怎麼就沒想到！」鄭氏聽她這麼一說，也恍然大悟。「這法子就留給我們自己造。哎呀，得找個時間趕緊去找那傻子把玉扣紙的法子要過來，越早要到，我們賺得越多。志綺啊，妳身帶福運，有沒有什麼好法子從那傻子那裡把造紙的法子要過來？」

畢竟自己跟簡秋栩關係不好，拿養育之恩說事，不一定能讓她把造紙法子給自己。

「娘，讓我去！」現在看來，等不及方安平出手了，她親自去。

泰豐樓裡，張全偷偷地跟李誠說：「掌櫃的，我看到鄭掌櫃悄悄去了廣安伯府。」

李誠今天帶兒子去了外家，一回來，就得了張全的消息。他拿出算盤慢悠悠地撥弄著，看著最近泰豐樓的入帳，很是欣慰。

「這紙果真來錢快。」玉扣紙三兩一刀收購，他轉頭十兩一刀賣出去，還供不應求。現在訂單都壓滿了櫃檯，難怪有人眼紅了。

他拿出最後一沓玉扣紙，手指在上面拍了拍，打算就留給王大家了。

張全見他沒反應，又湊過來說道：「掌櫃的，您就不擔心？」

「擔心啥？」李誠拿起一張紙，拿起筆在上面寫了兩個大大的字：必敗。

「鄭宣財啊！他去廣安伯府，肯定是去找廣安伯夫人。聽說簡姑娘以前在廣安伯府長大，怎麼都會對廣安伯府有情義，萬一鄭宣財讓廣安伯府夫人去找簡姑娘要造紙的法子，簡姑娘給了怎麼辦？」張全擔憂地說道。

「你小子消息倒是靈通。去去去，別在這兒杞人憂天了，把方樺那小子喊過來。」廣安伯府他還不了解嗎？什麼情義，簡秋栩那小姑娘可不是個好哄騙的人，鄭氏想要逼她交出造紙法子，作夢更快一點。

「掌櫃的，我這不是杞人憂天啊！鄭宣財要是讓鄭氏出手，那就代表廣安伯府出手了，簡氏怎麼都對付不了廣安伯吧？」張全抬頭看了看四周，見沒人聽他們講話，悄聲說：「掌櫃的，鄭宣財想要謀玉扣紙的法子，您心裡就沒有點想法？」

張全雖然只是個小跑堂的，但還是明白玉扣紙的價值。這造紙的法子，心動的不僅鄭宣財吧？

李誠翻了個白眼。「什麼想法？我李誠可是個誠信正派之人，不做那些小人行徑。去，趕緊去把方樺給我叫過來。」

「掌櫃的！您是真君子！」張全聽他這麼說，誇了他一句，拎著抹布上樓找人。

李誠瞪了他一眼，趕蒼蠅一樣把他趕走了。

說不心動是假的，他不僅對玉扣紙的法子心動，對香皂的法子也心動，畢竟想要做到視金錢如糞土，難啊！

不過他雖然對這兩個法子心動，卻也不會做出小人行徑。他李誠雖精明，卻也是品性正直，行事端方，想要什麼法子，大大方方來，絕不會像鄭掌櫃和田掌櫃一樣，使些陰謀詭計。

李誠拿出林泰昨天交給自己的文書，嘿嘿一笑。「都認定簡氏小族，無人撐腰，我這會兒就靜靜看還有誰一起踢鐵板。」

說著，李誠又開心地哼起了小曲。

此時，郢州叢林交界處，一身黑衣疾行的端均祁拔出長劍，雙眸冰冷。「出來！」

五名黑衣人飛身而出，半跪在地，領頭一人發聲。「三公子，屬下是端七，奉聖上之命前來協助三公子。」

端均祁看著他們，臉上並沒有多餘表情。「你們可以跟著我，但沒我的命令，絕不能出手。」

「是！」

端七聲音剛落，端均祁馬已騎出百尺，五人急速跟了上去。

第四十四章

廚房裡，簡秋栩正指導大堂嫂做烤魚。

大堂嫂廚藝好又喜歡做菜，簡秋栩一有什麼新點子，她都搶著學。

背部開刀，腹部相連，在兩側切花刀的草魚被煎得金黃，此時正滋滋地冒著油，香味隨著霧氣飄了出來。

幾個小蘿蔔頭聞香而來，一個個探著腦袋往鍋裡看。

簡秋栩點了點他們的小腦袋讓他們離遠點，就怕他們被油濺到了。「大堂嫂，可以用另一個鍋加油燒熱了。」

「好咧！」大堂嫂手起鍋落，一旁的蘇麗娘幫忙把火燒上。

看著鍋被燒熱，簡秋栩把蔥段、薑片和蒜瓣加了進去，再加油、加鹽等熬成料汁。如今沒有辣椒，就只能做一道不辣的烤魚了。

草魚很快就被烤得兩面金黃，大堂嫂把魚取出盛在用菘菜打底的盤子裡，再澆上剛剛熬好的料汁，魚肉滋滋作響，雖然少了好多配料，但看起來依舊噴香可口。

簡秋栩往上面撒了些炒好的黃豆。「好了，大功告成！」

「哇！」幾個小蘿蔔頭開心地拍掌。

「做什麼呢，這麼香？」簡方樺從外面回來，背上的竹簍都沒有來得及放下，就摸到廚房去了，嗅了嗅。「小妹，又有好吃的了？」

「烤魚，小姑姑做烤魚！」小和淼流著口水說道。

簡方樺一把把他抱開。「你這小子，口水都要滴到盤裡了。哎喲，這魚看起來可真好吃，我果真有口福，一回來就碰到好吃的了。」

「哥，你怎麼這麼早回來？」簡秋栩看了看外面，現在差不多下午五點左右而已。

「李掌櫃讓我拿東西回來給妳，我看今天客人不多，就提前回來了。」說著，簡方樺拿出了李誠交給他的文書。「端大人果真有本事，真的拿到文書了。」

簡秋栩並不覺得驚訝，接過文書看了一眼。很簡單的轉讓文書，並沒有把她所寫的合同附在上面，少了很多麻煩，很好。

「那可是太好了！這下我們就不怕方安平了。你們不知道，方氏的人最近總是偷偷摸摸地跑到我們造紙廠去，看著造紙廠的眼神就像在看自己的一樣，真是讓人討厭。」大堂嫂真的很討厭方氏的人，每次見到他們，都想跟他們打一架。

「小妹，我回來的時候，掌櫃跟我說了，鄭掌櫃跑去廣安伯府了，他在打我們造紙法子的主意呢！」簡方樺對廣安伯府沒什麼好印象。

「我們的紙現在是大晉最好的紙，他打我們造紙法子的主意很正常。」

簡方樺有些擔心。「若他真的說動了廣安伯府，到時候楊大人也沒辦法的。」

「怕什麼？我們有這個吃不了虧！」簡秋栩揮了揮手中的文書。「這不就是專門等著他們的嗎？」

「嘿嘿。」簡方樺腦子活泛，想起他小妹那幾條條約，瞬間心安了不少。他小妹就是聰明，提前未雨綢繆了。「看來還是我們掌櫃好，妳哥我也算是有眼光，找了個正派的掌櫃。」

「確實，哥你還是會看人的！繼續下去，你肯定能成為一個好掌櫃！不說了，快吃魚，你看小和淼他們等得眼珠子都要直了。」

簡方樺看著那幾個盯著烤魚眼珠子都不動的小蘿蔔頭，哈哈笑出聲。「吃魚，吃魚！」

簡秋栩幫大堂嫂把魚分成幾份，全家人你一點、我一點，吃得津津有味。

顯然今天做的烤魚不夠吃，第二天一大早，簡秋栩還沒起床，就聽到幾個小不點又喊住大堂嫂做烤魚。

「做做做，給你們做！」

簡秋栩聽著大堂嫂的大嗓門，好笑地開始了她的工作。這次要做的軌道城做工不是很複雜，但是零件多，花的時間也不少。

廣安伯府。

一解禁，羅老夫人就指使鄭氏辦宴飲。被聖上罰了半年的閉門思過，他們廣安伯府不僅被人看了笑話，也漏了好多消息。為了讓廣安伯府的面子恢復過來，也為了了解最近半年的消息，羅老夫人特地邀請了不少人。

雖然私下嘲笑廣安伯府，拿到了帖子，那些貴婦人明面上還是給面子地過來了。

為了辦好這次宴飲，鄭氏可是花了不少工夫，時鮮水果、飲品蜜餞、美食糕點應有盡有。

不過貴婦、小姐的宴會，吃倒是其次，炫耀兒女才華、夫君能力以及家世地位才是重點。

這不，張家小姐彈完琴，王家小姐唸個詩，楊家小姐下個棋……可以展示的才藝都展示個遍，妳誇我一番，我損妳一句，面合心不合，臉上笑著、心裡罵著，如此這番，也熱熱鬧鬧地聊了起來。

小姐們都表演完了，這會兒那些夫人們倒想起羅志綺了。「怎麼不見貴府的三小姐？三小姐剛回來，我們還沒見過，快快請她出來給我們見見。」

這些貴婦人答應前來參加宴飲，其實都有個心思，就是想見見羅志綺。還有一個原因，就是繼續看廣安伯府的笑話。這羅志綺聽說從小生活在鄉下，才華什麼的肯定是拿不出手，正好襯托襯托自己女兒。

這時羅老夫人才想起來，她從今天早上都沒見過羅志綺。「鄭氏，讓志綺出來跟大家見見面。」

鄭氏心中暗喊糟糕。「老夫人忘了呀，志綺這孩子孝順，昨天跟您說想回去看看養父母。您同意了，她昨天下午就走了。」

鄭氏完全被銀子沖昏了頭腦，忘記跟羅志綺說宴飲之事，今天一大早，羅志綺就帶著夏雨出門了。

羅老夫人暗惱。這事她怎麼不知道？她看向鄭氏，鄭氏一副心虛模樣，她心中惱怒，但知道此刻不是發脾氣的時候，當即笑道：「對對對，志綺這孩子心善，回府這麼久還沒機會去看養父母，心裡想念得很，我准了她了。哎喲，這人老了記性就不好，請見諒。」

一旁的崔氏翻了個白眼，女兒羅志紛想要開口，被她掐了一下。這時候可不是給鄭氏使絆子的時候，讓老夫人沒了面子，她們也討不著好。

「哦，這樣啊！」眾人聽了羅老夫人的話，有些失望，看來看不了羅志綺的笑話了。

不過看不了羅志綺的笑話，可以看別的啊，話頭都引出來了，她們怎麼能放過機會。

旁邊的王夫人坐直身子，精神來了。「看來貴府三小姐是個有孝心的孩子。老夫人啊，貴府三小姐的養父母現在可不得了，他們族人造出了玉扣紙。這玉扣紙現在已經取代了黃岩紙，成了大晉最好的紙，想買都買不到。你們廣安伯府可好了，以後都不愁沒得買。」

一旁的另一位貴婦人點頭接話。「對啊！羅老夫人，聽說這造紙的法子是貴府三小姐養父母的親生女兒想出來的，哦，就是你們府上抱錯了的那個女孩，叫簡秋栩的。老夫人，我們正愁買不到玉扣紙呢，希望老夫人照應照應，能賣點給我。我兒子構思了一幅好畫，就差好紙了。」

「對啊，還有我們呢！」

羅老夫人一聽，心裡當即暗叫不好。那傻子竟然會造紙，還造了大晉最好的紙，搶走了鄭氏族人的名頭？那不是鄭氏那邊每個人供過來的錢銀要打折扣？

見羅老夫人表情不是很好，王夫人故作驚訝地道：「莫不是羅老夫人不知道？老夫人，難道您那個抱錯的孫女沒有給您送玉扣紙？怕是不能吧？」

剛剛接腔的夫人繼續接腔。「這也有可能啊，聽說她當時離開伯府的時候是跟伯府斷乾淨了的，既然斷乾淨了，不送也是正常的。」

王夫人繼續疑惑。「正常來說，這種關係哪能說斷就斷的？難道真的如外面說得一樣，伯夫人這麼多年來一直沒把她當親生女兒看，所以她才斷得這麼乾脆？」

「哎呀，那真是可惜了！那玉扣紙可是十兩一刀呢！伯夫人，如果當初對她好點，廣安伯府對她大方一點，說不定，這法子就是你們廣安伯府的了。」

兩個女人擠兌著鄭氏，鄭氏臉色難看，羅老夫人雖然維持著臉上的笑意，眾人還是從她的眼神中看出了不悅。

嘻嘻，這趟果然來對了，又看了廣安伯府的笑話。

羅老夫人原本想要透過這次宴飲恢復伯府的名聲，沒想到讓人看了笑話，強撐到宴會結束，朝著鄭氏劈頭蓋臉就是一陣臭罵，罵得鄭氏頭都不敢抬起來，而她也氣得都快喘不上氣了。

「老夫人小心身子，小心身子啊！」一旁的李嬤嬤給她拍著胸口喘氣，一邊勸慰她。

「我遲早要被這蠢婦氣死！之前但凡妳對那癡女好點，她們能笑話我們廣安伯府？真是愚蠢！」羅老夫人又是一聲罵。

鄭氏垂著腦袋，心中不滿地想，她那樣對待簡秋栩，還不是老夫人同意的，現在來罵她？

羅老夫人終於出完了氣，問起了其他事。「玉扣紙的事怎麼不跟我說？」

鄭氏覺得自己很是冤枉。「老夫人，我也是昨天才知道的，還沒來得及說。」

「志綺呢？我什麼時候答應她離府？她有這個孝心回去看簡氏那些人？說，她到底回去做什麼？」羅志綺什麼人，她還看不出來？抱錯的事，她一直嫉恨著簡家人，又怎麼會回去看他們？

鄭氏知道瞞不過，直說：「志綺說回去找簡氏那些人要法子。」

羅老夫人聽了，用力地哼了一聲。「真當法子是她的，想要就能要到！讓她做事小心點，別污了我們廣安伯府的名聲！伯府名聲是我辛辛苦苦經營出來的，容不得她在外面胡鬧。」

鄭氏點頭。

羅老夫人眼神閃了閃。「等她回來了，讓她先到我燕堂來。」

「是，老夫人。」看到羅老夫人走遠，鄭氏心裡哼了一聲。「老不死，心裡想要法子，還把自己說得那麼高尚！呸！」

看著鄭氏離開，羅老夫人對身邊的李嬤嬤說道：「那傻子竟然會造紙？早知道當初蘇麗娘母女的賣身契就不給她了。」

十兩一刀的玉扣紙，這法子，值錢啊！

簡秋栩鑿著木頭呢，早上剛進城的簡方樺興沖沖地又回來了。

「遇到什麼好事了？哥。」簡秋栩見他神色興奮，知道他肯定遇到什麼好事了。

「嘿嘿，李掌櫃說後天帶我出遠門。」簡方樺咧著嘴說道。

「出遠門？去哪兒？」簡秋栩有些意外。「李掌櫃管著泰豐樓，用不著出遠門吧？」

「東家管藥鋪的蒙掌櫃最近家裡有事，出不了遠門。藥鋪現在急需到郢州購買一批藥材，蒙掌櫃去不了，李掌櫃懂些藥理，東家只好讓李掌櫃去了。」

簡秋栩意外地眨了眨眼。「原來李掌櫃還是個全才啊，連藥材都懂。他怎麼帶你去？郢州離這裡挺遠的，來回一趟要大半個月吧？」

「妳哥我有能力，李掌櫃看重我唄！」簡方樺有些小驕傲地說道：「李掌櫃說了，帶我出去外面見識見識。」

「那也是。哥，你是個要當掌櫃的人，是應該到外面多看看。」她哥這人有點精明，人也善學，有李掌櫃帶著他，說不定真能學到點東西。

「嘿嘿，哥也是這麼想的。小妹……」

「小妹，方安平又到造紙廠找碴了！」大嫂羅葵氣喘吁吁地跑了回來。她剛剛去田裡看秧苗，遠遠地就看到方安平帶著不少人往造紙廠去，趕緊回來通知家裡人。

「他真是不死心！小妹，我們快去看看！」簡方樺一直以來很少在家，方安平找族人麻煩的時候未能參與，這會兒碰到了，掄著棍子直接往造紙廠跑了。

造紙廠邊，方安平讓人從池塘下方挖溝渠。

在旁邊守著的簡明仁立即通知簡樂為，簡樂為帶著簡方櫸等人匆匆跑了出來。

「方安平，你們這是幹什麼?!」簡樂為見池塘都要被破壞了，帶著怒意喝道。

「幹什麼？看不出來嗎？」方安平不屑道。

「你憑什麼破壞我族的池塘？」

「憑什麼？我之前不是已經告誡過你們了嗎？你們占用河裡的水，導致村民沒有水澆灌，讓你們趕緊把水還回去。我給了你們幾天的時間，你們竟然不當回事，還占用著村民用來澆灌稻田的水！村民已經告到我這裡來了，作為一村之長，我自然得讓村民都有水澆灌田地。你們不把水還回去，那我就幫他們把水還回去了。」方安平說得大義凜然。

旁邊矮瘦的方嚴附和。「就是！你們簡氏一族的人可真是自私，河水是大家的，你們憑什麼霸占著？」

簡方櫟重重地呸了聲。「你們是眼瞎啊，沒看到河裡那麼多水啊？怎麼，我們族人造紙賺了錢，你們眼紅了？眼紅就自己想辦法賺錢去！村民，什麼村民？一個個都是你們方氏的人吧！」

簡方櫟話一說完，身後的族人都跟著點頭。「對啊，河裡這麼多水，哪裡影響得到你們了？」

方安平瞪了眼簡方櫟他們。「說不夠就不夠，村民們的地都乾著，你們現在必須把水還回去！」

方嚴立即附和。「對，還回去！河水都是大家的，憑什麼讓我們地裡都沒水了，秧苗都快乾死了！」

簡方樺剛掄著棍子跑來就聽到這麼一句，立即回懟。「你們地乾是因為你們懶，不是因為沒河水！方村長，你應該還長眼睛吧？河裡這麼多水你看不到？看不到就代表你瞎了，既然瞎了，這村長一職該換長眼的人來當了。不然河水還沒乾，你們方氏的人就懶得餓死了！」

簡方樺一連串話噼哩啪啦地說了出來，方安平都來不及反駁。簡秋栩挑眉，她哥吵架還是滿厲害的嘛。

「簡方樺，你怎麼說話的！」方安平怒道。

簡方樺冷聲。「怎麼說話？我張嘴說人話！方村長，難道你不僅瞎了，也聽不懂人話了？又瞎又聽不懂人話，村長的職位更加不能勝任了。我勸你趕緊卸任看病去，說不定還有救。」

「你！」方安平被簡方樺懟得一時反駁不過來。

旁邊的方嚴見此又嚷了起來。「你怎麼能對村長不敬？」

簡方樺哼了一聲。「什麼不敬，我只是實話實說而已。只要不是瞎子，都能看到河裡的水。方村長看不到，那不是瞎子是什麼！」

「夠了，簡方樺，我今天大度，不跟你計較。水是屬於全村的，你們簡氏必須把水還回去。」方安平喝道：「每家每戶用水差不多，你們簡氏一下子用這麼多水，這是在占全村人便宜！」

簡方樺一把把棍子插在地上。「方村長今天是一定要我們簡氏把水還回去了？」

「那是當然！」

「如果我們不還呢？」

「不還？那你們就得花錢買用的水！買水的錢，就你們賣紙的四成利潤。」

簡方櫟呸了一聲。「你作白日夢呢！我們族人辛辛苦苦造紙，給你四成利潤？我呸！」

簡秋栩呵了一聲。「看來方村長你不僅又瞎又聾，還是個強盜啊！」

「怎麼，不同意？不花錢買水也行，你們簡氏可以把造紙法子公布出來，讓村裡的每一個人都會造紙，這樣每個人用的水都一樣多，這就公平了！」

在場的簡氏族人一聽，都怒了。

簡秋栩冷笑一聲。這才是方安平的真正目的吧，想得挺美的。「錢我們是不會給你的，造紙的法子我們同樣不會給你。」

方安平咄咄逼人。「不給，那就把水還回來！」說著就指使方氏族人繼續挖溝渠。

簡方樺和簡方櫸兩人帶著族人直接擋在前面，不讓他們動手。

方安平往前一走。「怎麼，你們簡氏的人這是蠻橫到不把村裡人的意見放在眼裡了？不把我這個村長放在眼裡了？」

「蠻橫的應該是你們方氏。什麼全村人意見？這是你們方氏族人的意見！」

「對！蠻橫的是你們！」

「報官！找楊大人！」

方安平輕蔑地掃了眼簡氏族人。楊璞，他現在才不怕楊璞！「挖！」

簡秋栩沒想到方安平這次會如此囂張，一副有恃無恐的模樣。

「這是在做什麼？住手！」一道中氣十足的聲音從一側傳了過來。

對峙的雙方朝來人看過去，是一黑一白的兩人。白衣公子纖弱，黑衣那人卻一臉正氣，此刻眼神嚴厲地看著眾人，正是李九和端長平。

看到兩人相攜而來，簡秋栩眼神閃了下。看來今天不用她想法子了。

聽到端長平喊住手，方安平怒目而視。「你是誰？我村裡的事還用不著你插手。」

「簡姑娘，這是發生什麼事了？」白衣的李九晃悠悠地走了過來。「方村長，你們還是住手為好。」

「李公子，請不要打擾我處理村中事務，繼續挖！」方安平根本就不把端長平和李九放在眼裡。他今天是勢必不讓簡氏眾人造紙了。不給法子，就讓你們造不下去！

「如此囂張之人也堪為村長？」端長平走了過來，一腳踢開了方氏族人手中的鋤頭。「欺壓村民，與惡霸何異？」

「你是什麼人？」看到端長平阻撓，方安平怒目瞪著他。

「端長平——」

「我管你是端長平還是端短平，滾一邊去，別打擾我處理村務，繼續挖！」方安平冷笑。

端長平面色一冷，快速出手，把方安平雙手往後一壓，方安平瞬間動彈不得。「今天這事我偏偏就管了，讓他們住手！」

「你算個什麼東西，敢命令我？」方安平怒道：「你們還愣著做什麼？沒見他對我動手？」

方氏眾人揮著鋤頭就要上來，一旁的簡方樺大聲說道：「方村長，你挺厲害啊，連端將軍都不放在眼裡。」

「誰？什麼將軍？」憤怒的方安平心裡一咯噔。

「端長平端將軍啊，齊王部下。」簡方樺此刻有些幸災樂禍。沒想到端長平竟然會出現在這裡，最好能狠狠地教訓方安平一頓。

剛剛揮鋤頭的方氏眾人一聽，立即害怕地退縮。他們之前見過最大的官是楊璞，楊璞已經讓他們害怕了，更何況是將軍。

「端將軍大人有大量，小人有眼不識泰山……」被拎著的方安平囂張不起來了，瞬間慫了下去。「小人再也不敢了，我們住手，現在就住手，將軍大人有大量……」

端長平一把把他扔了出去。「帶著你的族人離開，以後都不准出現在這裡！」

「小人這就走，現在就走！」方安平擦了擦汗，帶著方氏眾人匆匆離開。跑到簡秋栩看不到的地方，方安平偷偷地朝端長平看了眼。

沒想到簡氏竟然有端長平當靠山，玉扣紙的造紙法子看來是奪不成了。想到那白花花的銀兩，他胸口氣悶，咬了咬牙，恨恨地朝簡秋栩看了眼。不行，再找找羅志綺，說不定她能找到比端長平更厲害的人。

第四十五章

簡樂為見方安平他們走了，向端長平道謝，同時心裡高興極了，沒想到秋栩認識端將軍這麼大一個官，他們以後再也不用擔心方安平了。

「多謝端大人。」看族長眾人已回了造紙廠，簡秋栩感謝道。

端長平擺了擺手。「對付這種惡人，是端某該做的。簡姑娘，我看你們這個村長不像會輕易放棄的樣子，以後他再找麻煩，可以來找我。」

簡秋栩笑道：「那我們就不客氣了。端大人今天怎麼和李公子一起來這裡？」

「上次匆忙離開，沒及時把轉讓文書拿給妳，特地過來跟妳說聲抱歉。端某不知道簡姑娘住處，正巧遇到李九公子，他便帶我過來了。」

一旁的李九點頭。「沒想到端公子是齊王部下，幸會幸會！」

簡秋栩看了他一眼。「哦，真巧。」

李九朝她笑笑。「是啊，真巧。」

簡秋栩轉頭看向端長平。「端大人太客氣了，林大人已經把文書給我們了。對了端大人，你那天匆忙離開，事情都解決了嗎？」

端長平這人性子正直，簡秋栩覺得他值得深交。

「算解決了吧。」聽到簡秋栩的問話，端長平心裡的擔憂又湧了上來。也不知道三公子怎麼樣了。他從小陪著三公子長大，如今沒有跟在他身邊，心中總是不安。

也不知道三公子進入郢州沒有，是否找到了皇上安插在那裡的人手？

「今天多謝端將軍相助。將軍，我們要好好感謝感謝你。」簡方樺乘機說道。

「對啊對啊！端將軍，到我們家去，讓我們好好感謝感謝，李公子也一起。」一旁的簡方櫸也跟著說道，趕緊喊大堂嫂去買菜。

端長平見簡秋栩一家這麼熱情，拒絕不了，便跟著他們回去。

眾人說說笑笑走著，離院門不遠的時候，忽然聽到了簡sir的叫聲。

簡秋栩幾人一聽，以為家裡發生了什麼事，快步走了回去。

院門外，停著一輛華麗的馬車，簡sir攔在門口，一副凶狠的模樣對著馬車叫。

馬車上站著一個婢女模樣的女人，正拿著一個包袱揮著，同時嘴裡有些害怕地叫喊著。

「滾開！快滾開！」

簡sir根本不怕她的包袱，堅定地站在門口擋著。

李九看了眼簡sir。「看來不招狗狗喜歡的不只李某。簡姑娘，妳家這狗真不錯。」

「簡姑娘，看來今天妳家有貴客，端某就不打擾了。」

簡秋栩看了一眼那輛馬車。「抱歉端大人，改天我們再好好謝謝你。」

端長平點頭。「客氣客氣，端某先走了。」

「看來今天李某也沒有口福了。」李九臉上有些遺憾，悠悠地隨著端長平離開。

李九和端長平離開了，簡秋栩和簡方樺、簡方櫸對視一眼。他們已經猜到來人是誰了。今天家裡人都不在，去造紙廠幫忙了，就留簡sir看門，沒想到還留對了。

「她到我們家來做什麼？」知道羅志綺的所作所為，簡方樺和簡方櫸早就把羅志綺當外人了，根本不歡迎她過來。

「等等不就知道了。」羅志綺這人沒有目的是不會回來的。

「欸，家門口怎麼有一輛馬車？」在田裡幫忙除草的簡母、簡父遠遠地聽到了狗叫聲，怕是家裡有事，也趕回來了，看到門口的馬車驚訝了下。

他們說話的聲音大了點，站在車轅上驚慌地趕著簡sir的夏雨聽到了簡明忠的聲音，趕緊朝馬車裡說道：「三小姐，簡家的人回來了。」

羅志綺不耐煩地應了一聲，小姐作態地撩開車簾，抱怨地說道：「爹，娘，你們怎麼現在才回來？這畜生誰養的，攔著不讓我進去。」

看到馬車上的人是羅志綺，鐘玲驚訝後又忍不住欣喜。雖然因為羅志綺不顧簡明忠生死而寒心過，但怎麼說羅志綺也是她養了十四年的女兒，心裡還是記掛著她的。此刻再見到她，心中的欣喜大過於曾經的寒心了。

只是聽到羅志綺的話，她心裡有些不舒服。鐘玲早已把簡sir當成家裡的一分子，聽羅志綺畜生畜生地喊，有些聽不慣。

不過她知道羅志綺的性格，而且這種不舒服的感覺遠遠比不上再見到羅志綺的高興，也就不計較了。

「爹，娘，快把這畜生趕走，牠在這裡，我都下不了車。」看到對著自己叫的簡sir，羅志綺很想下去踢一腳。不過她忍住了，但不由自主就朝鐘玲他們抱怨起來。

簡秋栩聽到羅志綺的話，眼神冷了冷。

「簡舍不凶的，妳下來吧，牠只是不認識妳。」

羅志綺站在車上仰著頭。「不下，快把這畜生趕走，牠嚇到我了。」

「不下就回妳家去！」旁邊的簡方樺冷聲說道。

鐘玲見簡方樺這麼不歡迎羅志綺，有些無措。「這……」

簡秋栩走過來，喊了聲。「簡sir，過來。」

聽到簡秋栩的聲音，簡sir停下叫聲，朝她跑了過去。

馬車上的羅志綺看到簡秋栩，心中冷哼，肯定是她故意的。

半年不見，簡秋栩又長開了不少，這張面容跟前世那鮮豔如花的面容越來越接近，羅志綺心中忍不住嫉妒。再看到她和家裡人相處得不錯，羅志綺忍不住憤恨，長長的指甲狠狠地掐著夏雨。

夏雨忍著痛不敢出聲。

「娘，我先進去了。」簡秋栩沒空站在門口看羅志綺表演，也不想同她一起表演，帶著簡sir進了院門。

一旁的簡方樺和簡方櫸也沒有再搭理羅志綺，一同進了院子。

羅志綺看到簡方樺和簡方櫸理都不理她，立馬一副委屈的模樣。「娘，家裡人都不歡迎我。大哥和大堂哥是不是對我有什麼誤會？他們怎麼都不理我？是不是他們親妹回來了，就不喜歡我了。」

鐘玲張了張嘴，心想，方樺和方櫸他們肯定是因為她把她爹扔在山上的事，他們因為心寒不想見到她也是有理的。她不好說，只是拍了拍她的手。

羅志綺繼續難過又委屈。「看來他們真的不喜歡我了，娘，我應該早點回來看你們的。」

羅志綺絕口不提那天拋下身受重傷的簡明忠一事，站在車上，一副難過不安的模樣。

一旁的簡明忠沒有多大反應，冷淡地說道：「想進去就下車。」說完就走了。

對於羅志綺，簡明忠心中已經沒了憤怒，更不可能有欣喜。在與簡秋栩相處的半年多來，已經徹底接受簡秋栩才是親生女兒的事實。而羅志綺，他已漸漸地把她當成一個外人看待了。

看到簡明忠的態度，羅志綺暗地裡恨恨地咬牙。這簡秋栩真厲害，才短短半年，竟把簡家人都搶到她那邊了。「娘，爹也不喜歡我了，既然不喜歡我，那我就回去了！」

「沒有，沒有，快下來吧！」鐘玲知道羅志綺的脾氣，怕她一氣之下就走了。這樣的話，以後估計就真的再也沒有機會見面了。雖然簡明忠說過，讓她以後不要再想著羅志綺，但是養了羅志綺十四年，這種感情怎麼能說放就放下。在她心裡，她其實還是希望羅志綺跟家裡有聯繫的。

羅志綺跳了下來拉住簡母的手。「娘，還是妳好。」

買菜回來的大堂嫂正好看到羅志綺下車，趕緊把要進院門的羅葵拉住。「羅志綺到我們家來做什麼？她還有臉來我們家！」

羅葵也看到羅志綺了，想到在書店時她那副高高在上的模樣。「鬼知道！肯定不安好心！」

簡家人除了簡明忠夫婦和爺爺、奶奶，都知道羅志綺之前幹的事，看到羅志綺回來，心中立即警惕起來。

羅葵見鐘玲和羅志綺有說有笑的樣子，焦躁起來。「娘怎麼還對她這麼好？」

大堂嫂擔憂。「不行，嬸子心腸好，羅志綺一肚子壞主意，肯定不安好心。我去喊我娘過來，看著點嬸子。」

嬸子哪兒都好，就是心太軟！這種忘恩負義的人，嬸子竟然都能原諒。要是她，早就一掃把把羅志綺趕出去了。

羅葵點頭。「對，妳快去喊伯母，我要回房間把東西都收好。」

雖然知道現在回廣安伯府的羅志綺肯定是看不上她房間裡那些不值錢的東西，但羅葵還是覺得把東西藏起來安全。誰知道羅志綺會不會還像以前一樣，不問自拿。

羅葵匆匆跑過馬車，回了房間。

華麗的大馬車進了院子，正巧，出去玩的幾個小蘿蔔頭從院子後面的小門回來。看到馬車，幾個小蘿蔔頭高興地歡呼一聲，以為來了什麼人，肯定有糖果吃。高高興興跑過來，發現是羅志綺，一個個嘟著嘴跑去找簡秋栩玩了。

見此，羅志綺心中更惱怒了，心中暗罵幾個小孩貧賤貨，見到簡家依舊住著土夯房，家裡擺設是一窮二白，才舒服過來。

華麗的馬車停在了院子中央，襯得簡家更加簡陋。羅志綺心中舒暢，指使著夏雨把車裡的東西拿下來。

從房間裡走出來的羅葵心中納罕。這羅志綺回廣安伯府，難道變大方了？

「娘，看，這些是我帶回來給你們的糕點和蜜餞，可好吃了。這可是只有達官貴人才吃得起的，家裡人沒吃過吧，正好讓大家都嚐嚐。」說這番話的時候，羅志綺的態度忍不住高高在上起來。

幾人聽到了，心裡嗤了一聲。還以為大方了呢，嘖嘖……

「妳有心了。」鐘玲沒察覺她態度的變化，見到都只是吃的，沒有什麼貴重東西，便幫著把東西拿進了大堂。

「娘，爺爺、奶奶他們呢？」羅志綺邊走眼神邊掃過院子。

「妳爺爺、奶奶他們今天過去造紙廠幫忙了。」今天要造第二批紙，竹子殺青去皮工作比較繁瑣，需要的人多，所以族裡閒著的人都去了。

羅志綺聽到造紙廠，眼神閃了閃。「娘，聽說家裡玉扣紙的法子是秋栩妹妹想出來的？」

簡秋栩的生辰比羅志綺小半個時辰，羅志綺口中喊著妹妹，心裡都不知道咒罵簡秋栩幾次了。

鐘玲點頭。「是啊，多虧了秋栩，我們簡氏一族也算有了條出路了。」

「娘，我都沒機會和秋栩妹妹說話，這些我拿給秋栩妹妹吃。她離開伯府這麼久了，肯定想念伯府的糕點。」羅志綺拿過一小籃子紅豆糕，就要進簡秋栩的房間。

鐘玲原本不想讓她進去的，但覺得現在的羅志綺好像改變了一些，如果她能和秋栩處得來，也算好事，於是點頭。

羅志綺拎著一小籃子的紅豆糕，門都不敲就進了簡秋栩的房間。一進門，她原形畢露，不屑道：「從伯府的大房子變成了簡家的土房，占著我的身分享受慣了，住這裡不舒服吧？不過住不舒服妳也得住，妳一輩子都得住這樣的房子！」

簡秋栩掃了她一眼。「對我來說，伯府的大房子還真沒家裡的小土房舒服。不過，我將來住什麼房子，妳做不了主。」

羅志綺冷哼了一聲。「等著瞧吧！」說著，眼神在簡秋栩房間裡亂瞟，看到桌上寫著

「造紙法」三個大字的紙張，她眼睛瞬間一亮，走過去伸手就拿。

簡秋栩拿起桌上用來鎮紙用的木條，把那張紙挑走，冷聲道：「我不喜歡別人碰我的東西，尤其是妳。」

羅志綺不屑地哼一聲。「我偏要拿，妳能怎麼樣？」說著再次伸手。

簡秋栩喊了一聲。「簡sir！」

趴在地上的簡sir立即站起來，朝羅志綺噴氣。生起氣來的簡sir可是很嚇人的，彷彿一頭狼那樣盯著人。羅志綺嚇了一跳，不敢有多餘的動作，恨恨地跑出簡秋栩的房間。

剛好走到門外的羅葵見到羅志綺離開，跑了進來。「小妹，她跟妳說什麼了？她回來肯定不安好心，肯定出去跟娘說妳壞話了。」

羅志綺在家的時候，無數次跟鐘玲說過她的壞話，所以一看到羅志綺的模樣，羅葵就知道她要幹什麼了。

簡秋栩不在意。「放心，娘雖然心軟，但也不是那麼容易就相信她的話。」

果然，羅志綺一臉委屈地跑到簡母面前。「娘，秋栩妹妹好像對我們換回來有意見，她要放狗咬我。」

鐘玲拍了拍她的手。「妳肯定誤會了，妳妹妹很懂事，不會的。簡舍是不熟悉妳，才對妳凶的。」

簡秋栩是什麼樣的人，她是了解的。

羅志綺暗自咬牙。為什麼簡家的每個人都這麼喜歡簡秋栩?!

羅葵往外探了探頭，看鐘玲聽了羅志綺的話，神情沒有什麼變化，點了點頭。「娘果然沒有相信她的話。」

看到大伯母已經過來了，羅葵才放心地轉過頭，見到簡秋栩桌上的糕點。「小妹，這糕點妳不會留著吃吧？妳不怕？」

想到上次羅志綺給簡秋栩下鉛粉的事，羅葵就不敢讓家裡的小孩吃她帶回來的東西。

羅葵說得隱密，簡秋栩明白她的意思。「嫂子，別擔心。她再怎麼恨我，也不敢明目張膽害我。再說了，誰說我要吃她的東西了？」

羅葵聽了才放心。「那這些糕點怎麼辦？」

簡秋栩拿起一塊紅豆糕。「簡sir，來，獎勵你一個糕點，今天幹得真棒！」

簡sir搖搖尾巴汪了一聲，一口接了過去。

「本以為要感謝端將軍，我特意買了這麼多菜，便宜她了。」大堂嫂把大伯母喊過來後，也來了簡秋栩的房間。

「對啊！早知道就少買點。」羅葵也這麼認為。

「不行，我去把曉佳喊來，今天讓她炒菜。」大堂嫂不爽地說道。

家裡做飯最難吃的就是二堂嫂，簡秋栩看著兩個嫂子一副義憤填膺的模樣，覺得有些好笑，想跟她們說把菜做難吃了，她們也要吃的，而且羅志綺估計不只要吃這一頓。不過看她們一副自以為報復了羅志綺的快樂神色，簡秋栩覺得還是不要攔著她們了。

果然如簡秋栩所料，羅志綺以想念簡母他們為由，提出要住一個晚上再走。

「可是……」鐘玲想想家裡的房間，這下有些為難了。「妳有三個人，家裡的房間不夠住啊！」

「娘，車伕我讓他先回去，明天再來接我，就剩我和我的婢女了。秋栩妹妹房間不是有三張床嗎？我住她房間，讓她到別的房間睡不就好了？娘，好不好！」

「不好。」簡秋栩直接拒絕了。「娘，我房間裡東西多，搬來搬去麻煩。而且我房間的床是奶娘和小芮的。讓姊過來跟我睡，她睡姊的房間。」

簡秋栩可不想讓任何人睡自己的床。再說，羅志綺打的可不只床的主意。

「對，這樣好。方檸啊，妳今晚就睡妳姊的房間。」鐘玲覺得這個辦法好。

「可那裡只有一張床，夏雨睡哪兒？」羅志綺不甘，就是想要簡秋栩的房間。

羅志綺這話一出，在場的眾人除了鐘玲，都翻起了白眼。

簡方樺哼了一聲。「愛睡不睡，不睡回妳伯府去！」

羅志綺心中滿是恨意。

不管前世還是現在，簡方樺最關心的永遠不是她。羅志綺咬了咬牙，知道自己再說下去也要不到簡秋栩的房間，為了達成目的，她忍了。

羅志綺一臉委屈地跟著鐘玲去了簡方榆的房間。

「不知道委屈個啥？怎麼，成了伯府大小姐，就不能和婢女擠一張床了？不想擠回伯府去啊，誰逼妳了！」大堂嫂朝羅志綺的背影不爽地說道。

「沒誰逼她，她今晚留下來，肯定別有目的。」羅葵悄聲說道。

「大家提防著點。」

第二天一大早，簡秋栩還沒起床，她嫂子就偷偷地跑了進來。「真是太陽打西邊出來了，羅志綺竟然進廚房了，肯定是想從娘身上打主意，娘可別輕信了她。」

做早飯不需要太多人，早上，覃小芮已經在廚房裡幫簡母的忙了，她不好再擠進廚房裡去。如果自己也進去，婆婆肯定看得出她不放心，想偷聽她和羅志綺的對話。雖然婆婆人好，但這樣做肯定會讓她心裡不舒服，影響她們婆媳的關係。

不知道羅志綺要幹什麼，羅葵有些擔心。昨天有大伯母在旁邊盯著，她很放心，今天這麼早，大伯母還沒過來，只怕簡母一不小心就把香皂和造紙的法子說漏嘴了。

「嫂子，別擔心。」簡秋栩是不擔心的。她娘心腸軟是不假，但也不是個傻子。

廚房裡，羅志綺一進來就朝覃小芮說道：「妳出去，我要和我娘說些貼心話。」

坐在灶臺旁幫忙添火的覃小芮鼓了下臉頰。她怎麼能出去，什麼說貼心話，真要說貼心話，會跑到廚房裡來？不行，她要替姑娘盯著點。「這種粗活怎麼能讓妳做，還是小芮來。」

「這活我家小姐當然不會做了。我來，妳出去。」夏雨進來，把坐在小板凳上燒火的覃小芮擠了下去。

覃小芮瞪了她一眼。

鐘玲看了看。「小芮，妳先出去吧，待會兒再進來。」

小芮是秋栩的婢女，方檸可能心中介意跟自己說的話被她聽了去。

第四十六章

覃小芮放下手中的柴，有些不放心地走開了。她很想躲在廚房門口偷聽羅志綺要說什麼，不過也只是想想，就趕緊去找簡秋栩了。

羅志綺看覃小芮走開了，坐到旁邊的位置上。鐘玲問：「妳要跟我說啥？」

看到鐘玲手中切著的肉，想想昨天吃飯時桌上豐盛的菜，羅志綺暗暗咬牙。簡家現在的生活條件比自己想像得好，早上都能吃上肉了。她在簡家的時候，一、兩個月才能吃上一頓肉，簡秋栩一回來，時時都能吃上肉，憑什麼？

「娘，我已經訂親了。」

鐘玲驚訝。「真的？對方是誰？」

「對方是誰說了妳也不知道，反正以後是大官。我呢，注定是要成為大官夫人的。」羅志綺的語氣慢慢地又高傲起來了。「娘，我親事都定好了，大姊和秋栩妹妹的婚事也該加緊了。」

「妳姊的親事我已經請人幫忙看著了，秋栩的不急。」簡秋栩的婚事，鐘玲自認是做不了主的。

「姊的親事還沒定下？那真是太好了。娘，我這裡有幾個合適的人選，可以從裡面挑。

秋栩妹妹的婚事也不能再拖了，正好，裡面的人也合適她。」羅志綺扯著嘴角笑了笑。

「合適的人選？他們是誰？」鐘玲疑惑。羅志綺怎麼關心起簡方榆和簡秋栩的婚事來了？

「大理司直林大人的小孫子，城門郎李大人的小兒子……」羅志綺一口氣說了四、五個人。

「這些都是當官的吧，我們家他們能看得上？」不是鐘玲自認低人一等，實際就是門戶有別。雖然家裡現在有了些錢，但他們家和這些當官的不同，人家怎麼會看得上他們家的姑娘。

「娘，就是他們有意我才跟妳說的。」沒意又如何，她是廣安伯府的嫡女，總會有辦法讓這些小官、小吏答應婚事。要不是前世知道這些人幾年後不是被抄家就是被流放，日子過得窮困潦倒，她才不會把這些人說出來。

「真的？」鐘玲覺得奇怪，那些人有意找他們這樣的人家，羅志綺怎麼知道的？

「真的，娘，我會拿這種事騙人嗎？我從小在簡家長大，當然也希望大姊能嫁一個好人家。秋栩妹妹從小在伯府長大，嫁到窮苦人家肯定也不適應，這些人正好。娘，這樣大姊和秋栩妹妹嫁得都是好人家了，妳以後也不用操心了。」

羅志綺說得鐘玲有些心動，心想，方檸回到伯府真的變了好多，比以前懂事了。

「這，我得好好想想。」雖然心動，她還是沒有立即答應。

「娘，妳要盡快決定，我晚點就走了，到時候我好回覆他們。」羅志綺見鐘玲沒有拒絕，內心激動。

鐘玲點頭。

羅志綺忍住興奮的笑意，轉頭問起了其他事。「娘，玉扣紙是怎麼造的啊？」

「這個……我也不是很清楚。」鐘玲和張金花主要負責做香皂，很少到造紙廠去，她確實不了解如何造紙。

不過羅志綺覺得簡母在瞞著自己，心裡暗恨。「造紙的法子真的是秋栩妹妹想出來的？」

鐘玲點了點頭。「妳秋栩妹妹聰明，多虧了她，我們族人才有了這賺錢的法子。」

聰明！聰明！她就是不想讓她聰明！這話是什麼意思，是說她不聰明嗎？

羅志綺咬了咬牙。「娘，我還沒見過造紙廠長什麼樣，妳帶我去看看吧。」

鐘玲搖頭。「這可不行，族長規定了，外人不能進去。」

「外人？什麼外人？娘，我是在簡家長大的，不是什麼外人。娘，我只是好奇而已，帶我去看看吧！」

鐘玲拒絕。「方樽啊，這真不行，族長不准的。」

看到鐘玲如此拒絕，羅志綺心裡暗恨，凳子一摔，像以前一樣大哭大鬧。「娘，我才離開了半年，妳就把我當外人了！看來妳一直以來都不疼我，以前疼我都是假的！我訂了親，過兩年就要成親了，成親後可能就沒有機會回來了……我好奇造紙廠，妳都不給我看，是不是我成親後，妳連家都不給我回了？娘怎麼能這樣對我？早知道我不回來了，我都是外人了，回來做什麼？我就不應該念著家裡人！我是外人，外人嗚嗚嗚……」

「這……」鐘玲被羅志綺弄得有些無措。

院外的大堂嫂她們聽著熟悉的哭聲，翻了個白眼。羅葵跑過來跟簡秋栩說：「看看，簡方樽以前就是這德行！娘每次都搞不定她。也不知道她這次要跟娘要什麼，娘千萬別答應她。」

羅葵急得跺腳，簡秋栩給簡sir餵了一塊紅豆糕。「嫂子，不用擔心。」

「我擔心——」羅葵的話還沒說完呢，羅志綺就開心地跑出來了。「謝謝娘！大嫂，秋栩妹妹，娘答應帶我去造紙廠看看，吃完早飯我們就一起去吧！我還沒見過造紙廠長什麼樣，心中實在好奇呢！」

羅葵被羅志綺這聲大嫂喊得一個激靈。這是她第一次聽到羅志綺喊她大嫂，卻喊得她直起雞皮疙瘩！她娘怎麼就答應了？

「這……秋栩啊，方樽說她想看看造紙廠長什麼樣，我只是帶方樽在造紙廠外面看看，不進去，沒關係吧？」鐘玲剛剛心軟就答應了，現在想想，有點後悔了。

「這有什麼關係，不進去就行。」想看就看唄，簡秋栩根本就不擔心。

羅葵聽了簡秋栩的話，更急了。小妹怎麼也讓羅志綺過去，萬一羅志綺學了造紙的法子，那他們族人不就賺不了錢了？

簡秋栩用眼神示意她別急，若看幾眼就能把玉扣紙的法子學了去，這造紙的法子也不用保密了。

「那就好。」聽簡秋栩這麼一說，鐘玲放下心來。

早飯一吃完，羅志綺立即讓鐘玲帶她去造紙廠。

「秋栩妹妹，一起去吧。」羅志綺跑到簡秋栩面前，裝模作樣地就想拉她的手。

簡秋栩一個閃身，喊道：「簡sir，走，帶你去遛彎。」

看到簡sir，羅志綺眼中憤恨的神情閃過，又笑著朝羅葵她們說道：「大嫂，大堂嫂，一起去吧。」

羅葵幾人本想拒絕，簡秋栩說道：「嫂子們，今天天氣好，正好可以順道去看看秧苗。」

幾人聽簡秋栩這麼一說，想到羅志綺萬一到了造紙廠又想進去，怕鐘玲攔不住她，於是也跟著過去。

羅志綺見她們如此聽簡秋栩的話，心中又惱恨起來，只是臉上依舊帶著笑，對一旁的夏雨說：「夏雨，妳是外人，進不去造紙廠，就在家裡等著我。」

「是，三小姐。」夏雨退到了一邊。

一旁想跟著去的覃小芮一聽，立即不去了。家裡就剩幾個小孩，她可不放心讓夏雨一個人待在家裡。

羅志綺見覃小芮停下了腳步，故意說道：「秋栩妹妹，小芮都來家裡這麼久了，原來還是個外人啊，連去造紙廠看看都不行嗎？」

簡秋栩不搭理她的挑撥離間。「小芮，妳在家看著小和淼他們。他們前陣子種的花發芽了，記得帶他們去澆澆水。」

「好的姑娘。」覃小芮應得大聲。「我一定好好看著他們！」

羅志綺心下暗惱，看了眼夏雨，見到夏雨點點頭，才又一臉開心地跟著鐘玲去造紙廠。

造紙廠外，守門的是簡方樺。因為要去郢州，李掌櫃給了他兩天假，他是特地讓族長今天給他守門的，沒想到還真的把羅志綺給守來了。

簡方樺哼了一聲。就說羅志綺回來別有目的，果真是為了紙。他一伸手，直接把羅志綺攔在了造紙廠外面。

「哥，讓我進去看看吧，我只是好奇而已。」看到晾曬在造紙廠正中央，一排排發著光的玉扣紙，羅志綺心裡彷彿看到了白花花的銀子一樣，恨不得現在造紙的就是自己。

「外人一律不准進去。」簡方樺繼續攔著。

「娘！妳看哥，他也把我當外人了！」羅志綺對著鐘玲委屈道。

羅葵和大堂嫂忍不住又翻了翻白眼。簡秋栩一路逗著簡sir，根本就懶得聽她說什麼。

鐘玲兩難。「方樗啊，剛剛不是說只在外面看看嗎？」

「算了，娘，我不讓妳為難。那妳就帶我在造紙廠外面看一圈吧，我以後可能沒有機會回來了，多看看留點念想。」羅志綺一副善解人意的模樣，心中卻冷笑著。不讓她看又如何，這一切都會是她的！

羅葵她們白眼翻得更厲害了。念想？要想有念想就應該多看看家裡，看這裡留念想，鬼才信！不過羅志綺竟然這麼輕易放棄了，這不像她的為人。兩人心中疑惑，不過想不明白，看到鐘玲帶著羅志綺往另一邊走，趕緊跟了上去。

簡秋栩沒有跟著，拿著一根竹枝逗著簡sir，站在一旁與她哥聊天。

「小妹，她到底要幹麼？」簡方樺蹲下去撓了撓簡sir的肚皮。

「哥，她要幹麼你不是都猜出來了嗎？」簡秋栩把竹枝往遠處一拋，簡sir立即屁顛屁顛地跑了出去，重新把它叼了回來。

「她果真是見不得我們家好，娘怎麼看不出來她不安好心？」簡方樺看他娘還真心對待羅志綺，心裡就有些著急。唉，娘就是心腸太軟了。「小妹，娘這樣，妳心裡可別介意。」

看到自己親娘對著養女好，很少有人心裡不芥蒂的吧？

簡秋栩睨了他一眼。「哥，你覺得我是這麼小氣的人？」

簡方樺嘿嘿笑。「當然不是，小妹大氣聰明又會賺錢！」

簡秋栩和簡方樺聊了好久，羅志綺才慢悠悠地走了回來。一回到造紙廠門口，就跟鐘玲說外面太陽太大了，想回家去。

跟在身後的羅葵又翻了個白眼。簡秋栩覺得幾個嫂子一整年的白眼都要翻完了。

「哥，一起回去。」簡秋栩扔掉簡sir叼回來的竹枝，示意簡方樺。簡方樺跑去跟族長說了一聲，跟著她回去。

剛回到院門口，夏雨就跑了出來。「三小姐，馬車來了，我們該回去了。」

看到突然跑出來的夏雨，被簡秋栩牽著的簡sir鼻子動了動，朝她叫了起來。夏雨腳步一頓，又縮回了院子裡。

院子裡，昨天那輛豪華馬車果然已經停在院子中央。

羅志綺一聽她的話，眼睛一亮，急道：「娘，我要回去了。」

「欸，這麼急？」鐘玲有些反應不過來。

羅志綺朝著眾人高傲地說道：「肯定是祖母捨不得我，讓我現在就回去。」

簡秋栩聽到她的話，笑了一下，拉住了一直警惕地朝夏雨叫的簡sir。

「這樣啊，那妳快回去吧。」雖然心中有些不捨，鐘玲還是催促她快走。伯府老夫人喜歡方檸，那真是好事，這樣她就不擔心方檸在伯府過得不好了。

羅葵和余星光聽到羅志綺現在就離開，當即放心下來。走了好，走了以後都不要到簡家來了。跟她裝模作樣的，真累。

「娘，那我走了。」羅志綺踩上車轅下的凳子，看了一眼簡秋栩，又跳了下來。「娘，我跟秋栩妹妹說句話再走。」

「哦，好。」

簡秋栩看了她一眼，羅志綺臉上帶著笑意走了過來，以只有兩人能聽見的聲音說道：「哼，妳所有的東西都是我的，我說過，妳永遠都只能住土房，貧困潦倒地過一輩子。你們簡家所有人都一樣，永遠無出頭之日！」

簡秋栩神色不變。「是嗎？」

羅志綺哼了一聲，大聲地笑著說道：「秋栩妹妹，我走了，下次來伯府找我玩！」

簡秋栩拉了拉簡sir，冷聲道：「伯府我是不會去了。妳走之前，麻煩把我的東西留下。」

「妳什麼意思？」剛剛得意笑著的羅志綺立即委屈地看向鐘玲。「娘，妳看秋栩妹妹，她真的不喜歡我，現在還誣陷我拿她的東西。我在伯府有那麼多好東西，怎麼會看得上她的東西，秋栩妹妹怎麼會是這種人？」

鐘玲有些著急。「秋栩，是不是有什麼誤會？」

簡秋栩沒說話，放鬆了簡sir的繩子，簡sir逼近夏雨汪汪地叫著。夏雨被簡sir凶猛的模樣嚇到了，踉蹌地往後退。

羅志綺很憤怒。「簡秋栩，這是什麼意思？剛剛誣陷我拿妳的東西，現在又用這個畜生威脅我的婢女。娘，妳不歡迎我，也用不著讓她用一隻畜生趕我走！我不用妳趕，我現在就走！」

「方檸，不是……秋栩……」

鐘玲想要解釋，羅志綺才不理她，踩著凳子上了馬車就指使車伕。「我們走。枉我心心念念著家裡，原來你們都不歡迎我，現在還用一隻畜生趕我，我以後再也不要回來了。」

「不是……」鐘玲心中著急。

簡秋栩冷聲。「我說了，走可以，麻煩把我的東西留下。」

羅志綺哼了一聲。「夏雨，上車，走！」

「簡sir！」簡秋栩放開簡sir，簡sir直接朝夏雨撲了過去，緊緊地咬住她的右手。夏雨嚇得大叫。

「這、這……秋栩，快，快讓簡sir放開她！」鐘玲不知道怎麼事情就變成這樣了。

簡秋栩安慰道：「娘放心，只要她把我的東西還回來，簡sir自然會放開她。簡sir的性子妳也是知道的，不會胡亂傷人。」

聽簡秋栩這麼一說，鐘玲鎮定下來，心中不由得疑惑，難道夏雨真的拿了秋栩的東西？

羅志綺見鐘玲沒有把簡sir拉走，怒道：「娘！快把這畜生拉開，我們現在就走，不要攔著我！」

簡sir聽到聲音，咬得更緊了。

「小姐，救我啊！我沒有拿她的東西！」夏雨驚嚇又委屈地喊著，然而掙扎間，一張紙從她的衣襟裡掉了下來，紙上明晃晃地寫著「造紙法」三個大字，還密密麻麻地寫寫畫畫了一些東西。

羅葵迅速跑過去撿了起來。「小妹，這上面寫的不就是我們家玉扣紙的造紙法子嗎？好啊，夏雨，妳竟然偷我們的造紙法！」

簡sir見到紙掉了下來，當即放開夏雨，回到簡秋栩身邊蹲著。夏雨驚魂未定，卻狡辯著。「小姐，我沒偷，這是我剛剛在地上看到的，撿的！」

「撿的？這法子我家姑娘明明藏得好好的，還用東西壓著，怎麼就被妳撿到了？」覃小芮很惱怒。她剛剛一直盯著姑娘的房間，沒想到竟然還是被夏雨偷偷進去了。

羅志綺跳下來，走到羅葵旁邊，一把把紙搶了過去，不以為意地說道：「放得好好的就不能丟了？娘，我看玉扣紙挺好看的，我也喜歡，既然法子被夏雨撿到了，這個法子我就拿走了，回家我讓下人給我造些紙用。」

「不行啊！」鍾玲沒想到羅志綺會做出這樣的事來。什麼撿的，她再傻也知道造紙的法子是羅志綺指使夏雨偷的了。

「為什麼不行？我也是簡家的人，既然造紙法子簡家的人都有，我為什麼不能有？」

「不行，真的不行！」鍾玲心中擔憂極了。這法子絕對不能讓羅志綺拿走。「妳現在姓羅不姓簡，這法子妳不能拿走！」她硬著心腸說道。

「好啊，果然什麼疼我都是假的！造紙的法子我偏要拿走。我實話告訴妳，我就是為了造紙的法子才回來的，不然我才不要回這破落的地方來！喊妳一聲娘，妳還真以為自己是我娘，我娘是伯夫人！」既然到了這地步，羅志綺徹底跟簡家人撕破臉了。

鐘玲驚得一呆。

「妳這是偷盜！」簡方樺對著羅志綺怒目而視。「把造紙法子還來！」

他就納悶羅志綺怎麼這樣就走了，原來是已經偷了法子，難怪急著走。

「什麼偷盜，我只不過拿回你們欠伯府的東西而已！簡秋栩占了我十四年的身分，錦衣玉食了十四年，她欠著我們伯府的養育之恩還沒還。既然這造紙的法子是她想到的，那就當作是她還給我們伯府的恩吧！妳說是吧？簡秋栩。」

簡秋栩還沒回答，簡方樺便怒道：「什麼錦衣玉食，伯府怎樣對秋栩的妳又不是不知道，秋栩可沒欠你們。當初妳們被換，這可都是廣安伯府造成的，什麼欠伯府養育之恩，我們簡家也把妳養到了十四歲！」

羅志綺冷笑。「要不是你們簡家人當初出現在驛站，我會在你們簡家過了十四年？簡秋栩錦衣玉食，而我卻要幹活，連肉都吃不到。你們就是欠我的，簡秋栩就是欠我伯府的！這玉扣紙的法子我今天就拿走了，你們不願意還我們廣安伯府的恩情，那我幫妳還！羅才，走！」

羅才鞭打駕車的馬，馬車飛奔而出，差點撞到了羅葵她們。簡秋栩眼疾手快，把她們拉到了一邊。

「方樗！」鐘玲著急地大喊。「怎麼辦，造紙的法子被她搶走了！」

簡方樺氣急。「追！」

簡秋栩攔住他。「哥，不用了，搶了他們也看不懂。」

簡方樺聽她這麼一說，才放下心來。

「我就說她不安好心！果然！」大堂嫂氣憤地朝著遠去的馬車呸了一聲。「這樣心思惡毒，見不到我們家好的人，以後都不歡迎！」

震驚的鐘玲這才回過神來。「方檸她……方樺你們……」

「嬸子，秋栩怕妳擔心，有些事瞞著妳，可我覺得就不該再瞞著妳了。這簡方檸，不，以後都叫她羅志綺，她心裡可恨著我們家了，尤其恨秋栩，三番兩次害秋栩。上次藥店買到的鉛粉，還有上次王榮貴那事，都是羅志綺指使人做的。」大堂嫂覺得這事不應該再瞞下去了，如果她嬸子早點知道羅志綺的為人，也不會有今天這一齣了。

「這是真的？」鐘玲不敢相信。

簡方樺點了點頭。

「娘，別想那麼多。」簡秋栩知道她娘一時難以接受，也不好安慰她。以前瞞著鐘玲，是因為簡秋栩認為羅志綺不會找上她家人。羅志綺這回回來，簡秋栩不得不讓鐘玲知道她的真面目。有了直接證據，也能讓鐘玲以後提防羅志綺。

鐘玲還是難以接受，站在一旁久久沒有說話。

這頭，羅志綺的馬車剛離開，躲在簡家外面的方安平憤憤地走出來。

昨天他被端長平嚇到了，但依舊不甘心放棄。今天聽到羅志綺回簡家了，於是想來找羅志綺，告訴她簡秋栩認識端長平的事，希望她能找到比端長平厲害的人。

沒想到一來就看到羅志綺與簡家人對峙，他心中欣喜，羅志綺真的與簡家不對付。只是聽著聽著，他聽出不對勁來了。

原來這羅志綺竟然也想要造紙的法子，而且還要獨吞！

他奶奶的！方安平心中憤怒，原來羅志綺只是利用自己，再把端長平的事告訴她，他就是個傻子！

第四十七章

「小姐，簡家人沒有追上來。」夏雨探頭看著車後，驚魂未定地說道。

羅志綺哼了一聲，不屑道：「他們家連牛都沒有，用什麼追？」

現在她拿到了玉扣紙的法子，簡氏的人想繼續發財？作夢！原來鐘玲還是這麼好騙。想著，她得意地打開手中的紙，看到上面的字畫，臉色一怒，咬牙切齒大叫。「這是什麼？上面寫的是什麼?!」

除了紙張最上面「造紙法」三個大字，裡面的字她一個都看不懂！那些字彷彿一個個豆芽菜，根本就不是大晉的字。

「這……」夏雨一看羅志綺的表情就感覺大事不好，緊張地看了一眼羅志綺手中的紙。她識字不多，但造紙法三個字還是認得的。「三、三小姐，我是、我是照您說的拿的。她房間裡只有這一張紙是有字的，其他的都沒有字了，真的，三小姐，我沒有騙您！」

「要妳何用！」羅志綺憤怒地踢了夏雨一腳，把手中的紙揉得稀巴爛。「一定是簡秋栩，一定是她騙我！可恨！」

夏雨縮著身子。「三、三小姐，我們再回去，我、我一定會拿到，真的。」

「回去還有什麼用?!」羅志綺怒吼。她現在已經跟簡家徹底撕破臉皮了，他們怎麼還會讓她回去。

簡秋栩，都是簡秋栩！為什麼她對付簡秋栩，就沒一次成功過？她不是身帶福運嗎？為什麼福運不能讓她心想事成，至今都沒有讓她得到什麼好處。

不行，她要去找那個明慧問清楚，她的福運是不是被什麼人奪了？

「小妹，那張紙上面寫的真的不是造紙的法子？」簡方樺還是有些擔心。

簡秋栩搖頭，給了簡sir一塊紅豆糕做獎勵。「不是，造紙的法子我只寫了一張，給族長爺爺了。」

簡方樺聽她這麼說才放心下來，而後又疑惑。「那羅志綺為什麼要偷那張紙，還認定它就是造紙的法子。」

一旁的覃小芮接話道：「那張紙是昨天羅志綺來的時候，姑娘才寫的。羅志綺昨天進姑娘的房間，估計是看到上面寫著造紙法三個大字，便認為是玉扣紙的法子了唄。」

「哦，小妹原來妳是給她下套。」簡方樺恍然大悟地拍了拍掌。「妳怎麼確定羅志綺會偷這張紙？」

「我們都知道羅志綺回來是有目的的。除了李掌櫃，沒人知道香皂是我們家做的，那她回來自然不會是為了香皂，必定是為了玉扣紙。她進不去造紙廠，沒法從造紙廠那裡得到法子，肯定會想從我這裡拿到法子了。」

羅志綺見不得簡家人有錢，現在知道簡家人靠著玉扣紙賺錢了，她肯定會打玉扣紙的主意。昨天想要睡她的房間，還不是為了能從她房間裡找法子？

「所以妳讓我和堂嫂她們都跟著出去，就是給那個夏雨機會？」羅葵明白了過來。

簡秋栩點了點頭。

覃小芮納悶。「可是我在家啊，我帶小和淼他們去澆水的時候還特地把門給鎖了，她怎麼偷的？姑娘，妳知道她有法子偷？」

「那倒沒有，我也只是猜測而已。」簡秋栩想起上次家裡出現的兩個小偷，那個小偷有個姓黃的妹妹，如果她想得沒錯的話，夏雨就是那個妹妹，估計也跟著那個小偷學了些偷摸的本事。簡秋栩只是給了她機會，沒想到還真偷了。

「簡舍是怎麼知道夏雨偷了法子的？」對於這一點，在場的幾人都好奇得緊。

簡秋栩笑了聲。「我在紙上擦了松香，回來的時候我讓簡sir也聞了松香。」

「簡sir太厲害了！竟然能透過松香知道夏雨偷東西，我今天要給簡sir一塊大肉。」羅葵高興地說道，今天婆婆終於知道羅志綺的真面目了，她以後再也不擔心婆婆還會念著羅志綺了。

簡秋栩笑了下。她嫂子這人平時有些摳門，答應給簡sir一塊大肉，看得出她有多開心。

「小妹，羅志綺知道造紙法是假的，肯定會不甘心的。」

簡秋栩自然知道，不過她倒不擔心。「哥，別擔心。對了，你明天跟李掌櫃去鄖州，路上遇上什麼奇特或少見的東西的話，幫我帶點回來。」

「那行。」提到要去郢州的事，簡方樺又興奮了起來。

其實簡秋栩也想出遠門，看一看大晉的風土人情。不過目前的情況，她沒法出遠門，對他們家造紙法子虎視眈眈的人，估計現在都還蠢蠢欲動。

「三小姐，老夫人請妳先去燕堂。」羅志綺一臉陰沈地下了馬車，羅老夫人的貼身侍女應秋就出現了。

羅志綺此刻心中憤怒，一點都不想去，不過一想到羅老夫人的手段，咬了咬牙，裝作乖順地去了。

燕堂裡，羅老夫人坐在高椅上，閉著眼睛轉著佛珠，聽到羅志綺進來，掀開眼皮看了她一眼。「聽說妳去簡家了？」

羅志綺保持著從花嬤嬤那裡學來的禮儀。「是，祖母，孫女想念養父母了，所以回去看看他們。」

羅老夫人睜開眼。「想念他們？這話妳覺得我會信？東西交給我吧。」

羅志綺佯裝不懂。「東西，什麼東西？祖母，孫女聽不懂，我娘他們沒有東西給我帶回來啊。」

羅老夫人睨著她。「沒有拿到東西，妳會這麼快回來？」

羅志綺忍著怒氣。「祖母不信，可以讓人問夏雨。」

看她死不承認的模樣，羅老夫人看了一眼門口的應秋，應秋搖了搖頭。

羅老夫人瞥了羅志綺一眼，而後閉上眼睛。「好了，下去吧！別耽誤我誦經。」

羅志綺暗自咬牙。死老太婆，竟然也想著玉扣紙的法子，怎麼好東西每個人都要跟她搶！

羅志綺憤憤地回自己院落。路上，遇到了二房的羅志紛，羅志紛故意朝她炫耀自己新打的玉鐲子和與簪子。

羅志綺想想自己現在還沒有一套超過羅志紛的首飾，憤憤不甘。造紙的法子她一定要拿到！

她匆匆去找鄭氏。

鄭氏等了一天了，看到她回來，趕緊問道：「怎麼樣，拿到了嗎？」

羅志綺臉色陰沈沈的。「簡秋栩狡猾，用假的法子騙我！」

鄭氏著急道：「那現在怎麼辦？用伯府恩情要挾她，她肯定也不會把法子交出來的。」

羅志綺咬牙。「那我們用伯府壓她，我不信他們簡氏一個小小家族，敢拒絕伯府的要求。」

鄭氏一聽，擺手。「這不行，我們伯府才解禁，多少人盯著我們？再出錯，妳爹的爵位就危險了。」

鄭氏雖然也想要玉扣紙的法子，但用伯府勢力欺壓人現在是萬萬不可的。他們伯府現在可不能再出什麼么蛾子。

「那現在怎麼辦？」羅志綺心有不甘，但她現在也想不出法子來了。雖然重生了，但她手上除了廣安伯府這張王牌，還找不到其他人當王牌。

「這……讓我想想。」鄭氏站起來，在房間裡走來走去，想對策。

丫鬟來報。「夫人，鄭掌櫃過來了。」

毫無頭緒的鄭氏一聽，覺得說不定能從鄭宣財那裡找到法子。「請他進來。」

看到鄭宣財，羅志綺對他沒有好臉色。

他一進來就問：「堂妹，聽說妳們去了簡家？怎麼樣，有結果了嗎？」

鄭氏搖頭。「不行，用伯府的養育之恩根本就不能讓簡家把造紙的法子交出來。」

鄭掌櫃聽了，一拍桌子，怒道：「忘恩負義的東西！」看來靠伯府是走不通了。「既然她不肯自己把法子交出來，那就逼她交出來！」

羅志綺一聽，立即問道：「堂舅有什麼好法子？」

鄭掌櫃看了她一眼，什麼都沒說，連丫鬟端來的茶都不喝，疾步就走了。

想要獨吞玉扣紙法子，沒門！羅志綺揪著假指甲。

「娘，找人盯著他。」

在家裡想了一番後，鄭掌櫃找上了田掌櫃。鄭氏一族生產的黃岩紙不僅供應和樂樓，也供應太平樓，而且太平樓還占了大頭。如今出了玉扣紙，對太平樓的影響必定不小，田掌櫃肯定對玉扣紙有想法。若能夠讓田掌櫃出手，以他背後東家的實力，逼簡氏一族交出法子就輕鬆多了。

鄭掌櫃臉色擔憂地道：「田掌櫃，我就開門見山了。如今泰豐樓靠著玉扣紙，風頭直逼我們三家酒樓，這樣下去不是辦法，我想找你一起把玉扣紙的法子要過來。」

田掌櫃摸了摸鬍子。「要？鄭掌櫃，哪有這麼好的事？這法子可是隻下金蛋的母雞，哪能說要就能要的？」

鄭宣財聽了他的話，心裡嘲弄。比玉扣紙還難要的法子你田繼元不都要過？這小小的簡氏一族，根本就沒在眼裡吧？

心中雖是這麼想，鄭宣財依舊笑著。「所以這不是找你嗎？有你們太平樓在背後撐著，他們不答應也得答應啊。」

田掌櫃瞟了他一眼。「靠你們和樂樓不就可以？」

鄭掌櫃眼神閃了閃。「這……我們東家不在意這玉扣紙。」

才怪，和樂樓的東家一直眼饞著黃岩紙，只是不好把鄭氏一族的法子搶過來。如果找東家出手，那玉扣紙的法子還能到他鄭宣財手上？

田掌櫃呵呵一笑，也不揭穿他。「如果我沒記錯的話，簡秋栩和廣安伯府有淵源，而廣安伯府夫人是你堂妹。你想要得到法子，找廣安伯夫人不是更容易？」

鄭掌櫃義正辭嚴。「伯夫人重情義，怎麼可能去打這主意？這事她是萬萬不肯的。田掌櫃，現在啊，鄭某只能找你了，如何？」

田掌櫃呵呵笑。「若真要玉扣紙的法子，我太平樓有得是法子拿到造紙的法子，用不著與你合作。」

鄭掌櫃一聽田掌櫃這話，臉色精彩得很。田掌櫃這是想獨吞？「田掌櫃，你太平樓能夠快速拿到法子不假，但是拿到法子以後呢？我鄭氏一族有現成的造紙場地，有熟練造紙的族人，只要拿到方子，我們立即就能造紙；你們不用再重新找人，省了一大筆開支，也能盡快造紙，後續你們撒手不管就能有進帳。最重要的，貴東家不方便直接出手吧？我現在只要貴東家支持，不用你們太平樓的人露面，我就能保證把法子拿到手。田掌櫃，這對你們太平樓來說，是坐著等銀子送上門。怎麼樣，這買賣田掌櫃做不做？」

田掌櫃摸了摸鬍鬚。「聽起來不錯。不過嘛，這利潤怎麼分？」

「四六分，你四我六。」聽到田掌櫃的話，鄭宣財立即報出了他想好的分配法子。

田掌櫃搖頭。「不，你四、我太平樓六，其他免談！」

鄭五五分鄭宣財已經覺得虧了，現在四六，他的心在滴血。但是如果拿不下法子的話，鄭氏一族第一好紙的名聲就搶不回來了，以後失去得更多。想到拿到玉扣紙的法子後，即使四六分也能賺上一大筆錢，於是咬咬牙。「好！」

田掌櫃拍掌。「鄭掌櫃真是爽快之人！鄭掌櫃，我們拿到簡氏一族的法子不難，不過想要一分不出地拿到法子，那是不可能的。我們太平樓也不是那等欺壓良民的酒樓，到時候要出的錢三七分，你七，我太平樓三。」

鄭掌櫃這回臉色不太好了。「這……」這不等於自己花錢買方子白送給太平樓？鄭掌櫃想拒絕。

田掌櫃瞥了他一眼。「鄭掌櫃若不答應，那剛剛談的就算了。雖說拿到法子後還要建造紙廠、找熟練的工人，我們太平樓也不急。」

鄭掌櫃一咬牙。「那就按田掌櫃說的辦。」

兩人初步達成了共識，還簽訂了合同。

有了田掌櫃背後東家的支持，鄭宣財覺得事情已經成定局了。他匆匆忙忙回家讓人做好準備。

雖然利益分出了一大半，心裡有些不甘，但又覺得只要能拿到玉扣紙的法子，能賺到的錢不是他們族裡的黃岩紙可以比的。黃岩紙畢竟有缺陷，但玉扣紙不一樣，它可以長期儲存，以後用玉扣紙代替絹類的人會越來越多。簡氏族人少，造紙少，他們鄭氏可是大族，到時候能夠造出十倍甚至幾十倍多的紙。

想著滾滾而來的錢，他的心就沒有那麼痛了，開始有些興奮。不久，他的家底肯定能厚上幾倍，得好好安排安排，趕緊把法子要過來。

第二天一大早，簡方樺就揹著準備好的行李出門了。

要去郢州，必經萬祀村一旁的官路，簡方樺回家前就跟李誠約好，會在村口等他。簡秋栩帶著簡sir和大嫂一起到村口送他。

剛到村口，李誠的馬車就到了。

簡秋栩朝他說道：「李掌櫃，我哥第一次出遠門，要麻煩你多多照應了。」

李誠擺擺手。「好說好說。」

「小妹，你就放心吧，說不定李掌櫃還要我照應。」

李誠白了他一眼。「你這小子，大話說得比誰都溜，快上來。」

簡方樺嘿嘿笑了兩聲，坐了進去。

「對了，簡姑娘，」馬車駛動的時候，李誠跟她說了一件事。「我收到消息，太平樓、中和樓在偷偷研究妳家的香皂。」

簡秋栩挑眉。「哦，李掌櫃可知道他們有什麼進展了？」

李誠搖頭：「還不知道。若不是要出遠門，我定要好好打探打探。簡姑娘，我有些擔心，香皂這法子怕是保不住了。」

坐進裡面的簡方樺跑了出來，著急道：「他們怎麼能這樣？」

李誠白了他一眼。「什麼能不能？做生意不都這樣？別告訴我你連這點都不懂。」

「可……」簡方樺很是著急。

簡秋栩把他推進車裡。「哥，你就別擔心了。這事你別管了，安心跟李掌櫃去郢州吧。李掌櫃，走吧。」

「那我們就走了。」李誠見簡秋栩如是說，知道她可能有什麼法子，把一直探頭往外看的簡方樺推了進去。「我說你小子，你小妹都不擔心，你擔心啥？一個大男人還不如一個小姑娘。」

看到馬車離開，一旁的羅葵著急道：「小妹，怎麼辦？」

簡秋栩安慰道：「嫂子別急，他們這不是還沒研究出來嗎？研究出來了也不用擔心，沒了這個賺錢的法子，還會有其他賺錢的法子。」

雖然簡秋栩這麼說，羅葵心裡還是著急。他們家好不容易找了這麼一條賺錢的法子，現在就要被人學了去了。她一路憂心忡忡，回去就忍不住告訴家裡了。

鐘玲原本還在為羅志綺一事傷心，現在聽到有人在研究香皂的法子，傷心就變成擔憂了。

「有什麼好擔心的，秋栩不是說了嗎？沒有了它，咱們可以學別的賺錢法子。現在我們家裡用這個法子也賺了錢，我們不貪心。香皂的法子簡單，被學走也是早晚的事。」爺爺說道。

「對啊。」奶奶也說道：「他們把法子研究出來了也沒關係，大不了我們少賺點。」

簡秋栩還挺喜歡她爺爺、奶奶的生活態度，很容易知足。家裡聽爺爺、奶奶這麼一說，點了點頭。確實，他們是貪心了。錢是賺不完的，賺錢的法子也不可能永遠只掌握在他們手裡，沒了這個賺錢的法子，還有其他的。大家想通了，倒也不焦躁了，而是趁著香皂法子沒有被研究出來之前多做一些。

簡秋栩見如此，很是開心，繼續刨她的玩意兒。

她的軌道城已經做了一半，趁著最近清閒，想要多做兩個物件。她的小店每次開門只賣一個東西也不是事，雖然她做的玩具很少見，這樣能保持神秘感，但她還是想讓店裡多一些東西，畢竟這樣才能算是商店。

於是她畫了一些新奇的玩具，讓爺爺他們做，到時候可以一起賣。

郭赤縣縣衙。

鄭掌櫃帶著人找到了縣衙裡的張新，張新乃郭赤縣捕頭。「張捕頭，這事就得麻煩你了！」

張新暗地已經得到了指示。「鄭掌櫃客氣，小人一定幫你把東西要回來。來人，隨我去萬祝村。」

他身邊的捕快楊文華低聲道：「張捕頭，這事不用跟楊大人說嗎？」畢竟楊大人是郭赤縣的縣令，有事都要經過他。

張新想到了昨天授命於自己的人，那人的主子根本就不是楊大人能阻擋的。「不用，帶人隨我來。」

楊文華聽命於他，只能去喊人。不過心裡覺得不對，想了想，還是偷偷進了楊璞的辦公處。

「大膽張新！竟敢擅作主張，隨我來！」楊璞怒而拍桌，剛走兩步，一支箭破窗而入，正插在楊璞前方半尺處。

楊璞猛地頓住。

楊文華緊張地拔刀。「大人，您沒事吧？」

楊璞搖了搖頭，拔出那支箭。箭上有一張小紙條，上面寫著四個字：此事勿管！

紙條上雖然只有這四個字，楊璞卻心跳加速，因為上面有個印記，那是宮中侍衛才有的印記。

是誰讓他不用管？難道是宮中那人？

楊璞拿著紙條若有所思，坐回椅子。不管是宮中何人不讓他插手，這事他是不能管的了。

楊文華疑惑。「大人，您不去了嗎？」

楊璞搖頭。「不去了。你跟著張新去，有什麼情況隨時匯報於我。」

「是！」

第四十八章

此時，簡秋栩正被幾個小孩纏著講午睡故事，大堂哥飛跑了回來。「二叔，小妹，不好了！張捕頭帶人把我們造紙廠給封住了，說我們造紙犯法，族人都被趕出來了！」

「犯法？犯什麼法？」大堂嫂幾人驚得站了起來。「小妹？」

對於法律，此時農人沒幾個精通的，聽到官府說他們犯法，自然覺得自己可能真的犯了法，心中焦急。

「之前不是好好的嗎？怎麼現在卻說犯法了？」奶奶擔心地說道。

「奶奶，別擔心，我們沒犯法。走，我們過去看看。」大晉的律法她可是熟讀過的，他們的造紙廠可沒有犯哪條法律，只不過是該來的果然來了而已。

家裡人聽簡秋栩這麼一說，鎮定了下來。他們是很相信簡秋栩的話的，既然她這樣說，那他們肯定沒有犯法。那張捕頭為什麼帶人封了他們的造紙廠？

「小妹，我們現在該怎麼辦？」

「怎麼辦？當然去看看他們說我們怎麼犯法了？走！」

去造紙廠的路上，簡秋栩跟簡方櫸了解了情況。

張新帶著十名捕快把他們簡氏的族人都趕了出來，守著大門，不讓他們進去，更不讓他們拿造紙廠裡的任何東西。

簡秋栩和家人匆匆地趕到了造紙廠。

廠外，族長簡樂為帶著族人站在外面，臉上都是緊張和不安，有些人還帶著怒氣。族長大聲地跟一個穿著與捕快有些差異的人說著什麼，而他們中間，站著簡秋栩認識的鄭掌櫃。

看到臉上帶著志在必得神色的鄭掌櫃，她心裡已經明白了。

恰巧，得到消息的方安平幸災樂禍地帶著幾個方氏的人過來了。簡氏一族造紙的法子他得不到，那他們的法子被別人搶了也是好事一件。他們方氏賺不了錢，你們簡氏也別想賺錢！

方安平得意洋洋。「張捕頭，我是萬祝村的村長方安平，不知道簡氏一族犯了什麼大罪？」

「沒你的事，一邊去。」張新掃了他一眼，就讓他閃一邊去。

幸災樂禍的方安平心裡一下子就有氣了。他好歹是一村之長，這張新也太囂張了。不過想到張新他們今天是來對付簡氏的，他忍了忍，決定在一旁看戲，有機會再落井下石。

「張捕頭，我簡氏一族兢兢業業，遵紀守法，從未做犯大晉法律之事。你一來就說我們造紙犯法，請問我們犯的是大晉那一條律法？」被趕出來時，簡樂為和其他族人一樣迷茫和擔憂。最近一段時間，他也慢慢熟讀大晉律法，剛剛冷靜下來一想，他們根本不可能犯法。

今天張新帶著人來封他們的造紙廠，肯定是為了造紙法來的，他們簡氏一族定不能這樣平白就被誣陷！

「犯的哪條法律，你們簡氏一族不知道嗎？別揣著明白裝糊塗！」張新嚴厲地說道。

簡秋栩上前一步，冷聲道：「我們沒有犯法，當然不知道犯的哪條法。張捕頭既然說我們犯法，那請你明示，好讓我們也知道我們犯了你口中的什麼法？」

「嘴尖舌巧！」旁邊的鄭掌櫃看到簡秋栩，哼了一聲。「張捕頭，他們既然不承認，那就麻煩你了。」

張新冷聲問道：「我問你們，你們簡氏一族的造紙法子從何而來？」

一旁的方安平喊道：「對啊，從何而來？」

簡秋栩心中明瞭，冷聲道：「造紙法子乃是我想出來的，有什麼問題嗎？」

果然，該來的來了。

「妳想的？」聽到簡秋栩的話，張新冷笑一聲。「如果我記得沒錯，妳從小癡傻，從未接觸過造紙，妳能想得出來？妳這個法子是竊取他人的，竊取他人法子造紙，這便是你們犯的法！」

方安平大叫。「我就說簡氏的人怎麼就突然會造紙了，原來是偷別人的法子。張捕頭，你可得依法處理！」

「胡說，別誣衊我們！造紙的法子就是我小妹想出來的。」簡方櫸雙眼一瞪，恨不得把方安平嘴巴縫上。

「怎麼，你們偷了別人的法子還不能讓人說了？張捕頭——」方安平和方氏其他人上竄下跳的，恨不得張捕頭現在就把簡秋栩等人抓了。

簡秋栩大聲說道：「張捕頭，你憑什麼認為我想不出造紙的法子？我以前是癡傻，可如今我已經好了。」

簡方櫸點頭。「對啊，我小妹已經好了，能看書、能寫字，憑什麼不能看書想出造紙法子？」

張新嗤笑一聲。「如此造紙密方，怎麼會寫在書上？」

簡秋栩看了他一眼。「誰說我是從書上看來的？」

張新冷笑一聲。「妳這是招了？既然造紙的法子不是從書上看來的，那就是偷竊別人的了。」

簡秋栩嘲諷。「張捕頭，你誣陷的話張口就來，就是這樣斷案的嗎？大晉的官員若都像你這樣，我們大晉還有什麼清明可言！」

張新怒瞪。「妳……妳不是從書上看到的，那就是盜竊別人的！妳還要做什麼狡辯？」

簡秋栩聽了他的話，心中冷笑。「張捕頭，你可知這世上還有腦子這一物嗎？我不是從書上看到的，難道就不可以是自己想出來的嗎？張捕頭你想不到，不代表我想不到。張衡造地動儀，蔡倫造紙，戰人發明司南……請問這些從未出現的東西是他們盜竊別人的嗎？他們聰明，能造出別人做不成的東西，我為什麼就不能？你照本宣科，不得創新思考，不代表我也一樣。玉扣紙的法子就是我想出來的，我們族人造紙，可沒有犯大晉哪條法律。張捕頭，我看你還是去查查那個跟你說我們盜竊他法子的人，可不要被他騙了，冤枉了好人！」

「嘴尖舌巧！」張新怒瞪簡秋栩。「妳說得再天花亂墜，也掩蓋不了盜竊他人造紙法子的事。」

「張捕頭這是不管如何都要認定我的法子是盜竊別人的了？那我請問，我盜竊何人的？」簡秋栩就想知道，對他們玉扣紙垂涎欲滴的都是誰。

「妳的法子盜竊鄭氏一族的！對此罪名，還有什麼可說？」張新冷冷地說道，他沒想到簡氏一族還有這樣不怕當官的，以勢壓人，竟然沒成功。「來人，把他們都帶回去！」

話一出，在場的簡氏眾人都有些慌亂，簡方櫸等人攔在了簡秋栩面前。

「鄭氏一族？張捕頭，我們從未見過鄭氏一族的人，何來竊取？」簡秋栩冷笑，果真是鄭掌櫃。「張捕頭無憑無據，上來就給我們定了罪，子虛烏有的事情，莫不是想要讓我們屈打成招？雖然郭赤縣在京城郊區，但也算天子腳下，張捕頭如此行事，不怕我們告到當今聖上面前去？」

看張新囂張的模樣，簡秋栩估計他背後有很大倚仗。楊大人一個小縣令，剛升遷不久，為官也算清正，必然不會也不敢做出這種搶奪法子的事，張捕頭背後之人肯定不是他。而鄭掌櫃的鄭氏一族也沒有什麼當官的人，鄭掌櫃和張新如此，背後肯定還有他人。

聽到簡秋栩說要告到聖上面前，張新心裡咯噔了一下。他忘了這件事，郭赤縣離大興城只有幾個時辰的距離，若簡氏的人想要告到城裡去，他是攔不住的。此刻他突然覺得自己有些頭腦發熱了，只想著升官發財，沒想到簡氏會告到城裡。他心裡有些退縮，看了鄭掌櫃一眼。鄭掌櫃朝他使使眼色，用手指做了一個升的動作。

看到鄭掌櫃的動作，張新心一橫。簡氏族人未必真敢告到京裡去，讓他幫忙的那人應該也不會給他們告到京裡去的機會，賭一把，完成這次的任務，他也能升職了。「告到聖上面前又如何？證據確鑿的事，容不得妳狡辯。來人──」

「證據確鑿？確鑿在哪兒？如今都是你的一面之詞！」大伯他們氣憤地說道。

張新眼睛一瞪，擺出他平常捉拿犯人的氣勢。「我說有證據就是有證據，沒有直接讓人押著你們回衙門已經算客氣了！來人，既然他們死不認罪，把他們統統押回衙門，讓大人給他們定罪！」

那些捕快走了過來，簡方櫸和大伯他們攔了上來，雙方對峙間，簡方櫸還是被兩個捕快扭住雙手。

簡秋栩看到大堂哥要受傷了，冷冷地喊道：「放開！」

「帶走！」張新扯著嘴角喊道。

簡氏族人見此，紛紛過來攔住了張新和那些捕快。

張新喝斥。「你們都閃開！你們這是妨礙公務，再攔著，你們簡氏一族一個都跑不了！」

「放開！」

簡氏族人和捕快拉扯著，場面很是混亂。

一旁的鄭掌櫃見勢差不多，悠悠地站了出來。「別急，別急，你們不想被抓去縣衙也可以，只要你們把造紙的法子還回給我，我就撤銷對你們簡氏的控告。」

鄭掌櫃和張新只不過想要威逼簡秋栩他們把法子交出來而已，不會真的把簡秋栩他們抓回衙門。若真抓回去，楊璞必然會插手，到時候他們根本沒機會逼簡秋栩交出造紙法子。原以為官差都來了，簡氏的人會怕，會很快把造紙法子交出來，沒想到這個簡秋栩竟然這麼難纏。

「還給你？你說法子是你的就是你的？你有什麼證據？」簡方櫸憤怒地說道。

鄭掌櫃冷著臉。「我鄭氏一族多年造紙，只有我鄭氏一族才能想得出這樣的法子，這就是證據。」

簡秋栩聽到他說出這樣的證據，如此厚顏無恥，笑出了聲。「若這法子是你們鄭氏一族想出來的，為什麼這麼多年來，你們鄭氏不造玉扣紙？」

鄭掌櫃瞪著眼。「還不是被妳偷了！」

簡秋栩冷笑。「我偷？我何時偷？何地偷？我連你們鄭氏的人都不認識，從誰身上偷？」她倒想看看，他能編出什麼花來。

鄭掌櫃怒道：「張捕頭，你看，她又撒謊了！廣安伯府夫人乃我堂妹，簡秋栩從小在廣安伯府長大，我鄭氏族人與廣安伯府多有來往，她怎麼會不認識我鄭氏族人？玉扣紙的造紙法子乃我族叔所創，十個月前，族叔到廣安伯府參加宴會，不慎法子被偷，尋找多日未果。族叔多年來為了這法子嘔心瀝血，終於成功了，沒想到卻被偷了。自法子被偷後，大受打擊，半年前便過世了。我們原以為找不到了，沒想到是被簡秋栩所偷。張捕頭，請你一定要幫我把玉扣紙法子要回來，以告慰我族叔在天之靈。」

張新點頭。「一定！」

一旁的方安平聽此，忙不迭地喊道：「我就說簡氏的人怎麼莫名其妙就會造紙了，原來真是偷的。人家鄭氏一族多年造紙，花了這麼多年才想出玉扣紙的法子，你們簡氏竟然把人家的法子偷了，不僅偷了，還把人家族叔害死了，你們簡氏真是缺德！」

鄭掌櫃乘機說道：「只要你們把我族叔的玉扣紙法子交出來，我族叔的死我也不追究了。」

張新喝道：「你們交還是不交？」

簡秋栩冷笑。「呵，真是笑話！」

簡方櫸也跟著說道：「就是笑話。」他要氣死了，這些人這麼明目張膽地來搶法子，一個個地都不把王法放在眼裡。

張新瞪眼。「看來你們是不肯了。」

鄭掌櫃悲憤道：「張捕頭，請為我鄭氏一族做主啊！」

張新怒視簡秋栩等人。「既然你們不肯把造紙法子歸還給鄭氏一族，那我們就只能把你們全部押回縣衙。你們簡氏一族盜取鄭氏一族的證據，我已經交給了楊大人，楊大人已經核對了證據。我相信，只要你們到了縣衙，楊大人必定給你們定罪，牢獄之災是少不了了！」

方安平一喜。「抓，大人，把他們都抓回去！」

簡氏族人一聽，神色不太好了，聽到張新說楊大人相信了證據，心中突然不知道該信誰的話，有些無措。

鄭掌櫃「好心」勸誡道：「簡姑娘，我勸妳還是快點把造紙法子還給我，不然到了公堂，妳的牢獄之災就免不了了。」

簡秋栩笑了一聲。「哦，是嗎？坐牢我倒不怕。不過你們放心，就算誰坐牢我都不會坐。這事情本來就應該由縣令判決，正好還可以聽聽你們口中楊大人得到的證據。」

這兩人當她是三歲小兒，還是嚇一嚇就能把東西交出去的小老百姓？民怕官，不好意思，她還真不怕。況且，他們真要把她和族人押到衙門早就押了，何必演半天的戲。

鄭掌櫃和張新對視一眼。都把縣令抬出來了，這簡秋栩竟然還不怕。他們肯定是不能帶她去縣衙的了。張新眼神示意鄭掌櫃接下來該怎麼辦？鄭掌櫃自然不甘今天就這麼回去了，看來他小瞧這個簡秋栩了。

他往不遠處做了個手勢。

「張捕頭，不是要去衙門嗎？走啊？」簡秋栩看了眼張新和鄭掌櫃，心裡一點都不急，但看到鄭掌櫃的動作，眼神閃了閃。

「妳一個被告之人，竟然敢命令我？」張新還在等著鄭掌櫃接下來的動作，見鄭掌櫃還沒反應，走也不是，不走也不是，但又不能讓簡秋栩他們知道自己不敢把他們帶回縣衙，於是大聲喊道：「把他們都押起來！」

「這是做什麼？」一道慢悠悠的聲音從眾人身後傳來。

眾人一回頭，就看到一個穿著錦衣的胖胖身影不緊不慢地走了過來。

簡秋栩眼神閃了一下。太平樓田掌櫃。難怪，該來的都來了吧？

「鄭掌櫃，我看你是誤會了。」田掌櫃摸了摸自己的鬍鬚。

看到田掌櫃出來，鄭掌櫃心中疑惑。他跑來做什麼？不是說這事讓他出面嗎？這話又是什麼意思？

「怎麼回事？」張新也一頭霧水，不明白田掌櫃怎麼跟他們反著來了。

田掌櫃呵呵道：「鄭掌櫃，如果我沒記錯的話，十個月前，簡家姑娘還是個癡兒，怎麼會去偷你族叔的法子？我看啊，十有八九是你族叔自己把法子弄丟了，被簡家姑娘撿到了。人家只是撿到了造紙法，又不是偷的，何必出動官差。」

簡秋栩心裡呵了一聲。

鄭掌櫃眼珠子一轉。「撿到了，那也是我們鄭氏一族的東西，既然是撿的，那就得歸還！」

簡方櫸忍不住呸了一聲。

田掌櫃摸了摸鬍鬚。「撿的當然要歸還了。不過鄭掌櫃，人家之前也不知道撿的是誰家的東西，自己用了也不為過。簡氏一族為了造紙也花了不少精力和錢財建了造紙廠，如果就這樣還給你了，他們當然不願意了。」說著轉向簡秋栩。「簡家姑娘，不然你們族人建造紙廠花的錢讓鄭掌櫃出了，這造紙的法子就還給他？」

鄭掌櫃一聽田掌櫃的話，就知道想要不出錢逼簡家人交出法子是不行的。「我給你們族人一千兩，這個價錢，足夠你們建十個、八個造紙廠了，麻煩妳把法子還給我。」

簡秋栩挑了下眉。這是一計不成換一計了？田掌櫃是準備唱白臉了？她只是看了他一眼，沒說話。不好意思，她不喜歡唱戲，只喜歡看戲。

對於簡秋栩的反應，田掌櫃呵呵笑了笑，好似不在意。「簡家姑娘，妳看如何？這玉扣紙的造紙法子雖然是妳撿的，但怎麼說都是鄭氏家族的，是鄭掌櫃族叔用命研究出來的。他現在用一千兩買回玉扣紙的法子，於情於理，妳都得把法子還給他，這樣你們也不吃虧。」

一旁的方氏眾人聽到一千兩，心裡嫉妒得要死。

簡秋栩心中呵呵笑。「田掌櫃，你這是長了千里眼還是順風耳，從哪裡聽到、看到這法子是我撿的？你嘴皮子一張，就跟張捕頭一樣給我定了罪，厲害啊！這玉扣紙的法子就是我想出來的，我不會賣。」

田掌櫃呵呵笑。「鄭掌櫃啊，看來簡家姑娘不滿意你補償的錢。」

鄭掌櫃瞪了瞪眼，態度立馬低了下來。「妳要多少錢才肯把玉扣紙的法子還給我？這是我族叔摸索出來的，族叔過世時不瞑目，就等著拿它回去慰藉族叔在天之靈。簡姑娘，就請妳把造紙法還給我吧！」

他的話一落，旁邊的方氏又嚷了起來。「缺不缺德，人家族叔都死不瞑目了，還不還給人家？」

嘖嘖，法律威逼不成，現在用道德威逼了。

「聽起來是挺可憐的。」簡秋栩道：「這樣吧——」

鄭掌櫃一喜。「簡姑娘是願意把法子還給我了？」

「要多點錢。」

「要多少錢簡姑娘才能把法子還給我？」

簡秋栩眼皮一抬。「法子是我想出來的，何來還？我只是想告訴你，清明的時候你多給你族叔燒紙，說不定他就瞑目了。」

「妳……」鄭掌櫃咬牙。

剛剛還焦急的簡方櫸等人看到鄭掌櫃被簡秋栩捉弄，很不厚道地笑了出來。

「你們簡氏的人真是夠缺德的，人家族叔都死不瞑目了，還不肯把別人的東西還回去，臭不要臉！」方氏的人嚷道。

「你們才臭不要臉！」大堂嫂罵了回去。

「看來簡家姑娘是真的不願意把法子還回去了。」田掌櫃神色有些遺憾地說道：「簡姑娘，如此為人，這是大不義啊！」

鄭掌櫃一副傷心的模樣。「簡家姑娘難道連讓鄭某告慰逝者都不成嗎？」

簡秋栩呵了一聲，既然已經知道了是誰覬覦造紙法，沒必要再跟他們糾纏下去了，浪費時間。「鄭掌櫃，你也別在這兒用族叔當由頭了。想要玉扣紙的法子告慰他，我看是行不通。造紙的法子根本就不是他想出來的，鄭掌櫃把玉扣紙的法子燒給他，閻王殿判官看著，他也不敢接。到時候不僅是死不瞑目了，說不定還得下個十八層地獄。」

「妳——」

簡秋栩見他氣得臉都發紅了，拿出了文書。「忘了告訴你，這法子我早已獻給朝廷，如今我們簡氏只有製作權，並無轉讓權。你想要得到玉扣紙的法子，找錯人了，你得找當今聖上。鄭掌櫃如此孝順老人，想法子跟皇上要，也是應該的。只不過這皇上的東西，燒了，你們那逝者怕是更不敢接了。」

看著簡秋栩手中的文書，鄭掌櫃有些懵了。轉讓文書他看過很多，自然知道這做不得假，上面明明白白地寫著玉扣紙的造紙法已獻給朝廷，簡氏一族擁有玉扣紙的造紙權利。難怪簡秋栩不怕衙差，原來是早已做了準備。

真要逼，也逼不出什麼來，他們這一行失敗了。鄭掌櫃狠狠地哼了一聲，甩著衣袖，心有不甘。「你們把法子獻給朝廷又如何？這個法子是我鄭氏一族的，我們一定告到朝廷，把法子要回來！你們簡氏一族就等著被判欺君之罪，坐大牢吧！」說著，恨恨地甩著衣袖走了。

田掌櫃笑著摸了摸自己的鬍子，看了簡秋栩一眼，也悠悠走了。

而張新心中納悶。這是要抓人還是不抓？就這樣放棄了？那允諾給他的升職還算不算數？看著走遠的鄭、田兩人，張新前後踱了幾步，趕緊帶著人追了上去。

「哼，一個個都不懷好意。小妹，多虧妳早早把法子獻了出去。」簡方櫸朝遠去的鄭掌櫃和田掌櫃吐口水。

「可那個鄭掌櫃好像還沒放棄，他不會再出什麼花招吧？」大嫂擔憂地說道。

「嫂子別擔心，他不放棄更好。族長爺爺，下次賣紙的時候，把所有的紙都一起賣了。」之前造的紙量少，堆積了一些，既然狼都出來了，得讓他們見到更多的肉，才能不怕阻礙地往前衝，不然她絞盡腦汁想的那些條約不就浪費了？

第四十九章

「不是說這事我出面就好嗎？你怎麼過來了？」走了不遠，鄭掌櫃越想越氣。「你為什麼說法子是那個簡秋栩撿的？只要認定是她偷的，我就不信逼不出她手裡的法子！」

有了轉讓文書又如何，只要認定法子是她偷的，那個轉讓文書也會到他的手上。

剛剛還笑咪咪的田掌櫃冷聲道：「我今天不來，事情就被你鬧大了。鄭掌櫃，我太平樓答應和你一起，不是讓你用這種手段的。我之前就說過，想要法子，就得花點錢，你想一毛不拔就把法子拿到手，也不看看這是哪裡。這是京郊，不是可以任由你胡來的地方，如此肆無忌憚，明目張膽行事，隨時都可能傳到朝廷之上。你不要聲譽，我東家還要聲譽！」

田掌櫃和鄭宣財認識多年，自然知道他是什麼人。這些年，鄭宣財仗著和樂樓東家的勢力，在外囂張慣了，也搶了不少人家的秘法。但那些人都遠離京城，事情很難傳到京城，那樣行事倒也無所謂。但此刻簡氏一族就住在京郊，現在還這樣做，一不小心就不好收場。要不是他收到消息過來，以簡秋栩的性子，事情肯定會鬧大了。

「我怎麼知道這個簡秋栩如此難纏？」鄭掌櫃咬著牙說道。以往用這種法子對這些農家子，那是一個對一個準，沒想到今天一點效果都沒有。「她一個農家女，怎麼有法子把玉扣紙獻給朝廷？現在怎麼辦？」

田掌櫃瞥了他一眼。「既然法子已經獻給了朝廷，這事我就不跟你摻和了。」

田掌櫃想了想，決定退出計劃。玉扣紙和朝廷掛上了鉤，他們太平樓不好再插手，此刻正是他們東家的關鍵時刻，絕不能因此暴露了。

鄭掌櫃聽他這麼一說，有些急了。「別啊，田掌櫃……」

田掌櫃擺手。「好了，你不要多說了。此事我太平樓退出，我們東家小少爺過來了，我要去迎接他，鄭掌櫃，告辭！」

鄭掌櫃急聲。「田掌櫃！田掌櫃！」

看著田掌櫃走遠，鄭宣財又氣又不甘。

眼看張捕頭帶著人走了，而簡氏一個人都沒有被抓走，方安平心中很是不甘，不安好心地說道：「哼，你們簡氏如此缺德，我要讓所有的人都知道。你們就等著被人唾棄，抓入大牢吧！」

簡方櫸朝他呸了一聲。「我們簡氏一族清清白白，才不怕你！」

「哼！」方安平朝著眾人哼了一聲，囂張地離開了。

「方安平他們肯定到處亂說。」鐘玲還是有些擔心。雖然她沒讀過書，但也知道人言可畏，萬一方安平到處瞎說，別人相信了，他們簡氏一族的名聲就受損了。

「娘，別擔心，造謠在大晉也是犯法的。」簡秋栩才不怕他到處瞎說。雖說大晉的誹謗所指的對象是帝王、官吏，但玉扣紙的法子已經獻給朝廷，若方安平在外面造謠得厲害，她有得是辦法讓他的造謠誹謗跟朝中某個官吏聯繫起來。

「真的？」簡母沒聽過造謠是犯法的，因此有些意外。

簡秋栩點頭。

「那就好。」聽女兒這麼說，簡母才放下心來。

簡秋栩見她放下心來，轉頭對簡樂為他們說道：「好了，族長爺爺，爺爺，沒事了，大家回去繼續做工吧。」

「好了，大家都進去吧。」簡樂為招呼著族人進廠。

剛剛慌張的族人見此，放下心來，依次進了造紙廠。

簡母看著鎮定下來的族人，突然意識到，自從簡秋栩回來後，她慢慢變成了家裡和族裡的定心丸。她這兩天因為簡方櫸偷偷難過的心突然就想開了，簡方櫸已經和簡家沒有任何關係，她不應該惦記著她了。這十四年來沒有把她教好，她是有過失，但或許血緣和性格也有關係。同樣的教育方法，大兒子和大女兒長得那麼好，連從小癡傻的秋栩，性格也是一等一地好。這些年來，她能做的都做了，也沒有虧欠過她，唉，希望她以後能過得好吧……

簡秋栩發現她娘的神色突然就釋然了，雖然不知道她娘怎麼就想通了，簡秋栩還是很開心。她娘這人性格軟，想得多，簡秋栩就怕她想不通把自己憋出病來。她走過去摟住她的手。「娘，沒事了，我們也回去吧。」

「二姊！」下了學聽到風聲的簡小弟氣喘吁吁地跑了過來。「二姊，聽說張捕頭帶人來抓我們族人，沒事吧？」

簡小弟跑太快了，沒站穩，簡秋栩伸手拉住他，拍了一下他的小腦袋。「有你二姊在，能有什麼事？對了，今天怎麼下學這麼早？」

簡小弟大口吸了幾口氣。「我本來還想問夫子問題的，找不到夫子了，所以我就回來了。」

簡秋栩挑眉。小弟怕不是把夫子問跑了。「今天問不到，明天再問。回來早正好，走，跟二姊去摘一些筍。」

立春已過，春筍也多了起來，既然出來了，她打算摘些回去炒臘肉。

簡秋栩讓簡母跟大堂嫂她們先回去，帶著簡小弟往竹林去。

簡小弟跟在她身後，忍不住問道：「二姊，他們跟我說那個鄭掌櫃也過來了，是他想要搶我們的玉扣紙吧？」

簡秋栩點頭。「你腦子靈光，是他。」

簡小弟拉了拉她的手。「二姊，他肯定不會放棄吧？我剛剛回來的時候在路上遇到里正了，里正還帶著一個人，我見他們偷偷跟著那人走了。」

簡秋栩瞭然。剛剛鄭宣財朝不遠處打招呼，是想把里正和他身邊的人叫過來逼迫她？

「二姊，他們下次再來怎麼辦？」

簡秋栩彈了一下他的腦門。「小孩子別想那麼多，好好讀書。好了，跟我挖筍去。」

雖然春筍早上挖才好，但萬祝村筍多，吃竹筍的人少，隨時都可以挖到嫩的，所以也就不分早晚。簡秋栩帶著簡小弟在竹林邊上輕易就挖到了兩棵嫩竹，很快就回去了。

「汪！汪！」離家還有一、兩百公尺，簡sir嘹亮的叫聲響起。

簡秋栩一聽，就知道肯定有不受歡迎的人出現在她家門口了。

「二姊，原來是李公子。簡舍怎麼老是朝李公子叫？」聽到簡sir叫聲，簡小弟就拉著她快速往家裡跑。

大院外，一身白的李九不停地往後退。院子裡，威風凜凜的簡sir警惕地看著他，不停地朝他叫。簡方榆有些不好意思地看著李九，拉著簡sir回去，可是簡sir並沒有聽她的，一直拖著她往前走，還朝李九齜牙。

她姊看著被簡sir一步步逼退的李九，自己又被簡sir拖著走，臉上的表情有些尷尬。

「簡sir！」簡秋栩喊了一聲，簡sir立馬停了下來，但還是警惕地看著李九。

「簡姑娘，你們家的狗真的不喜歡我。」看到簡sir停了叫聲，李九有些無奈。他臉色依舊蒼白，無奈地笑著的時候看起來很是病弱。

「哦，可能因人而異。對了，李公子過來可是有事？」

「小妹，李公子要到我們村建房子，想請爺爺他們給他打一套家具。」沒有被簡sir拖著走，簡方榆舒了口氣，站在一旁悄悄整理了下衣服。

「正是此事。」李九說道：「還請讓李某進去詳談。」

簡方榆沒等簡秋栩回答便接話。「小妹，妳看著簡舍，我帶李公子去找爺爺。」

「行。」簡秋栩見她姊這麼積極，點頭。

簡sir盯著李九看了幾眼才從路中間挪開。

簡方榆見簡sir離開，說道：「李公子，我帶你去找我爺爺。」

「多謝簡姑娘。」李九拱了拱手，跟著簡方榆進去。走遠了幾步，他問道：「簡姑娘，妳家狗狗看來對李某有意見啊！」

「簡舍平時很聽話的，並不是不喜歡你。小妹說了，可能你身上有牠不喜歡的味道，才朝你叫的。」

李九一聽，眼神閃了下。「哦，這樣啊，多謝簡姑娘解惑，下次李某過來前一定沐浴更衣，絕不讓牠聞到不喜歡的味道。」

「這、這不用了吧？」聽到李九這麼一說，簡方榆不好意思地紅了一下臉。「你在小妹在的時候來就可以，簡舍很聽小妹的話。小妹在，牠就不會凶你了。」

李九點頭。「李某明白了。」

簡秋栩看了一眼李九的背影，拍了拍簡sir的腦袋，打算把兩棵竹筍拿回廚房讓覃小芮處理了。

簡小弟跟了過來，繼續剛才的問題。「二姊，簡舍怎麼總是朝李公子叫？李公子看起來不像壞人啊？」

「這可得問簡sir了，說不定他什麼時候無意中得罪過簡sir。」

簡小弟疑惑。「無意中得罪簡舍？可是李公子以前沒來過我們這裡啊！」

簡秋栩掐了掐他疑惑的臉，進廚房把竹筍交給覃小芮。從廚房出來時，見他還是一副思考的模樣，敲了敲他的小腦門。「還想呢！想不到就別想了。」

簡小弟搖頭。「二姊，我不是想簡舍了，我突然想起里正帶來的那個人是誰了！我上次在大興城裡見過他，他帶人巡城呢！」

「大興城裡的？」簡秋栩挑眉。帶人巡城？估計是個正六品下的校尉。難道這人就是鄭宣財背後的人？簡秋栩搖頭。這不可能，估計他也只是受人指使而已。能讓鄭宣財和田掌櫃倚仗的人肯定不是他。

「二姊，他是城裡的官，到時候又來怎麼辦？」簡小弟又開始擔心了。

「放心，他今天來不了，下次一定不會再來了。」她今天已經把文書亮出來了，鄭宣財若想要得到玉扣紙的法子，肯定不敢再用今天這一招，她等著就好。

羅志綺一直讓秋月關注事情的進展，知道鄭宣財失敗後，心裡慶幸他沒能獨吞造紙法，又鄙視他沒用，連一群鄉下人都威懾不了。

「三小姐，鄭掌櫃又來見夫人了。」

「真的不是妳幫她的？」一見到鄭氏，鄭宣財就質問起來。

田掌櫃說要退出計劃後，鄭宣財心裡越想越不甘。沒想到自己今天踢到鐵板，他心裡想不通，簡秋栩一個農家女，靠她肯定是不可能把玉扣紙的法子獻給朝廷的，一定有人幫忙。到底是誰幫她的？鄭宣財想來想去，竟然懷疑到鄭氏身上來，於是匆匆過來找她。

「真的不是我！堂哥，我怎麼可能幫她？」聽到鄭宣財這麼一說，鄭氏大聲否定。她都想要玉扣紙的法子，而且自己那麼討厭簡秋栩，怎會幫她？她堂哥腦子糊塗了吧！

「那會是誰？」鄭宣財也回過神來了。幫簡秋栩的那個人肯定不是鄭氏。

鄭氏皺眉。「玉扣紙在泰豐樓賣，說不定是李誠幫忙？」

「李誠怎麼可能！他肯定也對玉扣紙的法子有心思，不會幫著簡氏把玉扣紙的法子獻出去的。」鄭宣財以己推人，覺得自己想要獨吞玉扣紙的造紙法，便覺得李誠也是這麼想的。

「是誰幫她也不重要了，玉扣紙的造紙法都已經獻出去了，現在根本不可能讓簡秋栩把法子交出來。」想到白花花的錢財就這樣沒了，鄭氏痛心。如果早知道簡秋栩會這個，當初就不應該讓她就那樣離開廣安伯府。

「不行，我得查查。」鄭宣財還是不甘心。即使玉扣紙的法子已經獻給了朝廷，玉扣紙的製造權他也要奪過來。「堂妹，妳趕緊讓伯爺幫忙查查，是誰幫她。」

查到是誰幫忙，也就知道她的背後之人，到時候找個更厲害的人，他就不信奪不過造紙權！

「這……」鄭氏有些為難，就怕萬一得罪人了，他們伯府討不著好。伯府討不著好，那她肯定不好過。

「就讓伯爺幫忙問問，妨礙不了誰的，妳難道不想要錢了？甘心以後每個月只有幾百兩銀子？」鄭宣財見她如此，不高興地道。

「好，我讓伯爺幫幫忙。」聽到錢，鄭氏心裡又急了起來。現在因為玉扣紙的出現，他們鄭氏一族的黃岩紙不好賣了，她前天拿到的分成整整比以往少了三分之二。再這樣下去，在廣安伯府的日子也不好過。

就幫忙查查誰幫了簡秋栩而已，這確實妨礙不了誰，他們伯府應該也不會得罪人的。如果查出來後，堂哥能把玉扣紙的製作權拿到手，那她每個月也能多分點錢了。

得到鄭氏的應許，鄭宣財這才放心地離開廣安伯府。

羅志綺匆匆趕來，知道鄭氏就這樣答應了鄭宣財的要求，有些不高興。「娘，幫他忙，妳應該提一些條件。」

「提什麼條件？」鄭氏疑惑。

羅志綺瞪著眼。「就是以後他把玉扣紙的製造權拿到了，要給我們一定的利潤分成。」

「這不好吧，他是妳堂舅，只是想要妳爹幫忙查一下是誰幫簡秋栩把法子獻給朝廷而已。」

「這怎麼不好？幫他查了人，以後要是他拿到玉扣紙的製造權，那我們也是出了力，憑什麼我們不能獲得玉扣紙的利潤分成！」羅志綺跺腳，她拿不到玉扣紙的法子，也絕對不能讓鄭宣財獨吞。

「對，我怎麼沒想到？」鄭氏恍然大悟。「等下次見了他，我就跟他提。」

「那娘快讓爹去查吧，早一點查到幫簡秋栩的人，我們也就能早一點賺錢。」羅志綺催促著鄭氏，心裡卻嫉恨。沒想到簡秋栩已經不是伯府的人了，竟然還和前世一樣，做什麼都有人幫她，讓她活得事事順心。

而她明明身帶福運，為什麼就沒有人幫她？她一定要找明慧問清楚，是不是有誰影響了自己的福運？

羅炳元一回來，鄭氏就跟他說了這件事。羅炳元覺得不是什麼大事，第二天就找人幫忙查了。他別的本事沒有，吃喝玩樂的本領高強，狐朋狗友也一堆。正好，戶部就有個人跟他關係比較好，三兩杯黃酒下肚，那人就拍著胸脯幫他查。

於是隔天，鄭氏就知道幫簡秋栩的人是誰了。

「端長平？簡秋栩怎麼會認識端長平？」聽了鄭氏的話，鄭宣財有些不可置信，臉色很是不好。

「這我就不清楚了，幫簡秋栩的人確實是他。堂哥，人我幫你打聽清楚了，我剛剛說的分成的事……」鄭氏跟鄭宣財說出調查結果之前，跟他提了分成的事。

「妳知道端長平是誰吧？是齊王部下！幫她忙的人是齊王部下，妳覺得我還能搶得她的造紙權？」鄭宣財越想，神色越不好了。簡秋栩一個小小的農家女，竟然勾搭上了端長平，難怪之前有恃無恐。

「堂哥的意思是要放棄了？」鄭氏還作著無數白花花銀子進帳的美夢呢，聽鄭宣財這麼一說，就著急了。如果他就這麼放棄了，那她每個月不就只能拿那麼一點錢？

「那我還能怎麼辦？」說著，鄭宣財咬牙切齒起來。端長平，他現在去哪兒找到與之相抗的人？

拿不到玉扣紙的造紙權，別說多賺錢了，現在還能賺錢的黃岩紙說不定過陣子就變成廢紙了！

越想鄭宣財神色越不好，也不理一旁著急的鄭氏，沈著臉就離開了。

而那個幫羅炳元查到端長平的人酒一醒，越想越不對，害怕萬一之後出了什麼事，自己不就得罪了端長平？於是轉頭跟端長平告罪。

端長平對這點小事倒也不在意，畢竟他幫忙簡秋栩的事也不是不能查的。不過也知道肯定是有人在打玉扣紙的主意，只是自己太忙，沒辦法親自去跟簡秋栩說這件事，於是讓人告知了簡秋栩，讓她注意點。

看到端長平讓人帶來的口信，簡秋栩眉頭挑了一下。都查到端長平的頭上了，可不要歇了心思才行。她討厭做事半途而廢，當然也不喜歡別人做事半途而廢。

「族長爺爺，最新一批紙還有幾天才能好？」簡秋栩送走帶來口信的人，特地去造紙廠看了看。

「快了，這兩天就能全部揭下來了。這一批紙比之前都多呢！」簡樂為有些開心，族人造紙的技術越來越熟練，做得也多了。照此下去，一個月達到六百刀不是問題。

「那正好。大堂哥，你讓族人多備一些車。」簡秋栩摸了摸那些紙，感覺到最新一批紙的質量比之前的都好。

「小妹，妳是不是有什麼計劃？」簡方櫸聽簡秋栩這麼一說，就覺得這個小堂妹肯定在打什麼主意。

「沒，只是幫人做決定而已。」幫人做一個繼續下一步的決定而已。

簡方櫸撓了撓頭，不是很明白，不過聽小堂妹的話準沒錯。於是他招呼著族人，把能拉出來的車都拉出來了。

第三天，天矇矇亮，十輛裝著白花花的紙的牛車有序地進入了大興城，在眾多路人驚訝目光的注視下，慢慢地來到了泰豐樓。

「這……」張全看到十車玉扣紙，比路人更震驚。「簡姑娘，這次這麼多？」

「我們不只這次這麼多，以後會更多。」

這玉扣紙可是稀缺東西，來泰豐樓預定玉扣紙的人都排到下下個月了。張全最近常常因為沒有紙而被那些貴人責怪，現在好了，這麼多紙，他這個月肯定能好過了。不過簡家人這麼大剌剌地把紙都拉過來，這不是好事啊！

他知道很多人都在打玉扣紙的主意，現在他們一下子送來這麼多紙，還讓人知道以後能生產更多，對簡氏一族來說更不利了。張全不明白簡秋栩為什麼這麼做。

第五十章

簡氏一族拉了十車紙進了泰豐樓，並且以後還能製造更多紙的事一下子就傳開了。十車，那可是將近一千刀的紙，賣出去價值一萬兩左右啊！原本打了退堂鼓的鄭宣財一聽，哪兒還坐得住。

簡氏只是一個小族，短短半個月又製造出了這麼多玉扣紙，這要是給他們鄭氏，那不是能造出他們十倍，也就是十萬兩的紙來？不行，這玉扣紙的法子一定要拿到手。端長平又如何，總有人比端長平厲害。

鄭宣財腦門緊繃，使勁想著能夠幫忙的人，只是他腦海中打玉扣紙主意的人不少，能對得上端長平的人卻沒有。

他在房間裡繞了好多圈，最後主意還是打回了太平樓的身上。

雖然他只知道太平樓的幕後東家身分不簡單，並不清楚具體身分，但他隱隱覺得他的身分是不懼怕端長平的。田繼元那老兒之前說不想摻和到朝廷中，肯定是覺得玉扣紙產量低，不划算，若是他知道玉扣紙的產量會大大增加，肯定會心動的。

鄭宣財用力拍了下桌子，匆匆往太平樓趕。

太平樓的豪華包廂裡，田掌櫃正殷勤地伺候著一個年輕的紫衣公子。「少主，您親自過來，可是有什麼事？」

紫衣公子年紀大概十五、六歲，五官長得不算精緻，不過臉色白嫩，一看就是錦衣玉食養出來的，只是眉眼間帶著一些戾氣，讓那一身貴氣打了折扣。

此刻聽到田掌櫃的話，神情很是不爽，瞪著他說道：「我來做什麼用得著告訴你嗎？把我伺候好了就行，不該問的別問。」

田掌櫃低頭，阿諛道：「是，是。」

紫衣公子不耐煩地揮手。「沒事你就出去，我要休息了，別煩我。」

田掌櫃見此恭敬地退出房間。一關上門，臉上帶著的彌勒佛一樣的笑就收起來了，眉頭緊皺。

「掌櫃，鄭掌櫃找你。」一個跑堂匆匆跑了上來，大聲說道。

「現在沒空見他。」田掌櫃知道鄭宣財找自己做什麼，無非是想要他繼續同他一起謀取玉扣紙的法子。既然他已經退出了，就不打算跟他多說這件事，於是打算讓跑堂下去讓鄭宣財離開。

「田掌櫃，現在不就有空嗎？」鄭宣財猜到田繼元肯定會找藉口不見他，便跟著跑堂上來了。「田掌櫃，先別忙著回絕我。今天泰豐樓的事你聽說了吧？簡氏一族今天整整拉了十車玉扣紙過去，下次他們會送過去更多。田掌櫃，十車！如果法子給我們，半個月一百車我們都造得出來！一百車，一百萬兩啊，這可是筆巨大的收入，田掌櫃就這麼放棄了？」

田繼元聽他這麼一說，心裡一跳。他沒想到簡氏一族短短半個月又造出了這麼多紙，按照這速度，玉扣紙的法子如果被他們拿到，確實半個月就能造出一百車的紙來。

他確實又心動了，不過並沒有被鄭宣財口中的一百萬兩給說懵了，摸了摸胖臉上的鬍鬚。「你可查到是誰幫了簡秋栩？」

鄭宣財想到的，田繼元怎麼會沒想到。若是幫簡秋栩之人不是什麼難對付的人，玉扣紙的法子還是可謀的。

「是端長平。」鄭宣財聽到他這麼一問，趕緊把人報出來。

「鄭掌櫃，此事就算了。看來我太平樓注定與玉扣紙的法子無緣了，可惜。」聽到是端長平，田掌櫃立即決定不要摻和進去了。端長平並不難對付，只是端長平是齊王端義的人，萬一事情鬧到端義面前，就是個大麻煩！齊王是他們忌憚的人，他還是要小心為妙。可惜了，可惜了！

「田掌櫃，半個月一百萬兩啊！」鄭宣財早已被腦海中想像的一車車銀子沖昏了頭，不想放棄，一定要讓太平樓幫忙拿到玉扣紙的法子。聽到田掌櫃又拒絕，心裡焦急起來。如果太平樓不出面，這法子到不了他手上啊！

「是啊，可惜了！可是鄭掌櫃，端長平不是好惹的。」

「貴東家也不敢？」鄭宣財不甘心。

「誰說我們不敢？」剛剛田繼元關好的門被大力踢開，那個紫衣公子一臉戾氣地走了出來。「田繼元，你何時如此無能了？端長平算什麼東西！端義算什麼東西！他端長平要保那人的法子，我偏要把那人的法子搶過來！」

聞言，鄭宣財激動了。這太平樓的少東家如此囂張，太平樓背後的東家到底是哪位？不過不管是哪位，搶回玉扣紙的法子有望了。

「田繼元，我命令你立即把法子搶過來！」紫衣公子很是囂張地說道。

田掌櫃微弓著身子。「少東家，這事要不要先跟東家商量商量？」

紫衣公子怒目瞪他。「不用商量了，就這麼定！如果這事情你搞不定，太平樓掌櫃的位置你就不用待了。」

聽此，田掌櫃呵呵笑著應道：「是，小人一定辦妥。」

「哼。」紫衣公子甩門進了屋。

「少東家好好休息，小人就不打擾了。」田繼元很是恭敬地重新關好門，離開了。

鄭宣財立即跟上，問道：「田掌櫃，我們商量商量下一步？」

田掌櫃瞥了他一眼。「等幾天再說。」他心思多，雖然答應了少東家，但心裡自有打算。

「還等什麼？你少東家不是要你立即去把法子拿過來嗎？」鄭宣財焦急道。

田掌櫃停下腳步，神色悠悠地看著他。「急什麼急？鄭掌櫃是幾天都等不了嗎？等不了就算了，我們也不用合作了。」

鄭宣財一聽，那可怎麼行，於是陪著笑臉道：「等得了，怎麼等不了！玉扣紙法子注定是我們的了，不急，不急！」

田掌櫃睨了他一眼，轉身進了自己房間。他得寫封信給東家，問問這事該不該辦。

知道玉扣紙法子在望，來時焦急的鄭宣財滿心興奮地離開了太平樓。回家前，他特意去了泰豐樓，正巧遇到了結完帳，一臉高興的簡方櫸他們。

自然，簡方櫸對他不會有好臉色。

鄭宣財得意地朝簡方櫸嘖嘖兩聲。「高興吧？好好珍惜吧，你們高興不了幾天了。」說著，得意地離開了。

簡方櫸瞪著鄭宣財。「小妹，他這話什麼意思？」

「什麼意思？簡公子，他這是看上你們家造紙的法子了。這姓鄭的可不是什麼好人，你們可得小心點，他說這話，肯定是已經找到法子要搶你們的造紙法子了。」跟著出來的張全擔憂地說道：「簡姑娘，你們今天不該送這麼多紙過來的。」

「多謝關心。」簡秋栩掃了遠去的鄭宣財一眼。「他要搶我們的法子，可不會因為我們造得少就放棄。」

「也是。簡姑娘，這幾日妳要小心點，姓鄭的肯定很快就會行動。」

「好。」

「小妹，接下來怎麼辦？」簡方櫸知道鄭宣財還惦記著造紙法子，心裡又開始急了起來。

「大堂哥別急，我們等就是了。」果然，只要利益足夠大，猛虎都不怕。

簡方櫸是個心急的人，知道鄭宣財要搶法子後，一直坐不住。

「大堂哥這幾天火燒屁股了？」簡秋栩把刨好的木塊都搬了出來，準備把它們都拼起來，看看有沒有哪裡出問題，玻璃珠子會不會順暢掉落。簡小弟看到大堂哥又出了院子，跑過來悄悄地問了她一句。

簡秋栩用手指敲了一下他的腦門。「大堂哥心裡有事，所以坐不住。過來，幫我把木塊拼起來。」

「小姑姑，我們也要幫忙！」小和淼他們看到簡秋栩把木塊都搬了出來，頓時來了興趣。

刨好的木塊奇形怪狀，家裡的幾個小孩好奇得很，一個個爭著上前幫忙，還嘰嘰喳喳地說話。

簡小弟還想問話呢，就被幾個小孩擠到一邊，只好幫著遞木塊。

慢慢地，不同的木塊在簡秋栩的手中拼了起來。一個半公尺長寬，半公尺斜高的軌道城在她手中成了形。它像一個城牆，卻又處處布滿軌道。

「二姊，這個就是軌道城？這個怎麼玩？」看到成了形的軌道城，簡小弟和幾個小不點一臉好奇。

「看著。」簡秋栩拿出玻璃珠子，在各個承裝玻璃珠子的地方放好，再把最後一顆玻璃珠子從最高處的圓孔處放下。最高處的玻璃珠子滑落，經過不同的軌道和孔洞，帶起了一連串的反應，其他地方的玻璃珠子也跟著滑落，隨著軌道不停地滑動，最後在圓盤處匯集，再次掉入孔洞，經過軌道後回歸原位，繼而重複剛剛的動作。

幾個小孩哪裡看過這樣的玩具，盯著那些玻璃珠子。每看到一個玻璃進了孔洞就彷彿看到了法術一樣，歡呼一聲。

「二姊，好厲害，這些玻璃珠子會一直滾動嗎？」簡小弟看著再次滑落的玻璃珠子，驚訝問著。

「不會，估計一刻鐘左右就會停下來。」簡秋栩這次做的大型軌道城，是利用玻璃珠子的勢能轉化為動能來多次循環。能量在多次循環的過程中肯定會損耗，玻璃珠子也就慢慢停下來了。

不過能讓玻璃珠子循環滾動一刻鐘也算成功了。這個軌道城是個解壓的玩具，適合壓力大的時候玩，如果玻璃珠子多一點就好了，更能實現解壓功能。簡秋栩打算去找一些石塊，看看能不能磨成珠子。

看幾個小孩玩得不亦樂乎，簡秋栩沒有收起來，打算到後院撿幾塊石頭。

「嫂子，怎麼了？」她到了後院，見到羅葵有些心不在焉地掃著地。

「唉，還不是擔心妳哥，也不知道他們到了郢州沒有。」簡方樺是第一次出遠門，羅葵這幾天都很擔心，就怕他在途中遇到什麼意外。

「算算時間，應該到了吧。大嫂，放心吧，有李掌櫃在，不會有什麼意外的。」只要不是遇到劫匪和天災什麼的，簡秋栩覺得以李掌櫃的精明為人，事情都能順利解決的。

簡方樺和李誠昨天一早就進了郢州城，此刻，兩人剛從藥材採購點回來。藥材的價格一談好，李誠打算明天一早就回去。

「你小子第一次來郢州，要不要去逛逛？」郢州是廬陵王的封地，端太祖對他還不錯，郢州雖然比不上大興城富庶，卻也是不錯的。

「當然，我要去看看。」第一次來郢州，簡方樺心中有些興奮。回到酒樓，東西一放就想往外走。

「你小子急什麼急，等我。」人生地不熟的，李誠可不放心讓他一個人出去，萬一走丟就不好了。

「你小子要買什麼？看了這麼多白看了。」沿著長街逛了一圈，李掌櫃買了不少東西，簡方樺卻一個都沒買，他心裡納悶。

「掌櫃的，這些東西我們那裡也有，你買這些做什麼？」

逛了一圈，發現都是些尋常小東西，簡方樺不免有些失望，於是空手跟著李誠回了酒樓。

「貴客什麼都沒買啊，是找不到合心意的？」負責他們房間的小二看到簡方樺空手回來，殷勤地問道。

簡方樺搖頭。「小二哥，你們郢州有沒有什麼其他地方不常見的東西？」

「喲，你可問對人了！」聽他這麼一問，那小二便打開了話匣子。「稀奇的東西，郢州有啊！就在城北，保證你們這些外鄉人都沒見過。」

簡方樺好奇起來。「什麼稀奇的東西？在城北哪邊？」

小二推銷地說道：「金閃閃的，也不知道是什麼東西，買了的人都說好，是個稀缺貨。就在城北那邊，從城門口往北走幾十里，哦，你們是外來人，那地方是比較偏僻的，跟你們說了也不一定找得到，得讓人帶你們去才行。」

「小二哥你帶我們去？」金閃閃的？什麼東西啊？簡方樺心中好奇。

「那不行，我走不開。」小二搖了搖頭，探頭往大廳裡看了看。「你們可以跟那個盧公子走，他家就住在那邊。」

小二指著在大廳一角吃著飯，長相斯斯文文的人說道：「盧公子是個書生，經常帶人過去那邊買東西賺點貼補，你們可以出點錢讓他帶你們過去。你們要去嗎？要去的話，我下去跟他說一聲。」

簡方樺算了算，去一趟城北的時間還是很充裕的，便點了點頭。那小二趕緊跑下去跟那個姓盧的書生說。

姓盧的書生抬頭看了一眼簡方樺和李誠，點了點頭。

「貴客，盧公子答應了，你們下來吧。」

聽此，簡方樺站了起來，李誠橫了他一眼。「你小子可別亂跑，我和你去。」

那個姓盧的書生有馬車，兩人便坐上馬車讓他帶路。姓盧的書生看起來斯斯文文的，話倒是不少，李誠和簡方樺和他聊起天來。

不知不覺間馬車走了很久，駛進了一片荒山。

「小哥，這路不對吧？」簡方樺和李誠看著周圍只有荒山和叢林，覺得不對勁，立即警惕起來。

盧書生搖頭。「不會錯的，剛剛不是跟你們說了嗎？要去的地方比較偏僻。」

「這都要出郢州城了吧？這地方這麼偏僻，怎麼會有人住？我們不去了，帶我們回去吧，費用不欠你。」李誠越想越覺得事情不對勁，莫不是他們今天遇到打劫的連環套了？

「這可不行，既然來了，怎麼還能回去？」剛剛還斯文和善的書生突然就變了臉色，眼神狠狠地盯了過來。

簡方樺知道他們被騙了，二話不說撲過去想要拉住馬，姓盧的白面書生卻輕易地躲過他的動作，把他制止得動彈不得。李誠見此，乘機想要把他推下去，同樣被白面書生制住了。

兩人雙雙被捆，被扔進馬車中，馬車飛快地往前面跑去。

「掌櫃，是我連累你了！」簡方樺知道自己闖禍了，如果他沒有好奇那個小二口中的東西，今天也就沒有這麼一遭。

「這個時候還說這個做什麼？趕緊想想我們現在該怎麼辦！」李誠知道現在說啥都遲了，逃走才是重要的。不知道這人和那店小二聯手抓他們，是謀財還是害命？

他的話音剛落，突然外面傳來一聲響，馬車漸漸變慢，停了下來。

簡方樺眼珠子轉了轉，示意了李誠一下，悄悄挪到門口往外看了一眼，隨後嚇得兩眼一瞪。「掌櫃的！他、他死了！」

「什麼?!」李誠見此，也挪了過去。

車轅上，不知道從哪裡飛來一支長箭，直接沒入那白面書生的胸膛，白面書生瞪著眼睛倒下，此刻正好直直地對著他們。

簡方樺和李誠嚇了一跳。

樹林中響起沙沙聲，李誠把簡方樺拉到自己身後，大聲喝道：「什麼人？」

隨著樹葉晃動，五個身穿黑衣的人出現在面前。為首的男人並沒有戴著面罩，看起來二十歲左右，但一身讓人兩股戰戰的氣勢不像是二十歲人該有的，尤其是他那雙淺色眼睛看過來的時候，讓人心生膽寒。

連見識廣闊，自認為膽大的李誠心裡都打起鼓了，更別說簡方樺了。

李誠撐著膽子問道：「你們是什麼人？」

「不該問的別問，迅速離開這裡。」男子聲音冰冷，並沒有什麼感情。「端一，帶他們離開。」

「是。」

聽出這五人並沒有想要對自己不利，李誠和簡方樺偷偷地鬆了口氣。但是他們還是警惕著，就怕這些人在背後來一刀。「多謝，我們自己離開就行。」

「端一，把人帶走。」端均祁看了他們一眼，直接做了決定。「直接離開郢州。」

「我們這就走。」迫於男子的氣勢，李誠也不敢多說，只能跟著端一離開。

端一帶著他們到了郢州城外。

「掌櫃的，我們的行李不要了？」看到黑衣人離開，簡方樺才徹底地鬆了口氣。

「你現在還看不出那個小二有問題？回去不要命了？」李誠尋摸出些異常來了。今天出現的幾個人一看就不是普通人，事情肯定不簡單，不然那人也不會讓他們直接離開郢州。

「藥材怎麼辦？」值錢的東西都帶在身上，簡方樺也不是很心疼那幾件衣服，只是他們不能回郢州，藥材拉不出來。

「那人不是說讓我們在這裡等嗎？我們等等再看。」李誠說完，轉頭就罵起來。「我說你小子好奇心挺重的，今天你這一好奇，差點把我老命都搭上了！」

簡方樺趕緊道歉。「真是對不住，連累你了。掌櫃的，你說剛剛領頭的那年輕人是誰？」年紀看著和他差不多，氣勢卻是讓人不敢直視。

李誠瞪他。「我怎麼知道？這次多虧他，我們才保住了小命。」說著，大力地拍了簡方樺肩膀一巴掌。「下次好奇心給我收著，你小子命不是每次都這麼大的！」

「一定、一定！」簡方樺趕緊點頭道。今天可嚇到他了，下次再怎麼好奇，他也得警惕著。

簡方樺離開後，白面書生被抬到了地上。

其中一個黑衣人在他臉上摸了摸，而後拿出東西往端均祁臉上塗抹。不到一刻鐘，肅冷的端均祁就變成了白面書生的模樣。

幾人把身上的黑衣換成了尋常百姓的衣服，把白面書生的屍體處理後，再把自己捆綁起來，被端均祁拉著往前走。

四人沿著荒山越走越深，最後在一處斜坡停了下來。

端均祁敲了敲斜坡，沒過多久，斜坡上傳來轟隆聲音，突然開了一小扇門。門裡探出一個身著盔甲的人，見到扮成白面書生的端均祁，喲一聲笑道：「盧孝，今天收成不錯嘛，又帶來了三個，把他們拉進來吧。」

端均祁點了點頭，把扮成普通百姓的端二等人扯了進去。

小小的斜坡後面別有洞天，左邊是弓箭、刀叉、槍盾……凡是用於戰事的武器應有盡有，堆滿了整個山洞。右邊，一排排的人乒乒乓乓地打著鐵，一個個衣衫襤褸，神色麻木。

「喲，這幾個人不錯。」剛剛開門的小兵拍了拍幾人的胸脯。「他們就拉到鑄箭那邊。

最近來郢州的外地人少了，我們人手都不夠了，張影他們決定下次去附近的周家莊找人，你去不去？」

「再說。」看著那些被穿著盔甲的小兵用鞭子壓著，麻木地揮著錘子的人，端均祁眼中閃過冷冷的光。

「那你要去跟我說，我跟張影說。對了，這三個人我給你去登記一下，你小子這個月幹得不錯。」那小兵拍了拍端均祁的手，笑嘻嘻地走開了。

「三公子，這些都是他們抓來的人。」

端均祁冷冷地掃了一眼山洞。山洞盡頭是另一道門，陸陸續續有人進出。「你們藉機把後面摸清楚。」

「是。」

廬陵王端禮，果然是狼子野心。

第五十一章

雖然不知道那幾人是誰，李誠和簡方樺兩人還是打算在郢州城外等等。

「老闆，最近郢州有沒有什麼新鮮事？」李誠找了個小食攤坐下休息，簡方樺乘機問小食攤老闆。

「新鮮事？這我倒不知道。」老闆四、五十歲，高高瘦瘦的，長相純樸。他想了想後搖了搖頭。

「老闆，你這就不知道了吧？」因為小食攤建在城外十字路口，來往的人多，此時小食攤上客人不少。有人聽了老闆的話，立即說了起來。「最近郢州城新鮮事不少，聽說好多外地人來了郢州以後都消失了。」

說這話的是個二十來歲的年輕人，穿著灰色衣服，長得還挺精神的。

「消失了，去哪兒了？」旁邊喝水的李誠一聽，問道。

「活不見人，死不見屍，沒人知道他們去哪裡了。」

「有這事嗎？我們怎麼不知道？」旁邊其他人疑惑。「你從哪裡聽來的？」

「愛信不信！」灰衣青年沒說從哪裡聽來的，看了一眼簡方樺和李誠，把凳子挪了過去，悄聲說：「我看你們像外地人，郢州還沒去就別去了，趕緊走吧，那裡不安全。」

「小哥，你是知道什麼內情嗎？」簡方樺覺得這個青年人肯定知道些什麼，他也很想知道自己遇到的事是不是就是灰衣青年說的同一件事。

灰衣小哥臉色有些為難，看了看周圍，最後壓低聲音說：「聽說郢州出現了一個惡鬼，專門抓外地人來吃，所以，那些外地人才活不見人，死不見屍。聽說那惡鬼就在郢州城北荒山一帶，有長長的舌頭，蒼白的臉，啊……」話沒說完，那灰衣青年對著簡方樺身後大叫了一聲。

簡方樺正聽得認真，他這麼一叫，嚇得轉頭看向身後。他的身後正巧出現了一張蒼白的臉，黑白分明的大眼珠好像不會動一樣地看著他。

簡方樺嚇得往後一倒，李誠抬手拉住了他。「你這小子膽子這麼小，怕什麼怕，這是人！」

簡方樺回過神來，發現出現在他身後的果然是個人。不過這人衣著破破爛爛地披在身上，東一道污漬，西一道黑印，一看就是好久沒洗了。他頭髮亂糟糟的，跟鳥窩有得拚。一張臉瘦削慘白，但剛剛好像不會動的眼珠子此時看起來還挺有神的。「你小子幹麼嚇人？」

那人表情有些無辜。「我沒嚇你啊，我只是過來問你要不要買這個？」說著，他從身上掏出了一個黑色袋子，裡面沈甸甸的，好像裝了很多東西。

「梅仁里，你又來騙人了？小哥，你別被他騙了，他賣的東西沒啥用，不要跟他買。」剛剛被嚇了跳的灰衣青年這會兒也看清是誰了，沒好氣地說道。

梅仁里用大眼珠怒瞪他。「什麼沒用！你傻才不懂，我這東西是好東西。」

灰衣青年聽到梅仁里罵他傻，當即氣得捋起袖子，準備和他打一架。梅仁里把袋子放在地上，也捋起袖子，風風火火地跟他打了起來。

旁邊的老闆和攤上的人顯然看慣了，都坐在一旁津津有味地看著兩人打架。

簡方樺對打架沒興趣。他來了郢州一趟，還沒給小妹帶什麼好東西回去，對梅仁里袋子裡的東西比較有興趣。也不知道是什麼東西，簡方樺挑開了地上的黑色袋子。

「玻璃珠子？」簡方樺驚訝了下。這裝滿了一整袋的透明或半透明的玻璃珠子，雖然珠子不是那麼圓，但比小妹上次撿到的好多了，小妹肯定喜歡這個！「小哥，你這個怎麼賣？」

簡方樺喊了一聲，打架的梅仁里一聽有人要買他的東西，趕緊放開了揪著灰衣青年的頭髮，又風風火火地跑回來了。

「打架就打架，竟然跟娘兒們一樣！」灰衣青年抱著頭罵道。

「娘兒們的招式你都打不過，不配我用爺兒們的招式！」梅仁里回頭呸了一聲，轉過頭來對著簡方樺立即笑容滿面。「一兩一顆！」

「你打劫啊？十文錢一顆。」雖然這東西稀有，但小妹說了，這些東西現在也不值什麼錢，簡方樺自然不會被他坑了。

梅仁里剛剛還笑容滿面的臉色立即收回五分的笑。「十文錢不賣！」

「有人花錢買你的東西你就該笑了，還不賣？」還沒等簡方樺說話，旁邊的人就開腔了。

「梅仁里，這小哥出的錢可是最高的了，再不賣，你就留著玩吧。」

梅仁里哼了一聲。「你們懂什麼！這是值錢的東西。」

「就這幾個歪七扭八的破珠子，值什麼錢？」

梅仁里又不高興了。「你們都是傻子！我這東西就是值錢。」

捂著頭的灰衣青年說：「我看你才是傻子吧？聽說你又把人家的瓷窯燒塌了，又被瓷窯趕出來了？如果我沒記錯，你幾個月前才被大興城的瓷窯行趕了出來，還賠了不少錢，這次又把瓷窯燒塌了，估計又得賠不少吧？你老爹肯定不會放過你。」

梅仁里不屑地哼了一聲。「我才不怕！喂，一兩一顆，你還要不要……」

「仁里哥，仁里哥，梅伯伯正找你呢，說你不賠錢就把我們建的窯砸了。」遠處跑來一個小男孩，也是雞窩頭，臉上還一道灰、一道黑的，緊張兮兮的。

梅仁里一聽，眼珠子一轉，當即把黑色袋子塞到了簡方樺手中。「看在你識貨的分上，就十文錢一顆賣你了。裡面一共四十九顆，四百九十文錢，給錢給錢！」

「半兩銀子，找我十文錢吧！」出遠門，簡方樺身上沒有帶那麼多銅錢。

梅仁里接過他手中的錢，在身上掏了掏。他全身衣服破破爛爛的，也不知道從那個地方掏出了一塊巴掌大，黑色晶體一樣的石塊塞到簡方樺手中。「十文錢就不用找了，這就當白送你了。」話一說完，拿著銀子就跑了。

「喂！」簡方樺懵了一下，眨眼間，那兩個雞窩頭像陣風一樣地跑遠了。

「吃虧了吧？叫你不要搭理他，這梅仁里就是個不講理的。」灰衣青年還捂著頭，看來對梅仁里意見很大。

「吃虧是福，吃虧是福。」簡方樺接話道，拿著黑色袋子和那塊黑糊糊的東西坐回了李誠身邊。

李誠看了眼玻璃珠子。「這東西有什麼用？你家小妹又弄出了新鮮東西？」

「小妹當珠子用的。對了，掌櫃，這是什麼東西？」簡方樺把手中黑糊糊的石塊遞給李誠看。

李誠端詳了一會兒，搖頭。「不認識。」

「掌櫃你都不認識，那可能就是稀奇的東西了，我拿回去讓小妹認認。」把東西收好，簡方樺想起了之前那灰衣青年的話，什麼鬼怪他是不信。「掌櫃的，看來來郢州被騙的人不少。你說，會不會和今天那個人是同夥？他們專門抓外來人做什麼？」

李誠搖頭。「做什麼不知道，郢州肯定藏著什麼大秘密，我們萬萬不可能回去了。等藥材來了，我們就啟程。」其實有些話他沒說，他隱隱約約覺得事情不簡單。郢州是盧陵王的地盤，外地人一個一個失蹤，事情卻沒有鬧大，這事肯定跟他有關。既然與盧陵王有關，那必然與朝政有關。

不得不說薑還是老的辣，李誠一下就想到了關鍵。

「幸好今天我們被救了，不然我們也要消失無蹤了。」想起之前的經歷，簡方樺還是有些後怕。

「知道怕就行。藥材車來了，我們該走了！」遠遠地傳來馬車的聲音，李誠站起來仔細辨認，果真是他們藥行的，那黑衣人果然讓人把藥材送了出來。

「走走，現在就走！」來時的興奮已經沒了，簡方樺現在只想早點回去。不僅是因為今天這事，心裡還擔心著家裡的造紙廠和香皂。

又過了幾天還沒見田繼元動作，鄭宣財坐不住了，一大早又來到了太平樓。「田掌櫃，你到底要等到什麼時候？等一天我們就少賺一筆錢啊！」

「急什麼急？」田繼元把剛剛收到的信放好，鋪開一張乾淨的紙，開始寫起來，又招了個鄭宣財不認識的人，讓他把剛寫好的信件送出去。

「這是有眉目了？」鄭宣財盼啊盼，終於等到田繼元有動作了。「田掌櫃，你這是找誰幫忙？」

田繼元看了他一眼。「找誰幫忙這個你就不要知道了，等消息就行。」

太府寺卿從黎剛從外面回來，就收到了田繼元讓人送來的信。按理來說，他太府寺卿是三品的京官，田繼元一個小小的太平樓掌櫃還沒資格給他寫信辦事。但他從黎與太平樓東家有著千絲萬縷的關係，田繼元的來信，他很重視。

從黎接過信後，揮退下人，關上了門。

「玉扣紙？」田繼元在信中跟他說了玉扣紙製作權一事。太府寺掌國家財帛庫藏出納、關市稅收，轄左右藏、上庫、太倉、南北市及各地關津等，紙自然也在他的掌管範圍。既然田繼元提了這事，必然是他東家已同意，他自然會想個法子替他拿到。一個小小玉扣紙的製作權轉讓，聖上必然不會太在意。

從黎把信件燒掉，讓人傳口信給他，要他靜待消息即可。

早朝過後，武德帝按照慣例向掌管農業和倉儲等官員問話，從黎作為太府寺卿，自然在列。

「各位愛卿，可還有什麼要匯報？」武德帝翻看著案上的文件，隨口問了一句。

從黎乘機上前。「皇上，臣近來聽說玉扣紙品質良好，可以替代其他東西用於書畫，還可長期保存，有助於知識傳播。不過只可惜簡氏一族乃小族，玉扣紙每個月的產量不過千刀，完全不能供應太多人使用。臣建議皇上下旨，讓簡氏一族把玉扣紙的製作權轉讓給更加有實力的世族，這樣才能多多產紙，造福大晉啊！」

「哦。」武德帝放下手中的文件，看了他一眼。「朕也聽說了。這玉扣紙，確實需要擴大產量才行。如果有大家族想要製作權，朕確實應該下旨讓簡氏一族把玉扣紙的製作權轉讓出去。既然從愛卿提出來了，不知是否已經找到了合適的人選？」

看吧，玉扣紙製作權轉讓一事，在皇上看來果然是小事。從黎心中一喜，立即說道：「皇上，鄭氏乃造紙大族，臣認為把玉扣紙的製作權轉讓給鄭氏一族再好不過，他們必定能製作出足夠的玉扣紙。」

「看來從愛卿已經幫朕選好了人。」武德帝敲了敲桌子。

從黎鞠躬。「為聖上排憂解難，造福百姓，是臣的本分。」

武德帝看了他一眼。「既然如此，那朕就下旨讓簡氏一族把玉扣紙的製作權轉讓給鄭氏一族。當然，也不能讓簡氏一族吃虧，鄭氏一族需要付一筆轉讓費。從愛卿，宣旨一事就讓你辦，可別出了差錯。」

「是，皇上，臣一定辦好。」從黎沒想到玉扣紙轉讓權一事如此輕易就解決了，心中暗喜著離開了御書房。

等從黎一離開，武德帝的臉色就沈了下來，把手中的摺子往案上一扔。「呵，手都伸到朕這裡來了！章明德，去轉告戶部，玉扣紙製作權轉讓時可別忘了轉讓那些條約。」

「是。」章明德想想簡秋栩列的那些條款，這姑娘可不是個好對付的主。

「田掌櫃，還沒消息嗎？」又過了兩日，鄭宣財又急了起來。

「擔心什麼？皇上已經同意了。」田繼元悠悠地喝了杯茶。武德帝聖旨一寫好，從黎就派人告訴了他。

「真的？」鄭宣財驚喜，焦慮的心終於落回肚子裡。「皇上真是深明大義！這以後啊，玉扣紙的法子就是我們的了。」

「可別高興得太早。」田繼元把茶放下。「皇上雖然下旨把玉扣紙的製作權轉讓給你們鄭氏一族，但轉讓費可不少，十萬兩。」

「這麼多？」鄭宣財心痛了一下。原以為就一、兩萬，沒想到要十萬，這是在挖他的心肝啊！

「怎麼，你還想白要？」田繼元橫了他一眼。

鄭宣財苦著臉搖頭。「可這也太多了。不能一、兩萬打發簡氏那些人嗎？」

「你以為聖旨是你寫的，想寫多少就多少？還想要就趕緊準備錢去，明天就有人去簡家宣旨了。」

「要要要，我這就回去準備錢。」鄭宣財匆匆趕回家。

按照之前和田繼元說好的，他要出七成費用，也就是七萬兩，可他哪能一下子拿出這麼多錢來。他鄭氏再大，也就湊了四萬兩，還差三萬兩，就是拿不出來。

急著找錢的鄭宣財此刻想到了鄭氏。正巧，羅志綺一直讓秋月盯著鄭宣財，這時也知道他已經有法子拿到玉扣紙的造紙法了。她是不可能讓鄭宣財獨吞的，於是匆匆慫恿鄭氏帶她去找鄭宣財。
「我們可以出三萬兩，但你必須讓出五分利潤給我們。」羅志綺知道鄭宣財現在缺錢，於是獅子大開口。
鄭宣財自然不肯。「兩分！」
「五分，不然我們一分錢都不出！」
鄭宣財橫了羅志綺一眼，沒想到這個外甥女竟然比他還貪婪。「兩分，你們不願意就拉倒，我自然可以找別人借錢。」
讓出自己兩分利已經是極限了，再多他寧願去錢莊借錢。
羅志綺咬了咬牙，心裡還是不甘，但也知道鄭宣財說的不是假話，只能不甘願地答應。
一旁聽著的鄭氏自羅志綺說出三萬兩後就有些心急，見鄭宣財去準備合同，趕緊把她拉到一旁。「志綺，我們哪裡有三萬兩？」
以前她還有點資產，但辦了義學後，她身家已所剩無幾了。
羅志綺不甚在意。「娘沒有，我們伯府不是有嗎？」
鄭氏一驚。「府裡的？那可是公中的錢。」
羅志綺理所當然地說：「娘，現在管著公中錢財的不是妳嗎？我們只是借用三萬兩而已，等下個月就能賺回來了。到時候不知不覺地還回去，不會有人知道的。」
雖是這樣說，但鄭氏還是有些不敢。

羅志綺看她猶豫的模樣，生氣道：「娘，難道妳不想要賺錢了？賺不到錢，以後我嫁妝都沒幾件，說不定還會比二房那兩人少，娘是不是想讓人笑話我？別人笑話我，就是笑話妳！」

鄭氏也是個好面子的人，這些年來一直跟二房的崔萍爭個妳死我活，當然不可能讓自己輸給她，更不可能讓她看自己的笑話。於是心一橫，答應了下來。等羅志綺和鄭宣財簽好合同後，匆匆趕回廣安伯府，支開嬤嬤，拿走了公中三萬兩的銀錢，交給羅志綺。

羅志綺拿著那三萬兩，心中高興。很快，她就會賺十個三萬兩，不，甚至幾百個三萬兩，一輩子榮華富貴。

只是高興了一會兒，想起簡氏一族白白得了十萬兩的轉讓費，她心中又不忿起來了。如果當初她能偷到玉扣紙的法子，簡氏一族怎麼能得到這十萬兩的轉讓費，真是便宜他們了！

一大早，就有人到簡樂為家通知將有聖旨到，讓他把族人都集合過來，擺香案接聖旨。

簡樂為一個農人，哪裡接過什麼聖旨，根本不知道什麼流程。等那人一走，匆匆忙忙讓人去把簡方雲找回來，又匆匆忙忙去找簡秋栩。

「秋栩啊，什麼聖旨啊，我們怎麼會有聖旨？」簡樂為不明所以，心裡有些慌。

簡秋栩安慰道：「族長爺爺別急，應該不是什麼壞事。現在我們先準備好香案，把族人都集中過來，以免待會兒衝撞了聖意。」

「對，對。」簡樂為又匆匆走了。

「小妹，不會是衝著我們玉扣紙來的吧？」簡方櫸想了想，能讓他們簡氏一族跟朝廷聯繫起來的，除了玉扣紙，就沒有其他的了。

「十有八九。大堂哥，去把爺爺他們叫上，我們去族長家。」看來事情已經定了，正好，她還嫌時間過長了呢。

簡秋栩一家人剛到簡樂為家，聖旨就來了，跟著來的還有幸災樂禍的方安平眾人。為了把事情快速辦好，從黎親自過來宣旨。

看著明黃的聖旨，簡氏一族當即下跪，簡秋栩不得不跟著跪下。

「奉天承運皇帝，詔曰：著萬祝村簡氏一族玉扣紙製作權以十萬兩轉讓給大興鄭氏鄭宣財……」

族人一聽聖旨的內容，當即有些騷動。他們的造紙法子這是被當今聖上轉給別人了？這太突然了，那他們以後還能不能造紙？

從黎掃了眾人一眼。「怎麼，有異議？」

從黎官威甚嚴，剛剛有些著急的族人當即不敢說話。

簡樂為看了簡秋栩一眼，簡秋栩點頭，簡樂為便答道：「無異議。」

十萬兩？以為皇上終於知道簡氏欺君之罪，要來抓他們坐大牢的方安平嫉妒得眼珠子都要跳出來了。

從黎沒想到簡氏一族這麼識相。「既然沒有異議，那你們盡快交接。製作權轉讓後，你們簡氏一族不得再造玉扣紙及類似的紙。」

為了防止簡氏一族鑽空子再造紙，從黎特意加上了這一條。

看到簡氏眾人對聖旨沒有任何反抗念頭，跟著來簽約的鄭宣財忽然覺得有些不對勁，但又看不出哪裡不對勁。

「鄭氏鄭宣財付完轉讓費，玉扣紙的製作權自會歸鄭宣財。至於法子，朝廷明天會給鄭宣財。好了，沒有異議的話，雙方把同意轉讓製作權的合同簽了吧！」

代表簡氏族人的是族長簡樂為，在鄭宣財付了十萬兩的轉讓費後，他簽了名字，而鄭宣財也立即簽下自己的大名。

這一簽，鄭宣財頗覺得揚眉吐氣，但一看簡氏眾人都沒有受打擊的模樣，心中那股不對勁越來越明顯了。不過一想到明天造紙的法子就是他的了，心裡又興奮了起來。

今天就讓族人趕緊把造紙廠整理出來，明天就造紙！鄭宣財興奮地搓著手跟從黎離開，等著朝廷明天把造紙法送過來。

「以後我們都不能造紙了？」看到從黎他們離開，族人立即問道。雖然得到了十萬兩的轉讓費，看起來很多，但他們簡氏一族一千多人，每個人也不過分得幾十兩。如果他們繼續造紙，按速度，不用多久也都能分到這麼多錢的。

現在就這樣把玉扣紙轉讓出去了，心中有些不甘。

「聖上的旨意我們不能不從。」簡秋栩知道他們肯定不願意把製作權轉讓出去，但有些東西她還不能說。「放心，我們以後肯定還能找到其他賺錢的法子。」

這些日子以來，族人的生活得到了很大的改善，能用幾個月的時間賺到以前辛苦好幾年才賺到的錢，原本還想著買地建房子，把孩子送去讀書。現在他們不能造紙了，擔憂以後生活又變差了，現在聽簡秋栩這麼一說，才放下心來。

「哼，還真當自己是神人了，賺錢的法子說有就有。」簡氏一下子就賺了十萬兩，方安平嫉妒得心肝燒火。

「秋栩就是厲害，說有就有。怎麼，嫉妒啊，嫉妒你們方氏一族自己也想賺錢的法子去，說不定你們也能賺個十萬兩！」最近賺了錢，族人都硬氣起來了。看到方安平還沒離開，立即懟了起來。

「等著瞧，這十萬兩也不是你們說拿就拿的！」方安平哼聲道。

「當然不是我們自己說拿就拿的，這個是皇上讓我們拿的。怎麼，想打我們錢的主意？不怕皇上就來啊！」大堂嫂懟了回去。

方安平哼了一聲，冷著臉帶著幾個族人走了。哼，他一定讓簡氏一族吐出錢來！

族人見方安平走了，這才跟著族長去處理掉造紙廠裡的東西。如今他們都不能造玉扣紙了，那些半成品只能毀了。

「小妹，我們以後不能造紙了，這個地方要拆掉嗎？」簡方櫸心裡其實也有些不甘，如果他們繼續造玉扣紙，肯定能賺更多的錢。

「不拆，那人只說我們不能造玉扣紙及類似的紙，又沒說不能造其他紙。」

聽此，簡方櫸一喜。「小妹還有其他紙的製造方法？」

簡秋栩搖頭。「暫時沒有，我回去試試，看能不能成功。」

上次從城隍廟拿回來的硫酸一直放著沒用，她心裡其實一直有個想法，不過還沒嘗試過，打算這幾天就試試。

「小妹一定會成功的。」簡方櫸對簡秋栩有著盲目的信任。「不過小妹，我還是不甘心玉扣紙就這麼被鄭宣財拿走了。」

「大堂哥，你忘了我之前列的那些協議了，轉讓的又不只製作權，好戲不是在後頭嗎？」簡秋栩自認不是什麼好人，自己的東西是不喜歡別人惦記著的。既然惦記了，怎麼都得付出些代價。

——未完，待續，請看文創風1133《金匠小農女》3（完）

愛滴家 Just add love

哇塞，今年送養成果很豐碩呢！
總計收穫了10個好消息，
一起來看看狗狗貓貓們與主人的相處點滴吧！

【322期：小黑】　緣來我們天注定

台中／Tati

當時見到躺在路邊的小黑，身為中途媽媽的我當下內心很掙扎，因為黑色米克斯是最不好送、最滯銷的一款。到時候如果沒有人領養，那被我救起來的生命該何去何從？

話雖如此，但終究是一條生命，救起小黑並送醫治療後將近一年的時間裡，po文累積無數篇，但真正來看牠的只有一個人，之後就沒有下文了，因此只好自己養牠。

小黑可能也知道自己必須要乖，才可以留在這裡，否則就沒人要了。所以剛開始像沒有存在感的靜靜待在角落，過了好久，牠開始會撒嬌，甚至會默默的靠過來讓你摸摸牠。

從畏懼到信任、到放鬆，這中間經歷了無數甘苦。更別說小黑非常會掉毛（凡走過必留下痕跡那種），每天一定要在外面上廁所三次，還要定期往返醫院換藥、回診！即使如此，我仍感到欣慰，因為這段期間獲得好多人的關心幫助，感受到人性的良善，小黑讓我知道這世界處處藏著小溫暖，我也會跟牠繼續努力編寫著我們未來的故事。

【324期：UNO】　One and Only

屏東／風子

Uno是個容易害怕、一緊張便會發抖的孩子，十分不信任陌生人，經過一個月的陪伴，漸漸能夠繫繩散步後，我才帶牠回家。但除了日常上繩散步，我希望牠可以自由奔跑，便開始了放繩的地獄訓練。

初期還有送養人在一旁協助叫回Uno，但這樣下去也不是辦法，我便提議自己練習。那陣子，我至少要花半小時到一小時的時間才抓得回來，有時牠會跑回原本的犬舍附近才肯給抓。

某天又到了回家的環節，遠處的狗吠、車聲讓牠很徬徨，然而也固定距離我五公尺左右。僵持了一小時之久，直到我蹲下來，認真的看著牠說：「回家吧，相信我。」說來也有趣，牠應該是完全聽不懂我在說什麼，但卻慢慢一步一步的靠近我，讓我鍊住了牠的項圈，同時也鍊住了我想一直當牠家人的念頭。

現在，雖然牠還是容易受到驚嚇，但已經會跟我撒嬌，在家可以自在的躺平睡覺，真心覺得遇到牠的我很幸運，而得到Uno的信任則是我的榮幸！

【326期：吳天天】 關於可樂的大小事

新店／可樂爸

今年四月從送養人手中接下了可樂（天天）的牽繩，也是我們家和可樂當一輩子家人的開始。我看著與天天娘家的群組記錄，不時想起可樂半年多來跟我們一起成長、進步到完全融入的點點滴滴。其間親朋好友的熱心指導、鼓勵，讓我能夠很輕鬆的帶著家裡三隻汪汪去公園玩。

沒錯，可樂有其他的兄弟姊妹，牠是其中最守規矩的狗狗，不僅吃飯吃得乾乾淨淨，也不會盯著你吃飯來討食，扒東西或亂叫更不曾有。

出門時不像另外兩寶爭先恐後、鬼吼鬼叫的，只要叫一聲可樂，牠便會靠過來順從的把胸背穿上，不疾不徐的跟隨著走，回家後也是安靜的等待擦乾淨、解胸背。牠會等待，等你有空才會靠近你，鼻子碰一下、尾巴搖一搖，發出輕輕的嚶嚶聲……真是令人憐愛的孩子啊！

或許是在中途待太久了，牠還以為自己是過客？可樂啊，我是拔拔喔，我們永遠不會分開的，我撫摸著牠也這樣告訴牠。然後不知道從哪一天開始，我早上起床發覺牠整個身體貼在我旁邊，睡得很香啊！

【328期：檸檬】 苦情男撩「妹」記

苗栗／蘇先生

現在的檸檬很安分乖巧，雖然有點怕人，但比剛領養的時候有進步。那時或許正值叛逆期吧，也或許對新環境感到陌生，連帶著對我這個新主人不怎麼親近。

一開始檸檬完全躲在角落不出來，要等沒人時才會露面一下，即使給牠獨立空間，但每天還是會抓牆壁或試圖跑走（當然防護措施都有做好），貓抓板也被啃得稀爛，貓草、木天蓼完全派不上用場，半夜時常喵喵叫，似乎是在抗議——我的主人為什麼是個男的！

會這麼認為是因為，檸檬唯獨對我的女性朋友好像比較能接受，我還因此被周遭人開玩笑說征服檸檬恐「男」（難），中間甚至一度想放棄把牠送回去，卻又想著再試試看、再努力一下，或許皇天不負苦心人，終會熬出父女情吧。

現在，我與檸檬還在互相適應中，沒有保存期限，希望在我找到女朋友前能收服牠的芳心，因為我可不敢保證未來的女主人能取代檸檬在我心中的地位呢（笑）。

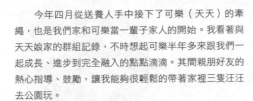

【332期：包子】 包子讓我們一家更幸福

竹北／曾小姐

回憶起會領養包子，是因先生覺得可以用領養代替購買，於是上網搜尋並詢問不少提供領養的中途，最後找到新屋義工團。義工帶領我們參觀貓舍和貓咪們互動，見到了全盲貓包子並知道了牠的過往，當下便決定要給包子一個家，成為我們的家人。

剛開始，初到新家的包子似乎很害怕，不只引發了口炎，連先生也被牠咬了一口，只好帶牠去看醫生。大約過了一個月，包子的口炎好了，也比較願意離開小圈圈到處晃，只是仍然很安靜。直到某一天牠開始喵喵叫，向我討罐頭吃，然後沙發漸漸成了牠的愛床，到現在則是很享受全家人拍牠屁股的時光。

包子雖然是全盲貓，但是只要給牠熟悉、安全的環境，牠可以自理得很好。來到家裡快半年，牠從來不會抓貓抓板以外的東西，也不會在貓砂盆外隨意大小便，省心極了。

想當初為了迎接包子的到來，孩子們熬夜自製包子的窩，我和先生也依義工的建議，努力打造適合包子的環境，現在想想，真是肯真心付出就會有甜美的收穫呢！

讚！更多好消息分享

【321期：愛妮和念念】

【323期：柔柔一家子】

柔柔

小虎泰

小黑熊

玳瑁迪

【325期：學妹】【329期：寶咖咖】【331期：蓮籽和蓮藕】

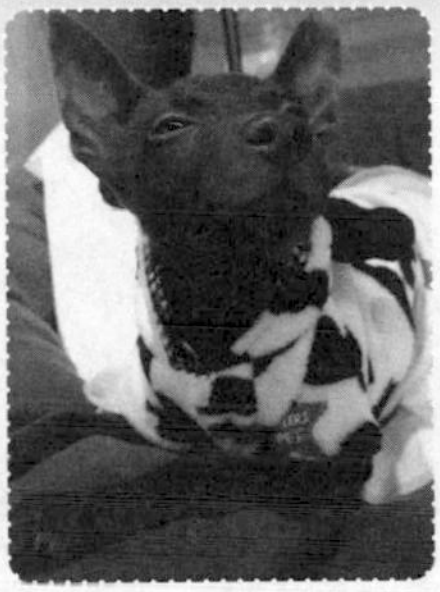

蓮籽

蓮藕

以上這些寶貝們也已成功送養有了新家囉！但礙於版面有限，

就簡單告知，並祝福牠們與親愛的家人幸福久久！

也請大家一起支持**領養代替購買**～～

我喜歡你，請帶我回家吧！

330期：小熊

單純可愛的小熊，人見人愛，狗見狗X（先觀察再說），因為牠會跳到其他狗狗都上不去的平臺上搶早餐啦！甚至精力旺盛到會翻垃圾桶、扒飼料，證明牠很健康、充滿活力。這麼活潑可愛的「熊孩子」等家中，希望能得到您滿滿的愛。

（聯絡方式：中原動物服務社FB or 張先生→0909515373、沈小姐→ 0987105390）

認養資格：

1. 須同意簽認養寵物切結書。
2. 須同意送養人日後之追蹤探訪，對待寵物不離不棄。

來信請說明：

a. 個人基本資料：姓名、性別、年齡、家庭狀況、職業與經濟來源等。
b. 想認養的理由。
c. 過去養寵物的經驗，及簡介一下您的飼養環境。
d. 若未來有結婚、懷孕、出國或搬家等計劃，將如何安置寵物？

2022年12月出版

下堂妻幫夫改命

文創風1122~1123

阻止前夫黑化成反派，拯救蒼生的重任就包在她身上！
她有現代人的智慧，老天的金手指，娘親的「鈔」能力，
這妥妥的天選之人，要翻轉命運豈不信手拈來？

一朝和離為緣起，千里流放伴君行／樂然

好心沒好報啊！救人出車禍竟穿越了，一醒來她就身穿喜服在花轎上，
更離譜的是剛拜完堂，屁股都還沒坐熱，一紙和離書下來就要她走人？
從新娘轉作下堂婦也就罷了，還被託付一個三歲小叔子要她養？
要不是繼承原主的重生記憶，這一波三折，她的心臟早就承受不住。
原來貴為國公的夫家，遭人構陷通敵賣國，一夕之間被抄家流放了，
天知地知她知，若放任前夫晏承平黑化成滅世暴君，那可不是開玩笑的！
為了扭轉命運的軌跡，她只能偏向虎山行，喬裝打扮帶著小叔上路，
好在老天給她神奇空間開外掛，娘親生前也留給她一大筆私房錢，
她能順利打點好官兵，又能護晏家人周全，一路將流放過成郊遊。
當散財仙子助晏家度過難關，她是存了一點抱金大腿的私心，
等前夫跟上輩子一樣成功上位，屆時論功行賞肯定少不了她一份，
未料，這人突如其來示好要她喜歡他，徹底打亂了她的盤算。
先不要啊！單身那麼自由，她可沒有復合再婚的意思……

風 文創
1132

金匠小農女 2

國家圖書館出版品預行編目資料

金匠小農女 / 藍斕著. --
初版. -- 臺北市 : 狗屋出版社有限公司, 2023.01
冊 ; 公分. --（文創風 ; 1131-1133）
ISBN 978-986-509-391-4（第2冊 : 平裝）. --

857.7　　111020567

著作者	藍斕
編輯	張蕙芸
校對	沈毓萍
發行所	狗屋出版社有限公司
地址	台北市104中山區龍江路71巷15號1樓
電話	02-2776-5889～0
發行字號	局版台業字845號
法律顧問	蕭雄淋律師
總經銷	知遠文化事業有限公司
電話	02-2664-8800
初版	2023年1月
國際書碼	ISBN-13　978-986-509-391-4

本著作物由北京晉江原創網絡科技有限公司授權出版

定價280元
狗屋劃撥帳號：19001626
網址：love.doghouse.com.tw　E-mail：love@doghouse.com.tw